2020

中国中篇小说精选

主　编——王　蒙

分卷主编——金　理

辽宁人民出版社

© 金理 2021

图书在版编目（CIP）数据

2020中国中篇小说精选/金理分卷主编. —沈阳：
辽宁人民出版社，2021.1
（太阳鸟文学年选/王蒙主编）
ISBN 978-7-205-10025-4

Ⅰ. ①2… Ⅱ. ①金… Ⅲ. ①中篇小说—小说
集—中国—当代 Ⅳ. ①I247.5

中国版本图书馆CIP数据核字（2020）第235763号

出版发行：辽宁人民出版社
　　　　　地址：沈阳市和平区十一纬路25号　邮编：110003
　　　　　电话：024-23284321（邮　购）　024-23284324（发行部）
　　　　　传真：024-23284191（发行部）　024-23284304（办公室）
　　　　　http://www.lnpph.com.cn
印　　　刷：辽宁新华印务有限公司
幅面尺寸：170mm×240mm
印　　张：13.5
字　　数：205千字
出版时间：2021年1月第1版
印刷时间：2021年1月第1次印刷
责任编辑：高　丹
装帧设计：丁末末
责任校对：吴艳杰
书　　号：ISBN 978-7-205-10025-4
定　　价：58.00元

序

金　理

　　"中国人的经验世界无疑是庞杂而丰沛的，如何去处理这个无比丰盛的经验世界，并从中找寻出属于中国人的内心语言，是一桩极其艰难的甚至是开拓性的工作，这依旧是一个难题。"（艾伟：《中国经验及其精神性》）追踪艾伟创作历程的读者，无疑会在以《爱人有罪》为代表的、罪与罚系列创作的延长线上定位《敦煌》。表面上看，艾伟这部中篇写尽婚恋生活中的一地鸡毛：恋爱、出轨、情欲、嫉妒、仇恨与报复，但是在"庞杂而丰沛"的日常经验书写背后，艾伟素来注重的是人的"内心语言"。本篇中的线索，就是主人公小项的几番转折以及转折背后的心灵密码：刚出场时的小项是天真而单纯的女孩子，一度将婚外恋的女人指证为"坏女人"，"我如果结了婚，不会和别的男人乱来"；婚后的小项开始对"别的男人"动心，先是韩文涤，再是卢一明，终于在后者身上发生实际的出轨；接下来是丈夫陈波疯狂而偏执的报复，久而久之，小项完全将来自外部的惩罚认领为内心的律令，"一切都是报应"，"是老天把惩罚的权力交给了陈波"……小说中进入感情生活的男女似乎都是"病人"，"爱会导致穷途末路"——卢一明信中所言一语成谶：卢一明和前女友、小项和卢一明、小项和陈波、小项和秦少阳，无不深陷爱与伤害的无尽循环。在每一人物关系结构的内部，伤害又是双向的，比如陈波与小项，前者自居为惩罚的施动者，但复仇的同时也放任当下生活尽数被童年阴影与性格缺陷所吞没；后者是惩罚的受动者，然而对暴力施虐与外在规训毫无保留地内化实则意味着人性的异化。罪与罚的结构"把两个人带入深渊"，由此我们恍然大悟小说中周菲排演的那出戏中戏——男女主人公相濡以沫又彼此折磨，"两个人慢慢走向自我毁灭，走向彼此的祭坛"——原是为了映照。另一处映照可以联系到小说结局，小项来到敦煌，对卢一明的理解发生两重翻转，然后又赴拉萨，布达拉宫笼罩在金色光晕中，天空碧蓝如洗，"她有一种灵魂出窍的感觉"，恰在此时，一个陌生号码发来慰问短信……"生活在他处"真的可以将此地此时的累累伤痕一笔勾销？抑或，在全篇中冷静而克制的作者，终于忍不住为主人公从笼天罩地的黑幕中撕扯开一小道透气的口子？一路见证惨烈的相爱相杀，读者你我的心绪能收束在这个暖意的结尾吗？这是新生活的起点，还是循环的再度开始？我们还记得小项曾质疑戏中戏的重生结尾略显浅薄，周菲的回应是"总得要有些梦想"……

灵魂深处的巨兽是如此骚动不安，良好生活的建立是如此脆弱，在罪与罚、爱欲与道德的纠缠中，人所面临的选择又是如此艰难。艾伟的作品禀有一种当下文学疲沓绵软的风气中并不多见的、伦理学的紧张感："如何生活"不是一件随随便便的事情，要成全一个严肃地担当自身信念和承诺的主体也不是随随便便的。小项的几番转折如同身历"精神苦刑"，这个脆弱的主体在重建自身的过程中，需要一次次地自我否定。情形如同鲁迅评价陀思妥耶夫斯基："穿掘着灵魂的深处，使人受了精神底苦刑而得到创伤，又即从这得伤和养伤和愈合中，得到苦的涤除，而上了苏生的路。"（鲁迅：《〈穷人〉小引》）

创伤也成为程永新《我的清迈，我的邓丽君》的内核。如小说标题所示，邓丽君成为这部作品的关键意象或潜文本。1980 年代初期，对于刚刚经历过浩劫、身心都处于冰封状态的年轻人而言，那"吴侬软语般婉转清澈"的浅吟低唱，"如雨如雾，如泣如诉"，不啻为一场人性的启蒙。青年男女心照不宣地聚拢在一起，拉下窗帘，关掉顶灯，当"贴着圆形红标签的黑色唱片开始缓缓转动"，"邓丽君柔软温婉的歌声似乎从云天外传来"，于是男女翩翩起舞……小说描写的这一幕如同一场隐秘而盛大的仪式，人性的启蒙联系着一整套相关的生活方式、文化观念和情感结构。同时，这种解放感还粘连着冒险与犯禁。阿城曾有回忆："记得澳洲台播台湾的广播连续剧《小城故事》，因为短波会飘移，所以大家几台收音机凑在一起，将飘移范围占满，于是总有一台是声音饱满的。围在草房里的男男女女，哭得呀。尤其是邓丽君的歌声一起，杀人的心都有。"（阿城：《听敌台》）温柔绵软的靡靡之音，怎么会起"杀人的心"？这当然只是比喻性的说法，邓丽君的歌声召唤出了那种骚动不安、无法自抑的极端化情感与越轨尝试。恰如小说所描绘的：男女翩翩起舞时，"身体贴得很紧，像小船轻轻摇摆"；以及地毯上如并蒂莲和百合花一般盛开的两双鞋，"一双是女人的，一双是男人的"……

阿格回忆的插入，使得小说在过往与当下的时光中化进化出。一方面是过往时代转换的轨辙中，情感的受压与挣扎；另一方面则是当下衣食无忧的中年人在域外的玩乐。表面上看，二者似乎构成欲望禁忌与放纵的对照。然而泰国清迈的逢场作戏中，挥之不去的忧伤暗流涌动，惘惘的威胁横亘于心，对眼前的美景总无法尽情流连。随着情节展开，读者渐渐得知三位出游者皆是伤心人——"我们都是与妈妈走散的孩子……"据说，邓丽君在清迈美萍酒店去世之际，脸上伤痕累累，"一边抓着女服务员的手，一边痛苦地喊叫着'妈妈'"。华美的袍子下爬满了虱子，这或许是邓丽君作为本篇关键意象的第二层寓意。由这位歌星光鲜外表下的不幸，小说渐次抵达阿格的创伤内核：百合花，男人与女人的拉扯纠缠……被压抑到潜意识深处的创伤记忆，在一场车祸后终于"解禁"，阿格就此深陷其中。对于成长过程中的伤痕的执迷与反顾，让人联想起《穿旗袍的姨妈》。一般来说，勇于面对创伤发生的原初场景，从纠缠其中并延续到现在的伤痛中表达并传递故事，能够回忆、讲述自我故事的发生、转变，上述行为本身常常意味着创伤的治愈企图。阿格的清迈之旅，本欲寻访创伤内核中的关键人物，这可以理解为平复创伤、自我治愈的尝试。然而，人生的机运恍若上帝掷骰子，阿格与阿哥的照面及擦肩而过，在一念之间留下无尽的谜。

三人行与域外冒险题材，近年来通过影视媒介而蔚为大观。《我的清迈，我的邓丽君》写三个中年男子的泰国游，因为依托着以上那层惘惘的威胁与创伤内核，而绝无半点油滑与油腻，甚至对人性与时代的健全不乏严肃叩问，比如我们如何来理解"性瘾"，这是出于特殊时代整体的压抑，抑或我们被围绕着"性"所部署的一系列福柯意义上的"自我技术"带离了自由？说及本篇的艺术构思，我特别想提到小说内在的张力。晚近的文学创作中，上海怀旧题材总不免与一脉情欲书写联系，随着阿格的记忆之旅抵达创伤的起源——"他溜进客厅，通往女人房间的客厅门虚掩着"……阅读确实被窥视感推动着。然而我必须说，幕后的诡秘、不伦、惨痛，又与台前的明朗、热情、朴实交相映照。后者我指的是三个中年男人间的情谊。他们一起吃饭，"阿格拿起筷子，把米粉往一只小碗里拨了些许，把小碗推至大胖面前。大胖狼吞虎咽地吃着菠萝炒饭，吃完炒饭再吃米粉"，此处一推一就中的自然无间，最能见出人物关系（性格与行事有绝大差异，又彼此照拂）。这也许并不是小说表现的重点，但在我看来又是无法欠缺的细节。奥尔巴赫在《摹仿论》中提及罗马史学家阿米安笔下充斥背叛、谋杀、告密等可怕事情，然而哪个时代不是如此呢，"阿米安的世界中令人压抑的是缺少一种平衡的力量……任何可怕的事情都在不断制造反向力，在多数发生恐怖事件的时代也有伟大的精神力量，如爱和牺牲，令人信服的英雄壮举以及对更加美好生活的不懈探索"（埃里希·奥尔巴赫：《摹仿论》）。《我的清迈，我的邓丽君》既能兵行险绝，又有平正的气息。最后，这种复杂而平衡的艺术力量，完美地显现于"百合花"意象中。百合花素来是纯洁的象征，也因此而受爱神阿芙洛狄特嫉妒而给此花加上了如同驴的阴茎的雌蕊。在基督教世界中百合花至高无上，圣母领报天使加百列通常手持百合花。百合花徽也是法国国王与美第奇家族的纹章与装饰。另有"三朵百合"种在墓边的传说，作为死亡之象征……纯洁、污秽、神圣、死亡、禁忌，这些对立多元而又包融一体的意义，在作品中百合花出现的场合里多能一一寻绎：女人在阳台上种满了百合花（最终也从阳台上飞身跃下）；阿格幼年过敏体质每因花香而引发不适；记忆深处女人房间门口的地毯上，一双女鞋一双男鞋，"像百合花的花瓣柔软地铺展在柚木地板上"；多年后阿格从车祸中醒来，开启记忆的触媒是大片百合花；百合花也围绕着邓丽君……小说的百合之心，如此细腻而繁复，在悖立的两极间营构起神秘的呼应与平衡的力量。

同样处理哀恸的主题，同样深谙险绝和平正的辩证法，于青年作家中首推孙频。《骑白马者》在巨大的疑问中推进："我"在山中游荡，寻访各色人等；所入山村皆"有一种奇怪的紧张，好像空气里到处飞舞着密密麻麻的神经末梢"；所遇人物无不古怪，"眼睛一旦盯住什么就半天不动"，"像一个透明的魂魄在我前面游荡"；再加上虚虚实实的氛围，花豹守在门口"蹲了一黑夜"，星空下的山庄"没有半点灯光，看上去鬼影幢幢"……如果把小说的基本元素提取出来——神秘阴森的山庄、古怪阴郁的人、贸然造访的主人公——会发现：这是一个《聊斋》式的故事（听泉山庄恍如"狐妖鬼怪们住的荒冢"），也像极了西方哥特式的古堡传奇。

　　这个问题我们可以从几个方向去理解。小说的核心情节是"我"寻找田利生，后者在山中开发、兴建度假山庄，终因资金链断裂而跑路。"我"为什么执意寻找田利生，他们似乎有相近的经历：出生于山中，下山卷入滚滚红尘，一番拼斗后积敛起财富……小说也不断暗示两人之间神秘的呼应，山林里偶尔浮出一张人脸来，"一张和自己一模一样的脸"，"像灯笼一般飘到了我面前。他似有千言万语要和我说，却只和我默默对视片刻，便又消失了"。小说尾声，烛光聚谈中的那位陌生人是田利生？他的陈述中骑白马者是田利生？"我"在山庄门口遇见的伫立身影是田利生？小说就在悬疑中戛然而止。周作人对废名的品评不妨移用至此："好像是一道流水，大约总是向东去朝宗于海，他流过的地方，凡有什么汊港湾曲，总得灌注潆洄一番，有什么岩石水草，总要披拂抚弄一下子才再往前去，这都不是他的行程的主脑，但除去了这些也就别无行程了。"（周作人：《莫须有先生传序》）田利生是谁依然不可解，孙频的笔墨盘旋在寻访途中遇到的老井、刘天龙、光棍兄弟、田中柱诸人身上，他们与田利生有千丝万缕联系，各人又都有着自身故事与隐痛，承受着政治和经济的洪流中微不足道的转变对个体施加的巨大影响，如此说来，也许每个人都是田利生。从个人到众生的让渡，也使得孙频走出了这一代作家此前习见的执迷与偏狭，从而容纳更为丰富的历史与现实。在听泉山庄兴建之前，这片山中曾有木材厂，1956年建成，1998年消失，"我"在大厂里出生长大。记忆中，"每到中午，厂里的大喇叭就开始广播评书，家家户户听着评书吃午饭，就着野葱和腊八蒜。然后在花香里小睡片刻"；到了晚上，一群人围坐在全厂仅有的一台黑白电视机前，"萤火虫在我们身边飞来飞去，星星点点"……木材厂不仅是工作场所，也是生活娱乐；不仅提供生产和输出，也代表寄托和依赖。当然，山上的世界也意味着封闭与隔绝，"我十二岁那年才第一次出山，第一次见到了坐落在平原上的县城"，"那么多灯光，那么多商店"，商品与城市终于给封闭与隔绝的山上世界打开了一道缝隙，"天上的街市"来到了，资本主义的现实来到了……《骑白马者》内蕴着一股挥之不去的哀恸，回望中瞥见的分裂愈显触目惊心，"我"是如此，"我们"同然，在两种历史记忆之间、在改革开放的阵痛中载浮载沉。

我想可能还有一种解释。"鬼故事"之所以让人觉得阴森恐怖而又有迷离的美，是因为将理性摒弃于门墙之外。《骑白马者》基本上是以"我"的第一人称视角展开叙述，只有"我"频频以独白来敞开心灵世界、以回忆来追溯个人经历。如果我们将理性不加节制地延伸，甚至不肯在人的精神世界里留下不能认识的疆域，作为现代性、现代性的文学的扩张性表现之一，那么小说中唯有"我"是一个"现代人"，这个"现代人"孤身深入去探访幽暗不明的古典世界/鬼魅世界。与一般的局限性视角的小说不同的是，孙频似乎有意放逐了沟通、猜测等可能，设想，如果寻访途中"我"遇到各种人物的所思所想与人生际遇——老井儿子何以敌视"我"，刘天龙是实干能人抑或空想家（带领全村人"从物质到精神上致富"），什么原因让光棍兄弟陷入"梦幻般的迷狂"——能够置于"光天化日"，小说也不会显得迷离而阴森，但其诗意恐怕也荡然无存了。况且小说中还有那么多叙述无法"穿透""把握"的人物——作为谜底的田利生、一闪而过的养蜂人、放羊老汉……他们的存在，使得"我"无奈承认"没有人知道这山林的深处究竟埋藏着多少秘密"。孙频执意为笔下人物的内心世界留下"暗角"，在某种"隐秘"——既是心灵的，也是社会的——面前戛然止步。《骑白马者》的辩证在于，"现代人"对鬼魅世界一次失败的探访，却提供给前者教育意义——人终当明白：每个人心灵深处总有不被理性发现的角落，沉默、幽晦而复杂，无法被表面化、无法被语言穿透，也没有必要在他者的注视下被意义赋予，也许这才是对根本意义上"人"的尊重，"我唯一所知的是我一无所知"。孙频耐心地在陪伴读者玩拼图游戏，寻访途中遇到的各色人等如同一块块拼板，预设通过他们的点滴叙述来拼凑起田利生的形象，但借用的拼板越多（饶有意味的是，似乎每块拼板又都在反制自身的工具职能——"我"只是服务于你认知的目的吗？），却意识到隐入黑暗中的秘密越多。田利生的形象依旧是模糊的：敢为天下先的弄潮儿，先富带动后富的初心，征地中隐藏的原罪……人是如此，社会变迁也是如此，田利生仿佛就是这座山的象征，无论应势而起，或被动卷入，山中的人都曾缠缚在时代的战车上隆隆向前，然而在下山又上山的兜兜转转中却又将息不得，那哀恸之地的隐秘唯有自行消化、吞吐。保留理性无法穿透的暗角，并不是放弃人类认知的职责，这么说吧，首先应当端正认知的态度、恢复距离的伦理，而那种以形形色色的"现代"的名义，对人与山的傲慢征用，恰恰阻隔了我们对历史与现实的认知。

唐诺曾经感慨，为什么现代小说中绝少契诃夫这类"朴素正常的小说"，转而往极端、孤僻的方向一路狂奔，"现代小说愈来愈像某个幽暗的、窄迫的、窄迫到不容人全身通过的封闭甬道"。在理性的鼓荡下，书写者总想、也自信可以更加清楚地看见某人某物某部分，唐诺打了一个精彩的比方，我们都看过一类科普电影，"人的皮肤毛发一旦置放于高倍数的显微镜底下，很自然呈现出来的就是陌生骇异的影像，如某个不明星球外壳或就是某种外星怪物，而单独被拿出来的内脏或人脑那更是很少人乐于直视"（唐诺：《一本没读过的契诃夫小说和小说的无限之梦》）。而现代小说中的人，恰好像刚刚经历一场科学实验的酷刑；仿佛一道拣选机制横亘其中，它刻意放大某一面向而同时排斥其他面向，如同前引奥尔巴赫所言，阿米安笔下缺少一种平衡的力量。追踪孙频创作的读者当会承认，以《我看过草叶葳蕤》《松林夜宴图》《鲛在水中央》等为界碑，孙频的小说气象有巨大转变，仿佛走出那条现代小说的"封闭甬道"，行草之外，添入金石气。迄今孙频依然在变法途中，评论者不宜率尔下断语，此处暂且提供一种观察视角。

根据文学社会学的理解，现代小说的兴起与资产阶级的意识形态有密切联系，例如关于特殊个人的观点、理性人的主张及对心理描写的兴趣、对人的活动的关注及对自然景色的忽视等等（《鲁滨逊漂流记》是完美例证）。由此来看，孙频的文学变法似乎暗合着对现代小说的整体反思。上文论及之外，最后再来谈谈《骑白马者》中的自然风景，谈谈这座明艳、凶猛、寂静、神秘、莽莽苍苍的大山。孙频花费不少篇幅写山中的动物、植物、不同时节的生态视景，浩瀚如沧海桑田的演变（"巨大的山体里镶嵌着贝壳类的海洋生物化石"），细小如一种气息、气味……这座山只是故事上演的舞台、人物活动的背景？1952年1月4日，沈从文于参加土改途中，见证一场五千人大会，大会批斗一个恶霸地主，同时还有四百地主陪斗，"实在是历史奇观。人人都若有一种不可解的力量在支配，进行时代所排定的程序"，然而沈从文注意到热闹场面、时代程序和自然景物对照下的情形："工作完毕，各自散去时，也大都沉默无声，依然在山道上成一道长长的行列，逐渐消失到丘陵竹树间。情形离奇得很。任何书中都不曾这么描写过。正因为自然背景太安静，每每听得锣鼓声，大都如被土地的平静所吸收……"（参见张新颖：《沈从文精读》）历史巨变下的人世动荡与自然沉静的对照，也启示我们去理解孙频笔下的山中风物，进而理解孙频文学变法中所加入的平衡与往复的力量。那座废墟般的山庄，诚为时代击打百孔千疮的象征，但也不妨视为安抚与地久天长，如同"土地的平静"吸收时代"锣鼓声"。由此我们才能会意小说中写道："每次在月光下去看望那片废墟的时候，总觉得那坟墓般的废墟里面埋葬着一种奇特的生机。天真而骄傲，像一个少年写在日记本里的稚拙理想。"巴赫金在反思现代小说的贫薄时，提到田园诗中一类"孩子在坟墓上游戏"的形象，进而联系到文学本该具有的丰富与磅礴，联系到生活"本身当中"存在的死亡与诞生的"毗邻关系"（巴赫金：《长篇小说的时间形式和时空体形式》）。哀恸之地既隐藏着历史与人事的顿挫，也含茹着万物资始的生机。

周嘉宁《浪的景观》最后写到一场热带风暴，暴雨持续整个下午，"地底开始渗水上来"，"外面的马路也被淹了，车困在漩涡里，没有交警……"这段取材于现实，周嘉宁在创作谈中写道："这是整个20世纪上海的最后一场大水。之后，上海政府投入巨资购置养护机械设备，引入管道检测系统。据说声呐检测仪放入排水管道后，淤泥的厚度数据就会显示在电脑上。而我和朋友们曾置身于90年代的热带风暴，在暑假的返校日被困在学校门口，那里的下坡路在两个小时的大雨之后就成为小小湖泊，我们用自行车带着朋友，笔直冲进湖里，奋力踩着踏板。而后，我们共同来到了干燥的下世纪。"（周嘉宁：《穿过雾的防火墙》，《中华文学选刊》微信公号）。踩着踏板冲入湖里的形象，连缀起小说中几处关于"浪的景观"的描写与议论，那是弄潮儿追波逐浪的高光时刻，转眼也成为好景难再的下行起点。而后，"干燥的下世纪"到来了，科技的力量将无孔不入甚至深入下水道，社会管理越来越精细化，城市生活变得更加安全、更加秩序井然，偶发与意外都将减少；同时，我们和我们的生活都被收割得整整齐齐。小说中写到的华亭路、襄阳路、七浦路市场和迪美地下城，或者已经消失或者不复生机，"周围的事物正在不可避免地经历一场缓慢的持续的地壳运动，塌陷，挤压，崛起，我们身处其中，不可能察觉不到"。在个人史与社会史的交织中，《浪的景观》不免怀旧色彩，向一个混乱无序中生机勃发、边角毛茸茸还未被修剪平整的时代致敬。

那个时代的"我们"是什么模样的？大专毕业后，"我"和群青成为倒腾衣服的个体小贩，倒在高考的门槛前，原该使得他们成为自怨自艾的失败青年——这是当下小说内外都大行其道的人物形象。有时，失败青年成为现实生活中人们自我防御的一张面具；有时，失败青年板结为文学中宣泄某种姿态的符号。但"我"和群青从来没有这样的"身份认同"，他们在凌晨的薄雾里等待货车，连滚带爬地蹬着板车运货，将钱款分塞在袜筒和裤腰里奔赴各地加工厂搜觅订单，在青年旅馆的大通铺和网吧间休息，甚至和打劫的小流氓火拼，"我们不断移动，在各种交通工具上，从浦西到浦东，从长江流域到华北平原，带着一点点的钱和可有可无的决心，游荡在批发市场铁皮大棚闷热的通道间"。在此过程中，他们结识各种各样的人，"去小饭馆里吃刀削面，旁边坐着一群穿匡威球鞋的朋克。特别野，特别贫穷，特别嚣张，让人不由自主想要成为这个公社的一员"……如小说所言，他们的生活"浪漫又务实"，这样背反而兼容一体的形容词，在当下青年人的情感结构中简直无法安放。"我"的女友调去北京当调查记者，恋爱关系行将中断，按说这是一个感伤时刻，然而"我的心脏所遭受的重击不是痛苦，而是极其难得的喜悦。我为小象感到高兴，她不再是年轻的女孩，她在自己的世界实践中成为了年轻的女人"。这才是本篇的情感主调，活泼而刚健，不断舍身到具体而流动的现实世界，不断在贴身肉搏中塑造、抉择出自我。

这篇小说"见证一个时代的落幕"，免不了怀旧，叙写的又是青春记忆，刻骨铭心的青春记忆。两者叠加，在其他作者那里，会造成多么深刻而难以自拔的自我迷恋，可想而知。然而也许是素来诚挚的写作天性，诚挚居然赋予周嘉宁一种自反性。我愿意将这篇序言结束在下面的对话中，那是少年人整装出门，明眸对日，满眼天宽地阔——

"我就问你，你没担心过眼下的一切都会消失吗?"我问他。

"当然都会消失啊，不然呢，建成一座纪念碑吗?"群青头也不回地回答。

2020 年 10 月 23 日

于复旦大学

敦 煌

◎艾 伟

有一段日子，小项和周菲经常一起散步闲聊。小项是成都人，大学毕业来到永城，分配到了永城电视台，孤单一人住在集体宿舍里。周菲也刚从外地调入歌舞团，虽然有自己的房子，但丈夫和孩子暂时没有跟着一起过来。两人惺惺相惜，成了闺蜜。

她们免不了谈男女之事。小项坦白，至今没谈过一次恋爱，单恋过几次，也只是一个人感动，连男人的手都没拉过。小项从少女时代开始就喜欢写日记，她把自己的那点小心思都写在日记里了。周菲说，她也是，结婚前没人追，倒是婚后，男人们好像突然在她身上发现了金矿，不时会发一些暧昧的信息给她。

一次闲聊，周菲讲了她在上戏进修时的一段情感。男的是学表演的，很帅，每天来她的宿舍。宿舍住着四个女生，他为她而来，她们既羡慕又嫉妒，这让周菲的虚荣感得到满足。他们一起看了几次电影后很自然在一起了。

周菲还没说完，小项就生气了。小项认为周菲是个坏女人，一个有夫之妇怎么可以干这种事。小项抛下周菲，一个人沿着护城河怒气冲冲地离去，令周菲很尴尬。

后来周菲对小项解释，她其实只想告诉小项，男人都差不多，以后小项会知道。周菲说，她和那位帅哥在一起时并不美好，帅哥自私得要命，这种男人以为同你好是对你的恩赐。小项还是不能认同周菲的行为，她说，我如果结婚，不会和别的男人乱来。

经人介绍，小项认识了陈波。第一次约会，小项问周菲，穿什么好？小项毕业不久，在打扮上没太费心思，平时穿着随便，还像大学生的样子。周菲带着小项逛街，选购了几件衣服。周菲说，衣服并不是流行就好，要适合自己才对。小项长得小巧玲珑，胸小，好在皮肤白皙。那天周菲替小项挑了一件吊带衫，下面配一条裙裤。周菲说，这样会使你显得修长。小项对着镜子看自己，第一次看到自己可以这么漂亮。

那次约会，小项对陈波基本上是满意的。陈波是外科医生，看起来相当沉静，脸部瘦削，显得结实而精干。

约会了几次之后，小项想带陈波来见周菲。周菲开玩笑说，你这相当于见家长啊，看来你认真了。小项说，我吃不准才让你看。

是在一个茶馆见的面。小项和陈波先到，一会儿，周菲从茶馆门口走进来。室外的光线使周菲看起来面目模糊。小项和陈波站起来。陈波礼貌地和周菲握了个手。陈波握手十分有力。一双典型的外科医生的手。只是陈波的手心冰凉，好像是个没有体温的人。这一点让周菲很吃惊。那天陈波是拘谨的，低调的，话不多，他一直看着小项，目光幽深。基本上是小项在说，叽叽喳喳的，像栖息在电线杆上的一只小鸟，亢奋地和周菲说着最近的八卦，好像这会儿陈波不存在似的。中间，小项去了一趟洗手间，陈波的目光一直跟随着小项。周菲注意到，只要小项消失片刻，陈波就会不安。

小项和陈波的关系算不上浪漫。经人介绍本身就是个平庸的开头，提前消解了浪漫这个词。有了开头，就意味着一个方向，走着走着，小项和陈波就走向了婚姻的殿堂。

结婚前，小项是有疑虑的。作为结婚对象，外科医生陈波是理想的，他家境好，在西门街有一套现成的婚房。陈波在医界小有声望，收入不菲。陈波话虽不多，但很照顾小项，让小项有安全感。小项因此觉得在永城有了根基，好像她就此不再是漂泊的，而是可以根深叶茂生长的。心有不甘还是有一点的，小项和陈波在一起时，没有太多的激情，一切平淡如水。她谈不上爱陈波，对陈波的激情甚至比不上过去的单恋对象。她多么想有一次像模像样的恋爱，她不奢望如书中描述的那样，至少是可以让她全身心投入的。

周菲对小项的想法不以为然。周菲觉得陈波挺好的。周菲母亲的直肠出了问题，生了个良性肿瘤。周菲是找陈波开的刀。周菲毫无缘由地信任双手冰冷的外科医生陈波。周菲凭直觉认定这双手做手术一定是冷静而精准的。母亲的手术做得堪称完美。在医院，陈波十分严肃，每次见到周菲都尽量笑一下，竟然有些腼腆。周菲去过陈波的办公室，物品各归其类，办公桌一尘不染。周菲对陈波因此很有好感。周菲对小项说，陈波那么在乎你，家境又体面，这样的老公哪儿找去，过了这个村没那个店了。

周菲让小项别有的没的尽想些不靠谱的念头。

那年深秋，小项和陈波结婚了。陈波的父母希望儿子找一个本地姑娘，有共同的地域背景，他们会更放心一些。不过既然儿子这么迷恋小项，他们也不排斥，只是私下担心，陈波这么迁就小项，会成为一个"妻管严"。这病医生治不好。陈波的母亲不无玩笑地对自己老头说。陈波的父亲多年来一直有怕老婆名声，他不住点头，趁机呛道，这是家传。陈波的父母都是知识分子，父亲在大学教授马列，母亲在研究所研究海洋生物，不过都退休了。除了金钱上的资助，他们懒得管儿子的家庭生活。小项有时候会觉得陈波父母对陈波态度过于超然，有些淡漠了。这也可能是陈波的个性造成的。平日里，陈波和人相处都有距离感。

照陈波父母的想法结婚这件事越简单越好，酒席也不用办。一个隆重的婚礼和婚后漫长的日常生活没有半毛钱关系。小项不同意，她希望有一个正式而隆重的婚礼。从少女时代开始，小项脑子里一直有一个瑰丽的梦，她在某一天会遇上一个白马王子，然后披上洁白的婚纱和王子结婚。在那个梦里，连结婚的仪式都是在教堂里办的。陈波支持小项的想法。不过去教堂是不合适的，他和小项都不是基督徒，梦想一下可以，真要在牧师的见证下结婚，他们自己都觉得不妥。同所有的婚礼一样，请亲朋好友饱餐一顿，其间让婚庆公司安排诸种礼仪，共同见证一对新人在婚礼进行曲中走入婚姻的殿堂。

小项的母亲参加了婚礼。小项的母亲面容有些憔悴，不过和小项长得很像，年轻时应该是美人胚子。小项的母亲一脸愧疚，面对亲家公夫妇甚至有些卑微，好像小项高攀上了一门好人家。小项对母亲的低姿态颇为不满，她对母亲耳语，你没必要装得好像我嫁不出去似的。小项的母亲带来一只红色的小盒子，小项知道这只盒子。这是外婆给母亲的结婚礼物。外婆家从前开过珠宝行，不过到母亲出嫁时，典当得差不多了。总还是有些宝贝的，外婆把家里最值钱的东西都传给了母亲。现在，母亲又把这只盒子及盒子里的东西传给了小项。

小项的父亲没来。婚后的某一天，小项对周菲说，在她十岁那年，父亲和母亲离了婚，各自组成了家庭。小项没有把自己结婚的消息告知父亲，她和母亲更亲一些。周菲有些吃惊，她和小项走得这么近，小项竟然从来没说起自己的家庭，周菲突然觉得小项身上有很多秘密。

仪式中有一项父亲把女儿送到新郎手中的环节。陈波的父亲担当此任。陈波的父亲非常乐意，挽着小项的手臂，庄重得像一位真正的父亲。陈波的母亲语带讥讽说，老头子这辈子就想有个女儿，今晚他算是找到感觉了。

婚礼那天，小项和陈波进入洞房都累坏了。第二天他们醒来的时候已是十点。西门街很安静。阳光从窗帘缝隙中照射进来，照在地板上。从窗帘的缝隙望出去，看到西门街的两棵银杏树，树叶金黄，像一堆燃烧的金子，灼人双眼。母亲送的那只红色盒子放在梳妆台上，盒子表面镶嵌着由白色象牙拼接而成的月季花饰。母亲曾告诉过她，等她出嫁时，会把这只盒子以及盒子里的宝贝送给她。母亲嫁人后又生了个女儿，小项以为母亲不会记得自己说过的话。母亲没有食言。小项是感动的，母亲对她比她预料的要好。小项看着那只盒子，在一众现代家具中显得相当醒目，好像这只盒子才是这个房间里真正的主角，把婚房照亮了，好像房间里因为有这只盒子，她和陈波就会百年好合。

小项说，想看吗？里面的东西很值钱。陈波摇摇头。小项问，一点好奇心也没有？

小项从床上起来，走到梳妆台前，把盒子抱在怀里，回到床上。她打开盒子，一件件给陈波看，玉佩、蓝宝石、翡翠、珍珠以及一只雕饰繁复的拇指大小的金佛像等。小时候，母亲从来不让小项看里面的东西，小项很好奇，曾把盒子上的小铜锁砸了，偷偷看过。结果被母亲打了一顿。在小项悲伤地大哭一场后，母亲说，这些东西以后都是你的，是你的嫁妆。后来母亲找人修好了那把小铜锁。

小项说，陈波，要是我们生个女儿，这盒子和里面的东西就做她的嫁妆。陈波显得有些激动，他把小项搂在怀里，亲小项的额头。小项突然生出对陈波的依恋，一种类似生死相依的感觉。这是小项第一次感到自己对陈波其实是有感情的。是的，陈波沉静干净，只是不太会说甜言蜜语罢了。

小项再次起身，从抽屉里拿出自己的几本日记本，放入红色盒子里。小项说，以后把日记也送给女儿，当她嫁妆。

谈恋爱时，陈波知道小项喜欢记日记。陈波问小项，你的日记里都记着什么？小项说，你想看啊？看了不要吓着你啊。陈波说，有很多秘密吗？小项说，很多小心思吧。小项停了停，表情严肃地说，在你之前，我没让一个男人碰过，你想看你就看吧。陈波温和地笑，说，我不看。

后来，这只盒子成了小项的一个特殊领地，陈波和她之间很自然形成一个默契，陈波不看小项盒子里的东西。

一年后，陈波和小项有了女儿豆豆。

小项原指望陈波的父母可以照顾一下豆豆。陈波说，怎么可能，我爸妈当年连我都不管，把我寄养在农村老家，我是乡下奶奶带大的。果然公公婆婆除了偶然心血来潮来看看孙女，平时基本上不闻不问。公公婆婆在钱方面是大方的，说让他们请一个保姆，钱他们来出。带孩子实在太累了，请保姆这件事，小项动过心思，陈波反对。陈波说，医院里我面对的全是陌生人，可不想在家里再见到外人。小项知道陈波这样说只是个借口，他其实是不想女儿像他那样被外人养育。虽说奶奶也算不得外人，但寄养本身让他同父母之间有一种微妙的隔阂，不可言传，难以消除。陈波倒是很勤快，在小项哺乳期时几乎包揽了所有家务，对豆豆也很疼爱，恨不得整天抱着她。女儿什么也不知道的时候，陈波就开始讲故事给豆豆听。那些故事是陈波乡下奶奶讲给他听的，土得掉渣，却蛮有民间智慧的，女儿没有反应，小项经常听得花枝乱颤，弄得陈波很不好意思，特地去书店买了一叠童书来讲。

小项的观念不知不觉有些改变，她对男女之事不像以前那么矜持了，办公室里女人之间的一些玩笑，她不再排斥。她生出一个粗俗的念头，老娘孩子都生了还怕什么。在电视台，小项平常接触的都是些光鲜亮丽的人物，身边演员主持人一大堆，经常听到关于她们的各种各样的绯闻。电视台一位主持人，几乎每年要闹一次恋爱，并且每一次都是全身心投入，轰轰烈烈。最新的一次是她爱上了一位比她小十岁的富家少爷，大家都认定少爷是玩她的，她却飞蛾扑火般投入。这种事小项听多了，就习以为常了。想起以前听到周菲婚外和别的男人好，她的反感如此强烈，有些好笑了。生完孩子后，主管策划部的副台长韩文涤让小项参与策划了几台晚会，相当成功。这些晚会的一些串台词出自她手，有妙手点睛之效，广受好评。

周菲调到永城快三年了，终于尝到了"梦想很丰满，现实很骨感"的滋味。周菲的心中一直有一个梦，她想做一个能够充分表达自己这么多年来生命体验的舞剧。几年前她看了云门舞集，非常感动。她看过很多现代舞剧，那是纯西方的，表达的往往是个人生命中本能的暴烈和激情。云门舞集特别东方，舞蹈语言是现代的，内里却安静如一幅一幅的水墨画。她觉得这是她要的，她想做一个比云门舞集更有叙事性的舞剧。本来她盼着调到永城歌舞团能组一个自己的团队，调她过来的人也答应会让她按自己的想法做。三年很快就过去了，周菲终于认清了事实：没钱。她要做的不是市场欢迎的，纯粹是自我表达。这有点自私，可周菲就想做这样的作品。她不想辜负生命，浮夸之作宁可不做。

这三年，周菲除了弄她的舞剧剧本（反正暂时也没钱排，她一直在改），基本上很空闲，和小项常见面。周菲有舞台经验，能恰到好处给小项的策划项目出点子。小项受益匪浅。周菲在男女方面很敏锐。小项老是提起韩文涤，出现的频率有点高。周菲意识到小项喜欢韩文涤（可能小项自己还没意识到）。周菲是认识韩文涤的，虽没深交，总还是有些了解的。周菲觉得韩文涤并非简单的人，周围美女如云，至今没有传出任何绯闻。人长得有些像年轻时的王心刚，气质沉稳低调，只是目光比王心刚要锐利一些。据说他最有魅力的时候是开策划会，话不多，常有妙语，含金量很高，直指问题核心，适当的地方来几句冷幽默，逗大家开心。电视台有不少女人喜欢他。他不来电。美女们夸张地表示痛心疾首。还有人怀疑他的性取向。周菲知道所谓的性取向问题，只不过是台里女人打趣，不能当真。周菲觉得小项对韩文涤产生喜欢或者崇拜之情也属正常。周菲也算是阅人无数了，韩文涤虽然待人温和有礼（照小项的说法身上有股暖烘烘的气息），却总是和人保持距离，周菲凭直觉断定这男人一定是有野心的，不可能在私德上犯错，影响仕途。

小项有今天和韩文涤的信任和支持不无关系。小项心里面很感激他。她想过送他一件礼物，表达谢意，又怕他拒绝。他是个气场很大的人，不能说他不温和，但总还是让人感到身上威严的难以接近的东西。小项是有些怕他的。

在哺乳期，小项也非常注意穿着得体。她的乳房不大，可奇怪的是她的乳汁特别多，她怕溢出弄湿衣服，上班时做了不少防护措施。这使她的胸看起来比平时要大。她自己也觉得沉甸甸，比往日性感。她很享受这种沉甸甸的感受，希望自己永远沉甸甸。生完孩子后，很多人说小项变得漂亮了，皮肤里好像有光芒透出来。

有一次小项发现自己的乳汁从衣服里渗出来，感到挺难为情的。她本想去厕所里往胸口垫一些纸巾，见走道上空无一人，就面向墙壁把手伸入胸口，垫将起来。刚好韩文涤从办公室出来，看到这一幕。小项捕捉到了他的目光，同平时不一样，是男人那种。小项的心不由得狂跳起来，脸也红了。小项几乎是逃回办公室的。

后来小项时常回忆那一幕。当时的狼狈转换成了某种暧昧而温馨的感觉。好像因为那一幕，她和他之间有了某种私密关系。

小项的暗恋史源远流长。小项初次暗恋对象是高中时的班主任，一位严肃的语文老师。小项记日记的习惯就是这位语文老师鼓励的结果。小项作文好，文章经常被当作范文在班上读。后来语文老师调到别的学校了。听说是因为生活作风问题调走的，据说是和另一个班上一位女生有了不伦恋。小项不相信。她倒是设想过那个不伦恋的女生是自己。小项在各个时期暗恋过各种各样的男人，有时间漫长的，也有时间短促的。短促的几乎若昙花一现。小项对自己如此频繁地对男人动心感到不可思议；有时候她会觉得自己很"花心"。

小项和韩文涤在走廊迎面而过，韩文涤经常对她视而不见。即便这样，小项想起他来，心里面还是温暖的。她说不出他在哪里刻意帮了自己，她却感到他的帮助是全方位的，润物细无声的。即便他们除了工作关系没有任何私交，现在韩文涤还是成了小项某种精神上的依靠。

夜深人静的时候，韩文涤开始以另外的面目出现在她的想象里，他对她变得温柔，变得温润如玉，他们成了亲人。她偶尔会想象一下和他肌肤相亲，但更多的是精神上的想念。她赋予韩文涤无数高尚的品质（没有绯闻成了他高贵品质的一种），她告诉自己她爱慕和崇拜他是因为对这些高尚品质的认同。她由此生出人生的暖意。

时间一久，小项只要单独面对韩文涤，都会有晕眩的感觉，变得呼吸困难。她因此不敢太靠近他，总是和他保持一定的距离，怕自己真的会晕过去。有时候在电梯里碰到他，她除了对他傻笑，大气都不敢出，她很担心自己会失态。

小项在业界有了名声。有一些企事业单位会在节庆日搞晚会，他们会找小项策划。其实小项知道，他们找她策划也并不完全是她水平有多高（当然还过得去），更重要的是他们看中小项手中有演员和主持人资源。小项出马，晚会马上就高大上。小项在工作中会遇见一些陌生男人，他们中的一些人会心仪她，会在某个特定的日子，比如三八节或情人节，发给她暧昧的短信。不能说小项毫无喜悦，虽然她明白这些短信不能完全当真，很多人只是逢场作戏，但哪一个女人会不喜欢有人追呢。她盼望韩文涤在这样的日子里发一个问候或鼓励的短信。从来没有。

认识的人多了，小项经常介绍一些人给周菲，希望他们能出钱支持周菲。小项真心觉得周菲能排出一台好舞剧。可是他们除了对周菲的美貌感兴趣，正事儿没有任何进展。周菲很气馁。周菲有一次和小项喝酒，周菲说了句粗话，要是我卖身他们能出钱的话，我也干了。小项听了竟然觉得难受。在这一行里，看得多了，小项对女性的处境还是敏感的。

小项听到韩文涤家庭生活的传言是在半年后的一个酒局上，有人提起韩文涤，说韩文涤的夫人很漂亮，外面有人了，韩文涤也知道自己戴绿帽子的事，一直忍着。那人说，他夫人和韩文涤妻子是闺蜜，有一天韩文涤打电话给他夫人，韩文涤在电话里抽泣，说都是他的错，不怪他妻子……小项听了非常震惊。她一直以为韩文涤家庭生活很幸福，没想到是这样子。小项感到心痛，感觉要泪崩了。她连忙起身去了一趟厕所。

周菲当时也在。周菲看到小项从厕所回来眼睛是红的。周菲的心沉了一下，敏感地意识到同刚才的传言有关。小项开始频频敬酒，喝得很猛。周菲本来要拦她的，又想，小项也许想喝醉一次。随小项吧，反正喝醉了也可以安全送她回家。

小项喝高了，并没有醉，只是有些兴奋。饭局结束，小项夸张地和每个人拥抱告别。周菲一直在边上作陪。直到人全散去，小项抱住周菲痛哭。

如周菲所料，小项如此失态是因为怜惜韩文涤。小项替他不值。小项甚至觉得要是她是接到他电话的那个人，是听到他哭声的那个人，她会感到幸福的。周菲这才知道小项已深陷在对韩文涤的情感之中。小项问怎么办？周菲不知道如何安慰她。

周菲是冷静的。她并不在乎那个叫韩文涤的人。她痛惜小项。凭直觉周菲不认为韩文涤会接受这份情意，但有什么办法呢？她只好鼓励小项主动出击。出于对人性的了解，小项现在这个样子，不撞南墙根本回不了头，醒不过来。不过周菲还是警告小项，一定要保护好自己的婚姻，那个人不可能娶你，你以后会知道稳定的婚姻对女人来说多么重要。

有很长一段时间，小项沉溺在对韩文涤某种温柔的怜悯和母性情怀中，虽然有周菲的鼓励，但她还是有点胆怯，迟迟没有行动。她想起哺乳期时，他看到她往胸口放纸巾时他的目光，好像这目光至今还粘在她的胸脯上。她想象他承受的创痛，想象他哭泣的样子（没想到这么高大的男人也会流泪），她多么想他埋在她胸口哭泣。

又过去了很长一段日子。

一天，小项上班到得早，竟然在电梯里碰到韩文涤，并且是单独相遇。他还像往日那样严肃，甚至没看小项一眼。小项一直看着他，她和他靠得如此近，她几乎嗅到了他身上特有的温暖气息（更多的是她的想象）。不知怎么的，小项突然泪流满面。韩文涤似乎很吃惊，问，你怎么了？他从口袋里拿出一叠纸巾递给小项。小项几乎没有思索，抱住了韩文涤，把脸贴在他胸膛，失声痛哭。小项不知道是为他哭还是为自己哭。她只想哭。韩文涤身体僵硬，没任何反应。小项抬头看他，他的表情有点惊愕。不过，他很沉稳。他指了指电梯上的摄像头，说，监控。

小项迅速离开他的怀抱，好像韩文涤的身体发出高压电，击中了她，让她本能退离。他们的办公室在11层，电梯很快到了。小项几乎是从电梯里逃离出来，好像是她刚刚受到了非礼。

回到办公室，小项羞愧难当。出于自尊，她给他发了一则短信，对自己的失态向韩文涤表达歉意。让小项意外的是韩文涤回复了她。韩文涤说，一直以来把小项当作小妹妹看待。别的不再有进一步的表示。小妹妹在小项看来是个暧昧的词语。收到这条短信，小项突然感到雨过天晴，希望又以近乎顽强的方式从失望的土地里长了出来。小项想既然都这么主动过了，丢过人了，就丢人吧。小项开始在短信里表白。韩文涤的回应谨慎而节制。

那段日子，陈波想和小项亲热时，小项都拒绝。睡觉前，小项不忘拿起手机，给韩文涤发一个短信，言词热烈。晚上，韩文涤从来不回复小项。有一天小项睡不着，偷偷跑到卫生间试着给韩文涤打电话，想知道他是不是还开机。开着机的话说明他看到她的留言了。他已关机。小项回到床上，陈波问，出了什么事吗？小项说，你想哪儿去了。陈波说，你刚才去打电话了？给谁？小项说，你神经啊。一会儿，小项说，你怎么疑神疑鬼的？要不你查看一下我电话吧。小项这么说，并没有把电话递给陈波。陈波翻过身说，睡吧。

和韩文涤的关系没有朝小项所希望的方向进展。一个月后，韩文涤不再回她的短信。在单位里，他对小项也越来越冷淡。小项想，大概是自己太主动，把他吓跑了。

小项觉得自己失恋了。小项茶饭不思，还经常失眠，深陷其中不能自拔。她因此感到很痛苦。没有恋过便失恋更令小项感到挫败。这种状态持续了很长一段日子。

小项想起周菲让她主动表白时留下的警告（当时小项极度排斥周菲的话，认为周菲有偏见）。周菲说，你要做好受伤的准备。韩文涤不是一般人，外面都在传他快要升官了，不会在这种事上犯错，他老婆都对他那样了，他都不愿离婚，这得需要多大的意志。况且你又是他的属下，像他这种男人，知道兔子不吃窝边草的道理。周菲是多么聪明。

小项明白男女之事强求不得，道理虽懂，她还是心有不甘。好在小项的工作很忙，需要和各种各样的人打交道，她又是个注意自己形象的人，得把自己的情绪牢牢把控好。另外，她接触的人很多是开心果，说学逗唱，一副游戏人生的派头。欢笑总是能缓解沮丧的情绪。久而久之，小项就死心了。有一天和陈波亲热后，她想起韩文涤来，竟然觉得那个人非常陌生。

小项对自己说，陌生是对的，我从来就没了解过他，一切都是想象的产物。

小项习惯于把自己的情感生活告诉周菲。小项虽然说得轻松，周菲意识到，小项还没有真正忘掉韩文涤。对于一个没有谈过一场真正的恋爱就结婚的女人，小项是不会善罢甘休的，无论是精神还是肉体，出轨是迟早的事，不是对韩文涤也会对其他人。

夏天的时候，韩文涤真的如传言一般，升职调到别的单位。同事们给韩文涤做了一个欢送仪式。小项竟然有些怅然。小项以为自己完全把他放下了，韩文涤要离开时，她意识到他从来没从自己的精神上抹去。小项和同事们一样，祝贺韩文涤荣升，说一些场面话。那天韩文涤第一次在公开场合对小项亲近，他走到小项边上，笑着说，有空了去我那儿坐坐。小项听了还挺意外的。这不是她熟悉的韩文涤。在台里，韩文涤从来不主动让属下去他办公室。小项的心思不由得动了一下。她看着韩文涤。韩文涤却把目光投向另一个美女。

韩文涤离开电视台后，小项经常想起他。不过小项没得到他任何消息，更别说受到他的邀请了。韩文涤走时说过的那句话，小项念念不忘，心有所动。她恨自己是不是有些轻浮，就凭他这么一句话，心里又凭空等着什么似的，死灰复燃了一般。有好几次，她路过他的单位，想上去坐坐。不做同事了，他会怎样对她呢？不过这样的念想并没持续多久，小项心中的涟漪慢慢平静下来。她不再想起他，好像他在她的世界里消失了，已是一个不存在的人。

但他还是在的，那年秋天，小项突然收到韩文涤的一则短信问候，你好吗？

看完短信，小项愣了好长一会儿。她心中生出遥远而悠长的感觉。她接到短信的那一刻，她意识到自己并没有真正遗忘他，相反在等着他的出现。他依旧在身体或记忆的某处，等待某个时机被激活。

我很好，你呢？这句话，她写了好几遍，终于颤抖地按键发了出去。

他迅速回了条短信，我也很好。

这样，他们开始了频繁的短信往来。从前的感觉慢慢被唤醒了。现在，她收到他的短信时，会有一股暖流在身体里流过。她不知道是不是该相信他短信上说的。他说他很珍惜她的情意，也让她原谅他的不解风情。他的言词依旧是谨慎的，不过意思明白多了。她回忆或虚构过往的一切。她当时暗恋他时，她是那么绝望，又怀着希望。在和陈波做爱时，脑子里幻想的是这个人。在这样的秘密交流中，她有了幸福感，好像她突然得到了一件原本并不奢望的宝物。她觉得自己似乎恋爱了，这回是真的，虽然有时候她依旧将信将疑。

走向更亲密的下一步是自然而然的。终于有一天，韩文涤提出和她约会。韩文涤的约会非常直接，他开好了房间。这不像是他的做派。他是个多么含蓄的人。在小项的想象里，他应该请她喝咖啡才对，不应该一步跨向宾馆的某个房间。不过小项很快试着理解他的行为，他很忙，或者他害怕在公开场合碰到熟人。永城就这么大，他认识的人又多。

小项是怀着温柔和爱去和他约会的。在约会前，小项在镜子里端详自己，她觉得自己并不好（之前她一直为镜子里的自己骄傲，现在却自卑得要命）。她从来没和相爱的男人约会过，她不知道见面怎么和他相处，她还担心自己的身体没有反应。她很忐忑。

她进入房间时，他已经到了。她有差不多半年没见到他了。这段日子他们虽然每天在交流，他只活在她的想象里。但现实和想象毕竟是不一样的。在进门前，她脑子里的他高大而温情，她被脑子里的他的光芒灼照，有轻微的晕眩感，心跳强烈到她不能呼吸。她感到自己的担心完全是多余的，她的身体完全打开了。只是他完全不是她想象的样子。没有光芒，相反，他显得有些慌张，甚至有些气短，好像他意识到自己在做一件并不光彩的事。这令她的心里产生一种轻微的抵触和尴尬，好像自己的行为也是见不得人的。她刹那平静了。有一种陌生的气息从房间里弥漫开来。这不是好兆头。

韩文涤坐在那里一动不动。小项想，他应该过来抱住她。气氛是如此冷。有一刻，小项犹豫是不是要逃走。她舍不得。小项注意到韩文涤看她的目光是无助的。他大概是真的没有经验。她忽然心疼他。她想，已走到这一步，我主动一些吧。

她动作僵硬地抱住了他。他马上回应，开始亲吻她。他显得很疯狂，但她感到他的嘴唇是冷的。她不知道哪里出了差错。她希望自己的热情可以唤醒他的激情。小项主动脱光自己。韩文涤只是亲吻她，没有进一步的动作。小项解开了韩文涤纽扣。韩文涤犹豫了一下，没有阻挡。

然后，他们失败了。他们赤裸相见，韩文涤没有任何反应。小项尽量帮助韩文涤，他还是不见起色。

小项问，你是紧张吗？

韩文涤说，可能。

小项说，同她也这样？

韩文涤有些失神，语调含混，同她没问题。

小项想起那个传言，他们说他美丽的妻子在外面有了情人。小项就是听到这个才激发对他的热情。现在她有点明白这个传言的意思了。小项突然抱住了韩文涤，在他的胸口呜呜地哭起来。

你怎么了？他问。

没有关系。没有也没关系。我不在乎。她说。

这是他们第一次，也是最后的一次。那天他们分手时，他和她的目光一直在逃避对方。回到家，小项装作什么也没发生过，给韩文涤发信息。她还是愿意和他保持亲密关系。韩文涤没有再回她。

一个月后，小项意识到韩文涤在她的生命中消失了。这一次是真的消失了。空闲的日子，小项还是会想起他来，想起他失败时窘迫的样子，她为他惋惜和心痛。现在她知道他是个压抑的男人。这个看上去沉稳而低调的男人，或许这么多年来真的一直默默地爱着她。她愿意相信是这样。

同时，她也为自己惋惜。她爱过他，但她终究没有得到他。

等到豆豆上幼儿园，小项突然空闲下来。再次想起她和韩文涤的事，小项竟然有一种陌生和荒诞感。那些事情好像发生在很久很久之前，甚至远到仿佛是前世，很不真实，与己无关似的。那种曾经有过的深刻的悲伤早已不着痕迹，一切山高水远了。她想，原以为无比深切的情感到头来究竟都成了一片虚空。

周菲找到了金主，终于可以排她的舞剧了。周菲对小项说，金主是高层某公子的白手套，这点钱对他们来说就像头上拔下来的一根白发。话虽这么说，周菲也不是没担心赵总是有目的。对于他们来说目的无非是色，不是对周菲色，就是对周菲手下的女演员色。不过这个赵总从来没提过任何要求。他们是在一个饭局上认识的，席间，周菲说起自己那个永远排不了的舞剧。赵总马上答应帮她。当时周菲并不相信，一笑而过。哪知道第二天赵总差人送来了一张支票，给了一半的钱。

周菲觉得有必要谢谢他。她不想单独同他见，就拉上了小项。小项这段一直在嚷嚷着空虚之类，老是拉着周菲逛街买衣服。这家伙东西乱买，看见一件好衣服，会买两件。周菲从小项买衣服的行为中想起一个成语：不知餍足。她觉得这个小女人总归有点贪婪啊。

本来周菲拿小项做挡箭牌，小项竟拉起皮条来。饭局毕，两人把赵总送走，小项说，赵总不错啊，我以为是个臭男人，竟然是个靓仔。天哪，这么年轻管着这么大摊子事，你不动心？周菲听了哭笑不得，说，你是不是爱上人家了啊，要不我给你们牵个线？小项打了周菲一下，说，你的男人，我哪敢碰。周菲听了刺耳，不过她懒得同小项解释。

两人都喝了酒，周菲是开车过来的，周菲找了个代驾，先送小项回家。一路上，顺着刚才的气氛，两人聊着八卦，也不顾及车里面还有个代驾在。小项议论起台里的女主持人，那个每年要谈一次轰轰烈烈恋爱的女人这回动真格了，那小她十岁的少爷居然要娶她，女主持折腾着要和丈夫离婚，丈夫不肯，几次自杀未遂。周菲说，看来是真爱，他们好了有三年了吧，你们那女主持恋爱的频率明显下降啊。小项笑了，说，她真是有激情啊，取之不尽，用之不竭，每一次都像威风锣鼓，排山倒海，气势恢宏。周菲玩笑道，我看你现在也是这样，一副春心荡漾的样子。小项白了周菲一眼。

关于和韩文涤的事，小项巨细靡遗同周菲讲过，连那次约会也讲了。当时小项是多么伤感，好像自己是舞台上的一个角色，刚刚经历了一场生死之恋。不过，现在小项完全忘了那一出，好像她已把那个深情的自己丢到了历史的垃圾筒里。

也许是喝了酒，小项言语或多或少有点轻浮。小项说，周菲我问你，要是我这辈子只有陈波是不是亏掉了？周菲说，你不是有过韩文涤，还同人家上过床。小项说，哪有。又打周菲。周菲说，好了，别闹了，你还是好好守着你老公吧，陈波挺好的。激情有什么好，细水长流才是真的过日子。小项对周菲讲过她和陈波床上的事，小项说陈波一板一眼，在床上精确得像在手术台上，机械重复着同一套动作。那次周菲被小项逗乐了，说，你可以放荡一些啊。小项说，陈波会受不了，以为我从外面学来的。又说，他表面上不太问我外面的事，但他多疑。

两人一路玩笑着，代驾小哥突然出声了，问，你们是演员吗？两人愣了一下，这突如其来的发问让她们发出嘎嘎嘎的欢笑声。小项来劲了，趴到左驾座位的背上，看着代驾，还忍不住摸了一把代驾的脸，对周菲说，刚才没注意看，是一位帅哥哦。周菲制止了小项，说，人家开车呢，你别闹。

周菲心想，小项真的是孔雀开屏了。至少今夜是这样。是因为赵总吗？

春夏之交，小项听同事说，省里请了一位英国专家，要在西湖景区搞一个关于舞台空间利用的培训班。不是小项所在的系统搞的，但主办方给了电视台策划部一个名额。英国的舞台艺术深具传统，小项的同事都争着想去。小项也想去，不过她懒得争，在心里放弃了。结果最后轮到的是她。

报到那天，天气突然转暖，刚好小项带着夏装，就及时换上了。小项的身材是小巧玲珑型，她自认为不太合适穿裙子，宽大裤子或裙裤合适她，再配上宝蓝色的短袖T恤，把她的皮肤衬得十分白皙。那天小项换上衣服，看着镜子里的自己觉得自己都爱上了自己。小项对自己的身材很满意。在家里，要是豆豆不在，她喜欢赤身裸体，也不管窗帘是不是拉好。陈波对小项这个行为倒也没有制止，只是看到她裸身，就把窗帘拉上，生怕被别人看了去。

那天小项报到时有点晚了，大多数学员都到了，围在报到处，叽叽喳喳说话。学员来自全省，男男女女，年龄相当。他们基本上来自同一个系统，或多或少是认识的，至少听说过彼此吧。小项谁也不认识，她好像自己突然闯入一个陌生的领地。不过小项认为这挺好的，可以认识一些新朋友，可以开阔视野，还可以拓展一下社交圈。现在的社交圈，同学（哪怕只同学三天）就是天然的社交纽带。

有一双眼睛一直盯着小项。他走过来帮小项拿行李，小项的行李不多，就一只拉杆箱。小项没有拒绝。同学嘛。在去房间的路上，那人介绍了自己，叫卢一明，他说，他去过永城，在一次会议上见过小项。小项记不起来了。小项仔细看他，理着一个小平头，觉得他像一个运动员。那天，他穿着一件藏青色的长袖衬衫，大概是因为肌肉发达，衬衫显得有点紧，也因此显出他的挺拔来。后来，他告诉小项，他每周要去健身房三次。他说，不健身，身体会难受。

到了房间，小项在镜子里看自己，一边看，一边想起艳遇这个词。她有一种预感，在这三天里，可能会发生一些事。她对卢一明不了解，她想象了一下，如果和这个男人真的有艳遇，她是否可以接受。她对着镜子里的自己露出淫荡的笑意，说，为什么不呢？近来，她经常起念，想尝试陈波以外的男人。

吃晚饭的时候，卢一明端着盘子坐到小项对面。卢一明很自然约小项晚饭后一起散步，小项爽快地答应了。到目前为止小项在男女之情上没多少实质经验，但面对卢一明时她表现得沉着老练，好像她是个情场老手。后来，小项才明白，卢一明才是情场老手，她只不过是个雏儿。

两人沿着山谷小道，一会儿到了苏堤。大约是周一的缘故，晚上的苏堤行人不多，显得很清寂。小项经常来杭州，都是来去匆匆，少有闲心在西湖漫步。年轻的时候，倒是独自一人走完过长长的苏堤。现在的西湖因为灯光的缘故，晚上看起来美轮美奂，好像真的到了天堂。苏堤倒是幽暗的，大概因为苏堤的绿植茂盛的缘故。

在一个黑暗的深处，卢一明拉住小项的手。小项稍稍犹豫了一下，没有回避。小项以为自己准备好了，事实上并非如此，他们手拉手散步时，小项感到自己是拘谨的，僵硬的。她原本以为拉着男人的手，身体会有欲念。没有。卢一明却是有欲望的，她感受到他手上传来的温度，感受到他手上的不安分。他不说话。不说话是某种危险的开端。她有点担心，周边人这么少，如果他这会儿做出些什么，她不知该如何反应。

在一棵桂花树下，卢一明突然用力把小项揽在怀里，迅速用嘴封住了小项的嘴。小项吓了一跳，然后是本能反抗。她发现自己不能适应如此迅速就走到这一步，在她的想象里，男女之间应该先有言语暧昧，或含蓄的表白，或甜言蜜语，卢一明却毫无铺垫，跳过语言直接进入行动了。她本能地推开卢一明，说了一句没头没脑的话，你对别的女人也这样吗？

仿佛是这句话带出了小项的生气。她觉得自己受到了轻辱。小项甩下卢一明，几乎是逃离了苏堤，沿着山谷的小道回到宾馆。她以为卢一明会追上来，或向她道歉，或继续拥抱她。如果他那样做，她也许会原谅他的粗鲁，他们还可以出来散步。他没有，他站在那儿，看着她，好像对小项的反应颇感稀奇。

小项跑回自己房间。她关好房门，靠在门边，气喘吁吁。奇怪的是欲望在那一刻突然在身体里苏醒了。她的手指在自己嘴上划了一下，迅速唤起刚才瞬间印象。她闭着眼，好像这会儿卢一明正吻着他。那一瞬非常仓促，因此或许完全是她的想象，她觉得他的嘴唇饱满热烈。她的嘴微微张开，迎接着他。她感到心脏猛烈跳动，胸口发胀，好像这会儿她身体里唯一存在的就是那颗脆弱的心脏。

后来她躺到床上，一直看着手机。或许他会给她一个短信，请求她的原谅，或者向她表白他这么做是因为喜欢她。一个小时过去了，手机没有任何动静。她不知道他是否从苏堤回来了。她反省自己是不是显得太决绝了？会不会伤害到卢一明？她的身体发烫，伴有轻微的抽搐。仿佛是为了转移自己的欲望，她给陈波打了个电话。陈波似乎吃惊她会给他电话，问她怎么了？也许因为身体里的欲念，她说话特别温柔，她甚至想，这会儿如果陈波躺在身边也是好的。不过她很少在陈波面前流露她的情欲，他们谈家常。陈波问了培训班的情况，小项则关心女儿豆豆。

就在小项和陈波通话的时候，一条短信蹿了进来。小项迅速打开短信。是那个卢一明发来的。短信大胆直白：我想你。

小项的心跳震天动地，她甚至怕陈波在电话的那头听到。有很长时间小项没有说话，陈波问怎么了。小项这才反应过来，说我有事了，空了再聊。然后就迅速挂了电话。

她还没来得及回他短信，房间的门敲响了。她觉得自己的心快要从胸腔里飞出来了。刚才她已打了几个委婉拒绝的字，没来得及发出。她决定删掉。这时，陈波的短信进来了，问她为什么电话挂得这么急？好像是陈波的这个短信让她下了决心，她突然有点厌烦，狠狠地按下按钮关掉了手机。她打开房门，卢一明一把抱住了她。

当卢一明离去，小项静静地躺在床上，看着天花板。她觉得太不可思议了。她和卢一明才认识不到一天，她竟同他上床了。她回味着刚才的情形。他很好，她很享受。她认定他是高手，是个惯犯。他竟戴了避孕套。她对此竟生出小小的妒忌来。

不过小项心里还是涌出一种奇怪的幸福感。她终于了了一桩心愿。他比她想象的要好。她想同人分享她此刻的心情。她自然想到了周菲，拨通了周菲的电话。

电话那头传来嘈杂的音乐声。周菲可能在某个剧场排练。得到赵总的钱后，周菲便开始排练她的舞剧。漫长的排练。边排边改。周菲说。小项管不了那么多，此刻她就想分享。她只有周菲可以倾诉。

小项听到自己在电话里的声音几乎是颤抖的，声音里有一种扼制不住的欢喜，好像她突然得到渴望中的宝物，急于示人。

男人和男人不一样。小项说。

什么不一样。周菲说。

周菲听了很久才明白怎么回事。周菲从排练厅出来，听小项细说。

我高潮了，以前没有过，陈波很快。小项说。

周菲很吃惊的。小项和陈波结婚快五年了，并且有了孩子，小项竟然才知道女人的秘密。周菲本来想骂几句小项的，听了这话心就软了。这是小项应得的。她告诫小项，一定要小心，别怀上孩子，除非你打算和那个花花公子结婚。小项说，不会，我爱陈波。周菲冷笑一声说，你对陈波的爱很奇特。

英国教授是个中年男人，相当肥胖，他挟着讲义从教室门进来时，昂着头，摇晃着身子，步子结实，像一只在河边奔走的鸭子。英国人对中国戏剧界的情况并不了解，讲解得十分简单，属于低级课程。小项和卢一明同桌。卢一明小声对小项说，这些西方人，总是以他们为中心，居高临下看我们，以为我们还是蛮族呢。小项忍不住笑了一下。卢一明不太说话，说出来倒是一句是一句，甚至有些刻薄。这课确实无趣，小项的思绪就飞了。卢一明身上散发着热烈的气息，就好像小项身边置放着一只冬天用来取暖的火熜。想起昨晚的情形，小项一下子有了感觉，一股暖流从身体里流过。卢一明仿佛知道小项的心思，在课桌下拉住小项的手，在小项耳边说，昨晚你哭了。小项顿时耳根发烫。她感到昨晚自己确实有些失态，快感在她身体里爆炸时，令她猝不及防。她紧紧地握住他的手，她觉得自己的手会撒娇了。她甚至想掐疼卢一明。

卢一明不想忍受这种课，偷偷地溜出课堂。小项觉得教室里一下子变得空空荡荡。这之后，小项一直在玩手机，她希望卢一明会短信她，让她逃课。现在她不会再迟疑，她会毫不犹豫从教室里出去。也许对英国教授不礼貌，她无所谓，反正是"蛮族"，没所谓的教养了。她专注于手机，听到有同学在和英国教授交流开放式舞台让每一个观众成为演员的可能性，同学认为这在西方行得通，在东方有难度，因为东方观众比较含蓄，不愿在公众场所放开自我。

小项在课堂上心猿意马地坐了半个小时，也偷偷地溜出课堂。到了教室外，她就发了一条短信问卢一明在哪，并告他也溜堂了。卢一明迅速回她，你在房间？小项回复，是的。

小项回自己房间，卢一明已站在门口。小项说，你这么着急？卢一明没吭声。小项想，这句话等于在说自己，是她这么着急，谎称自己已到了房间，好像怕他不会约她似的。

如果说昨天晚上小项的身体或多或少有些拘谨，今天她完全放松了。她想男女之间要想深入了解最快的捷径莫过于上床了。多年后，小项对这个想法作了修正，她认为上床谈不上彼此了解，只是发现了另一个人最私密的习性而已，至于他的思想、品性、为人处世无法在床上完全看清楚，而是需要日常生活。

既然课程是如此乏味，小项后来几乎每天和卢一明在偷情。她的身体变得十分敏感，动不动就会有反应。她觉得自己好极了，甚至觉得自己是个尤物。这两天她几乎没想起过陈波，倒是想起过韩文涤。她替他感到可惜，她认为他至少是想要她的，但他完成不了。他注定不知道她的好。

卢一明完事后喜欢抽烟。抽完一支烟，他会穿好衣服迅速离开，干脆利落。这让小项觉得他是个无情的人。不过小项没有多想，他带给她快乐就够了。在他面前，小项不再是骄傲的，她对他低眉顺眼。他拿出烟，她会替她点上，然后她靠在他身上，问他一些问题。这些问题其实没有必要问，如果她和他没有以后的话，这些问题并不存在，但她就是憋不住。她想自己好像又用情了。她问，你有很多女人吗？卢一明调皮地看了看小项，反问，你说呢？小项说，你是个坏蛋。卢一明说，别胡思乱想了，我没那么花心。小项说，我才不信。小项又问，你怎么会看上我？你一眼看出我是个容易得手的女人？卢一明说，你容易得手吗？看不出来，我见到你就喜欢上了你。小项不知道卢一明说的是真是假，很可能是逢场作戏，但还是有些感动，她主动去亲吻卢一明。

有一天，卢一明突然问，你去过敦煌吗？小项摇摇头。卢一明陷入沉思，一会儿，他好像突然惊醒了一样，没头没脑地说，敦煌是个令人怀念的地方。

小项不知道卢一明为什么提起敦煌。不过她记住了这句话，记住了那个地方，记住了他说话的样子。那一刻他的目光是空洞的，好像敦煌本身就是个空洞的地方。在平常，他的目光都是坚定的，他看她时，她会觉得他的目光可以把她的衣服剥落，让她变成赤裸。她意识到，她和他只是在此时，她有过去，他同样有。她问，你为什么突然说起敦煌？

他没回答。他把烟掐灭，起来穿衣服。他除了和她亲热，不愿说起自己的生活。她却有自己的想象，敦煌一定有着他刻骨铭心的故事，敦煌对他意义非凡，而她让他想起了敦煌。她觉得她在他那儿更像是一个通往敦煌的媒介。

三天的培训很快就结束了。分手的那天早上，小项主动让卢一明来她房间。他没戴套子。小项想，这几天做得太多了，大概他都用完了。小项担心过怀孕，但她完全昏了头，不顾一切接纳了他。小项放纵而悲伤，被一种垂死的情感控制，好像末日来临，她和他从此再也没有未来。在激动的时候，小项问，你会不会想我？会不会到永城来看我？

卢一明在点头。她敏感地意识到卢一明的敷衍。她想，真相就是如此，对他而言，这只不过是一次艳遇。她的身体突然僵住了。她感到痛感从下面传来。这三天她如此欢喜，可这会儿，她宁愿他是陈波，赶快结束。她闭上眼睛，眼角沔出泪水。

这次她没给他点烟。她命令他赶快起床，去药店买一盒事后避孕药来。他有些迟疑（这迟疑也让她不快），不过还是去了。她一直躺在床上耐心等待，一动不动，好像她的肉身此刻是死的。半个小时后，他回来了。他变得比往日体贴。他给她倒了一杯开水，从盒子里取出一片毓婷，递给她。他说，这药伤身体的，你以后不能这么任性，我以为你是安全的，否则我不会这么做。她点点头，心里涌出暖流。她想，他还是关心她的。

小项回家的那天晚上，陈波早早把豆豆哄睡，想和她亲热。她断然拒绝。拒绝的原因是下体不适。她怀疑那三天太放纵了，被感染了。她甚至有些担心染上的是脏病。陈波在一旁唉声叹气。她感到歉疚，有点怜悯他。透过窗帘的缝隙可以看到那两棵巨大的银杏，枝繁叶茂。它们在西门街有多少年了？小项曾听陈波说起过树龄，不过她忘了。陈波说，他小的时候觉得这两棵树一直通到天上，他有一个愿望，变成一只鸟，飞到树的顶端，去看看天堂的样子。四周十分安静，某些时候能听到豆豆的咳嗽声，陈波说，这两天豆豆支气管有点发炎，不过无大碍。小项紧紧抱住陈波，把脸贴在陈波的背上，说对不起，我有点不舒服，等身体好了再给吧。小项感到陈波的身体紧绷。陈波是个自尊的人，他轻轻推开小项，说去睡沙发，这样难受。小项差点流泪，为了不让陈波看见，她转过身，又轻轻说了声对不起。

　　第二天醒来的时候，小项吓了一跳，床单洇了一大片鲜血。她吃了毓婷，提前来例假是正常的，不过血流这么多她还是害怕。更害怕的是感染，若真染上脏病，这时候流血麻烦就大了。外科医生陈波也吓坏了，让小项去医院。小项不愿意去，陈波很坚持。是陈波开车送小项去医院的。她本能地坐在后座，好像怕陈波看出端倪。若真的是脏病，她该如何同陈波说呢？她脸色惨白。她看到陈波的脸同样惨白。她还发现陈波没把她送到自己供职的医院，而是去了另一家。陈波解释，那一家妇科更专业。小项意识到陈波是个敏感的人，怀着和她一样的恐惧。恐惧让小项神情恍惚，好像这车子里埋着一颗定时炸弹，随时会引爆。

　　这三天你在干什么？为什么打电话你老是关机。陈波问。

　　我不舒服，躺在床上，我可能生大病了。小项停了停，又说，陈波，要是我真的生大病死了，你会不会难过？

　　陈波回过头来，眼睛通红。他的手往后伸，握住小项的手，说，你不要胡说。

　　在去医院的路上，陈波一直拉着小项的手。小项想起在杭州卢一明拉她的样子，觉得那一幕像是一个梦境，一点也不真实。陈波好像也在某种恍惚之中，他的车差点撞到对面过来的一辆中巴。小项挣脱陈波的手，说你专心开车。

　　检查的结果是没什么大碍，有中度的炎症，另外就是由炎症引起的例假混乱。谢天谢地，没有脏病。医生问，你最近吃了什么药物吗？小项连忙摇头，说没有。医生说，吃点消炎药，静养一些日子就好了。医生不知道陈波是同行，她严肃地对陈波说，一个月内不能有房事。又说，以后房事前要洗干净。这会儿陈波的脸是黑的，没听到医生的话似的，没有任何回应。

　　在医院回来的路上，小项想起卢一明，她拿出手机，给他发了一个短信，告知他来了例假。对方一直没有回。小项因此一直在看手机。快到家时，小项才收到回信，只有一个字，好。小项的心颤抖了一下，想，她分手时的感觉是准确的，他真的没怎么在乎她，他就是个老手，也许他第一眼就看穿了她，知道她盼着出一次轨，并不需要太花工夫。事实上，他确实没费劲就得手了。

　　日常生活中，陈波表现得非常好，下班准时从幼儿园或父母家把女儿接回，顺便买些菜，煮晚饭，然后一家三口一起吃。将近一个月，陈波一直躺在沙发上。小项通常会在睡觉前发一个短信给卢一明，问卢一明在干吗。卢一明往往如实回答，也会问候小项。小项虽然认为卢一明对她未必多有情感，可她还是指望着和卢一明交往下去。他们在杭州的三天中倒没说多少话，分别后才开始说些生活中的点滴。令小项遗憾的是卢一明没有一句温存的话，好像那三天在他生命中并不存在。小项有时候会觉得卢一明回他短信只是在应付她，心里面多少有些失望。可有时候卢一明会主动发来问候的短信，小项又兴奋起来。慢慢地小项习惯了这样的交流，并在这种不涉情感而又私密的交流里，得到乐趣。只要把个人的期望降到最低，只要把愿望当成事实，一切都可以在想象里变好。小项甚至想过，也许有一天，卢一明会突然出现在永城，特意来看望她。

周菲最近一直在排她的舞剧。小项抽空去排练场看周菲。周菲在台上忙。她们用眼睛打了一个招呼。小项在台下找了个位置坐下。他们正在排练其中的一个场景。小项听周菲说起过这个舞剧。周菲说，她不是女权主义者，不过她是女性坚定的维护者。周菲认为女性不需要同情，而是需要赞美。周菲没讲过剧情，不过小项猜测，剧情大概和周菲的生活可以一一对应。周菲排练的是家庭生活一幕，女主角以独舞的方式表达对丈夫的愧疚感。小项不觉有点羞愧。她回忆了一下，已有好久没关心陈波了。

在排练的间隙，小项和周菲聊了几句。小项问周菲什么时候会上演。周菲说，一直在变化中，她自己都不知道会排成啥样，她希望把她的生命感受表达出来。小项本来想谈谈卢一明，她以为一夜情不会生情，还是会的。她觉得自己太多情了。她想让周菲帮着分析分析。大概是刚刚看了周菲排练的片断，小项认为现在谈这事不太合时宜。这得要多无心无肝才行啊。和周菲告别时，小项说，戏挺不错的，我感动了，期待首演。周菲苦笑，只说赵总的老板出事了，可能会牵连到赵总，赵总那儿还有一半资金没拨过来，要是没有后续资金投入，这出戏可能就黄了。仿佛为了安慰小项，周菲又说，不过办法总比困难多是不是？

几乎是周菲戏里的模仿，有一天，女儿不在，陈波在厨房做饭，小项突然从后面抱住了陈波。陈波回过头来，诡秘一笑，说，医生吩咐过我哦。小项说，没关系，我应该好了。

陈波没回话。小项不放过陈波。陈波终于关掉了煤气灶，一把抱住小项，把小项扔到床上。

一会儿，陈波满头大汗地从小项身上爬起来，到厨房继续做饭。小项躺在床上，内心对陈波生出从未有过的温柔。她想，陈波终究是豆豆的爸爸，别的男人再好也是假的。

晚上躺下后，小项问起豆豆爷爷奶奶的事，说已有一段日子没见到二老了。陈波说，这段日子他们去东南亚玩了。昨天还打电话过来问豆豆想要什么礼物。小项沉默了。结婚这几年，在心里，小项并没有把陈波的父母当成亲人。陈波的父母倒是挺喜欢她的。这些年，二老一有空就满世界跑，回来时都会买礼物给她。她有好几只名贵的包是婆婆送她的。

陈波说起小时候的一件事情。小时候在奶奶家，中午午睡时陈波总是溜出来，爬到屋顶上，看隔壁家的院子。童年时他喜欢隔壁家小阿姨，她是村里的小学老师，人长得特别好看。她的老公在城里开火车，要一个月才回家一次。有一个男人经常在中午到院子里来，每次来都戴一顶太阳帽，并把帽子压得很低。一会儿屋子里传来小阿姨的叫声。陈波以为她被那男人欺负，用屋顶的瓦片砸隔壁家。男人和小阿姨从屋子里出来时，手拉着手。陈波没认出那个男人。陈波一直想把这事告诉她的丈夫。

后来呢？小项问。

后来爸妈把我接回永城，我以为要在老家上小学的。陈波说。

你没告诉那个开火车的男人？

没有。陈波说。

一会儿，陈波又说，有一次火车司机回家，把我叫到一边，问起我是不是看见有男人找她老婆。他大概听说了什么。我什么也没说。他骂了我一句走了。

这天晚上，小项没合过眼，心里一直想着陈波的故事。陈波的故事意有所指似的，令她不安。不过她又想，一直以来陈波最喜欢说的就是童年往事，好像那是他此生最快乐的时光。

那年十月，小项去了一趟法国，是跟着永城小百花剧团一起去的。小项跟团做一些日常工作。其实也没她多少事，相当于单位给了她一次出国的福利。她是兴高采烈地出国的。

在巴黎的演出是此行的重头戏。虽是文化交流，但观众大都是华人。在海外，华人见到祖国来的人真是热情，演员们在整个演出过程中，感觉空前的好，有一种国内没有的盛大成功的幻觉。演出结束，华人们把他们包围，拍照，让演员们觉得自己成了大明星。

演出结束，演员们顺理成章地要求团长请客，吃夜宵。一行人选了一个韩国烧烤店。团里美女众多，以团长为核心，把团长包围住。在热烈的气氛中，女演员们用轻佻的口吻同团长说话，她们要团长烤牛肉给她们吃，有几个还要团长喂。这只是演员们日常的恶作剧。这些美人们一个个都是开心果。团长倒是很镇定，她们提什么要求，他就怎么做。但看得出来，团长喂美女时，心里面是愉悦的。小项感到很好玩。她想起卢一明，给卢一明发了一张现场的照片。她给照片起了个名字：齐人之福。

周末一大早，周菲突然接到陈波的电话。陈波是从来不打周菲电话的。这么早接到陈波的电话，周菲愣了一下，生出不祥的预感。

陈波的声音听起来有些暗哑，嗓子好像充血了，不过他的声音依旧是平静的，合乎周菲熟悉的那个外科医生的形象。陈波问，小项外面有人了吗？周菲吃了一惊，说，不会吧，我没听她说起过。陈波又问，卢一明是谁？周菲想，糟了，外科医生都知道对方名字了。外科医生从来是精准的。周菲虽然听小项讲起过此人，不过没见过他，她就说，我不认识。陈波说，我看过小项的日记了，小项在日记里说，她同你说过这人。陈波的声音听上去像在述说某个病情的诊断报告。周菲是那种不会说谎的人，一说谎就结巴，她说，是吗？我记不得了。那边没吭声。周菲说，你在看她的日记吗？陈波说，是的，我一夜没睡，她外面有人了。周菲不知如何作答，她想了想，劝慰道，陈波你别全信啊，日记也许只是幻想，小项特别喜欢幻想，你知道的。那边沉默。周菲继续说，也许小项只是对某个男人有好感，这很正常，我也经常对男人有好感。陈波挂了电话。陈波显然不信周菲的话。

周菲知道事情严重，第一反应是给小项打电话。她得让小项有准备，并且最好让小项和她的口径一致。小项关机了。周菲想，法国那边现在还是午夜，小项应该还在睡梦中。周菲留了一条短信：小项，你看到短信，第一时间给我电话，有急事，先不要接其他任何人的电话。

那天下午一点半，周菲终于接到了小项的电话。也许是刚醒来，小项的声音带着一种黑夜的气息，略带四川口音的普通话有种性感的磁音。大概身处异国，让她有远离尘世的感觉，对周菲所言的急事，她压根儿没有往自己身上想，还以为是周菲出了什么事。

出事了？没有主语，但她的声音听起来是与己无关的。

是的，小项，陈波一早给我打来电话，他看了你的日记。周菲说。

周菲急着想同小项对口径，也想知道小项的日记究竟记了些什么。小项那边已发出哀叹，完了，陈波会发疯的。

然后就挂了电话。

有很长一段时间，小项呆坐在那里。有一些念头开始在小项的脑袋里清晰起来。她今年以来又开始恢复写日记，她把一切都写入了日记，全是纪实，并无周菲所说的幻想。她的日记藏在那只妈妈送她的盒子里，一定是陈波打开了它。盒子用小铜锁锁着，可陈波打开了它。陈波曾对她说过，他永远不会打开那只盒子的，他食言了。也许是她太忽略陈波了，陈波起了疑心。她对陈波太放心了。她今年才又开始写日记，她用力回忆，应该只有卢一明那一段，并无涉及到韩文涤。但卢一明那一段足够刺激陈波了。

小项和周菲通完电话后，一直等着陈波的来电。陈波没有打来。小项不像陈波那样沉得住气，她打了过去。她本来以为有惊涛骇浪等着，但陈波并没有多说，只是说，难得出一回国，玩得高兴些。小项在电话里哭了，说，陈波对不起，我爱你。陈波说，你在说什么呢？小项又说了一句，陈波，我爱你。陈波笑了，说回来再说吧。

一件事是不是没说出就不存在？比如如果不记在日记里，比如如果陈波看了日记然后不捅破，比如如果从此后他们不再提起此事。就像刚才，陈波什么也没说。不说话就不存在吗？存在的，反而更加无处不在，反而比说出来还要沉重。

就因为陈波在电话里让小项玩得开心一些，小项就感到分外内疚，放下电话，她情不自禁哭了起来，好像失恋了一样。陈波的沉默或者高姿态只有一个指向就是不原谅。

小项回国那天，是陈波去机场接的。从法国飞来的航班是午夜抵达永城的。那是一个雨夜，陈波开着小车穿行在湿漉漉的街巷。

我给你买了一双马飞仕图皮鞋。小项说。

一路上，小项想的不是马飞仕图皮鞋，而是家里那只装着日记和首饰的红色盒子。也许占据两个人心的唯有那只红色盒子，他们的沉默通过红色盒子进行着交流，只是太沉重了。

好像什么也没发生。豆豆睡了。小项进女儿的房间，亲吻熟睡中的女儿。眼泪还是没有止住。她把带给女儿的礼物——一只粉红色的邦尼兔，放在小脸的一侧，好让她明天醒来有个惊喜。

小项回到房间。她看到那只红色盒子。它上锁了。锁换了，不是原来那把小巧的铜锁，而是普通的黑锁。那黑色像一枚核炸弹，看上去非常小，但足以毁掉这个她栖身的只有百多平方米的小小的家。

然后就是洗澡，做爱。分外的激烈。陈波咬了她，陈波说，我爱你，你知道吗？我爱你，我没法想象没有你。小项说，我知道，我知道。小项本来也想说我爱你。在法国，在电话里，她这样对陈波讲过，现在她讲不出口，好像一出口就证明她是虚伪的。她任他咬，她感到身体的某个部位可能出血了，尖锐的痛，她忍住了，好像这会儿痛是她唯一的解脱。

一切同小项想象的不一样。她以为回国后他们会大吵一场，她做好被外科医生陈波狠狠揍一顿的准备（她甚至还想过他会杀掉她并肢解她），她会跪下来认罪，请求饶恕，她会向陈波保证，以后不会再犯错。陈波没给她机会。什么也没有发生，陈波甚至都没问她一句。

这不是小项理解中的陈波。陈波表面平静，只有她知道他有多偏执。他把什么都藏在心里。他的父母曾对小项说，他们从不知道自己的儿子在想什么，希望她能走进他的心。

小项知道事情没有那么简单。陈波打开的是一只魔盒，魔鬼从盒子里放出来了，钻入了陈波的心里，它吸食陈波的精血，在成长。

之后的事就是在日常生活中生长出来的，慢慢把两个人带入深渊。小项想，这才是陈波，他的疯狂是阴性的，一点一滴，细水长流。

最初是他们亲热的次数变得频繁。几乎是一有机会（比如女儿不在），陈波就会抱住小项，不分场合和地点，有时候在厨房，有时候在浴室。过去陈波是温柔的，甚至是静默的，现在虽然依旧沉默，却变得无比粗暴，没有前戏。小项想，他这是在强暴她。是的，强暴，小项没有别的词语可以描述陈波的行为。恐惧已进入小项的身体，每一次拥抱，小项的身体都是僵硬的。小项觉得一切都是报应，她做了坏事，第一次对她的惩罚是让她感染并流血，第二次是老天把惩罚的权柄交给了陈波。

有时候是正常的。正常地温存，正常地静寂，正常地亲吻。这个时候小项是感恩的，希望陈波永远这样。即便如此，小项也没享受可言，那无处不在的恐惧让她的身体再也体会不到男女之间的乐趣。

一天晚上，陈波温存地亲吻小项，陈波突然说话了。陈波原本在床上不爱说话的，现在他在自言自语。一会儿，小项才听明白陈波在背她的日记，是卢一明占有她的内容。小项意识到，他们亲热的时候，陈波的脑子里都是小项的日记。这段日子陈波在模仿那个记在日记里的人。小项紧紧抱住陈波，哭了起来。小项想，他终于要说出来了，这就对了，让他说出来，让她来坦白，来认错，只有这样，她和他才是有救的。

小项说，对不起，对不起，对不起。

陈波说，你讲，他是怎么对你的。

小项说，我该死。

陈波说，你讲，我想听。

小项说，我日记都写了。

陈波说，我想知道一切。

小项说，求求你，饶了我吧。

陈波说，你讲了我才原谅你。

陈波在她身上粗暴蛮横。同时陈波也是软弱的，可怜巴巴的。他的目光既是疯狂的，也是渴望的（像一个渴望糖果的孩子）。小项心软了，她讲了和那个男人的细节。陈波起先是闭着眼睛安静地听着，然后突然掐住了小项的脖子。

小项后悔说出那些细节。这是对自己的再次伤害，也是对陈波的再次伤害。覆水难收，说过的话再也收不回来了。她其实早已知道，这个看起来平静的外科医生，内心一直潜藏着偏执和疯狂。

凡事都有自己的模式，一颗细小的种子会慢慢生长。性爱也是这样。小项尽量配合陈波，满足陈波的各种要求，可她心里明白，她和陈波的关系脱离了常轨，滑入险境。

陈波总是能在小项说出的细节里，找出新的可能性。他会问出新的关于那个男人的问题。小项意识到，陈波虽然把那只红色的盒子锁上了，并且把钥匙交给了她，他还是在偷看她的日记，他自己留着一把钥匙。日记里的每一句话对陈波来说都是问题，需要小项去填满并界定他无边无际的想象。如果小项不说，他就折磨她。自从小项讲述过一次后，陈波开始骂她贱货。小项刚开始觉得刺耳，感到羞耻，不过不久就适应了。她认为自己确实是个贱货。她如此轻易，怀着莫名兴奋，让一个几乎是陌生的男人占有了她。在某种气氛下，小项觉得自己的罪在贱货这个词语里得到赦免，同时让她激发出一种宽泛的母爱，拥有坚韧的承受力。

当小项的身体布满了伤痕时，已是冬天。小项清醒地意识到，他们不该如此下去了。她知道，陈波病了，陈波被一种邪恶的欲念控制了。

陈波，我们还能在一起吗？小项问。

我没想过这事。陈波说。

你不会原谅我了，陈波，我把一切都毁掉了。小项说。

陈波没吭声。

我们怎么办？

我不知道。

我们是不是要看看心理医生？

陈波坚决不去。小项知道陈波不会去。一个外科医生怎么可以去看心理医生。

我们得把一切都忘记。否则我们没有未来。小项说。

让我想想。

这样的时刻，陈波的表情像个孩子，软弱，不知所措。小项并不指望陈波会想出什么办法，心里已做好离婚的准备。也许陈波所做的这一切都是因为爱她，也许她为了豆豆也应该守住这婚姻，但小项清楚知道，目前这种状况只会带来毁灭，对谁都没有好处。

一整天小项都没见到陈波。陈波开着车出去了。傍晚，小项给陈波打过电话，想问他是不是回家吃饭。陈波没接。夜里十点多，陈波回家。陈波的表情庄严而圣洁。小项又看到了过去那个熟悉的陈波。陈波告诉小项，他坐在永江边想了一天，他离不开小项，打算原谅她。他说，他不想再想起小项那三天所做的一切，与那三天有关的东西不能出现在他们的生活中。陈波要求小项删去周菲的电话（卢一明的电话及信息早已删除），从此不再同任何知道此事的人往来。关于日记的处理，陈波说，找一个隐秘的地方，把这只镶着象牙月季花的红色盒子埋藏。

埋藏这只红色盒子，小项是理解的。如果陈波把心里的魔鬼捉出来，关入盒子里，埋在地底下，也许陈波的心魔就消了。有一件事小项不能理解。小项想烧掉那本日记本，至少把那三天的内容烧掉。陈波不同意。陈波说，我记得上面每一个字，烧不掉了。

埋那只红色盒子陈波搞得颇具仪式感，好像那红色盒子是一口婴儿的棺材。陈波和小项开车去了一趟陈波的乡下老家，老宅有一个院子，院子里有一棵苦楝树。他们在苦楝树下挖了一个坑，把那只红盒子埋了下去。在埋下的那一刻，小项望了望天空。天空碧蓝。那一刻小项觉得自己的身体好像被洗净了一样，既轻盈又干净。她心中涌出新的希望。

小项从乡下回来的第二天，永城下了第一场雪。雪来得很猛，一下子盖住了大地。在南方，雪因为稀少而令人兴奋。单调的白把绿色和建筑都覆盖了，大家都很高兴，很多人冒着雪，在雪地上奔走，呼喊，一个个像孩子一样。就在雪天，小项约见了周菲。

她们有一段日子没见面了。小项回国后一直没和周菲联系。小项接到过周菲的电话，问起和陈波的事处理得如何。小项在电话里简要和周菲说了一下，告诉周菲，等她处理好了，会联络她。

小项注意到见面那一刹周菲吃惊的表情。周菲的表情是一面镜子，照出了小项此刻的状态。小项低下了头，说，你的戏怎样了？

周菲没有回答，周菲问，小项，你怎么这么憔悴？

周菲伸出手，把小项的衬衣领子拉开。小项本能地把领口护住，她不想让周菲看到身体上的伤疤。周菲没放过小项，小项脖子上的血痕完全暴露在周菲眼前。

他弄的？周菲问。

小项再也忍不住，失声痛哭。周菲紧握小项的手，说，他怎么可以这样对待你。

小项说，我不怪陈波。是我对不起陈波，把陈波毁了。我那段日子也是鬼迷心窍，就想尝试陈波以外的男人。如果陈波能原谅我，我什么都肯做。

小项说，好在陈波是爱她的，她和他一起在努力恢复正常的夫妻关系。他们打算从头再来，因此，她得删除同杭州有关的一切。小项说，我答应了，这次见面后，我会把你的电话删掉，不再见你。你不要再打我电话，我不想再出错，如果陈波看到我们有联系，陈波会旧病复发。

周菲问，你因为这事才找我的？

小项点点头。

周菲说，小项，你是个傻瓜，我不知道怎么同你说，我不会删掉你的电话，你哪天需要我，一定要打电话给我。

整整一年，小项几乎断绝了社交，一下班就回家。陈波也是。他们都在尽量忘记那件事。

这一年，外科医生陈波变得越来越消瘦，他竟然开始脱发了。也许是他纠缠于她身体的次数太多，简直不知餍足。也许是工作太辛苦了。小项担心陈波在手术台上会出什么事故。那是陈波的立身之本，要是出个差错，陈波这辈子就完了。好在作为外科医生的陈波是理智而冷静的，他在手术台上的专注无人能及。他在医院里的声誉超过了他这个年龄应得的。他广受病人信任。

有一天，有一个女人从另外一个城市来找小项。那是一个难掩悲伤的漂亮女人，她直接来到小项的单位，递给小项一封信。信的封口完好。小项看了一眼信封，上面有收件人和寄件人的地址，收信人是小项。小项马上意识到对面的女人是谁。

在办公室接待这个女人显然不合适。小项把她带到台里的休闲区，那儿有一个咖啡室，平常人不多，很安静，不会被人打扰到。

她猜不透这个女人的到来意味着什么。不过，她倒不慌张，不会有比陈波发现她的秘密再坏的情形了，而且她觉得这个女人的到来并无恶意。

没有任何客套和铺陈，女人告诉小项，卢一明死了，死于一次车祸，在高速公路上，被一辆失控的大卡车撞飞。听到这个消息，小项一时没反应过来。小项当然猜到坐在前面的这个女人的身份。小项看得出来，她并不是来算账的。那女人告诉小项在撞飞的车内还有另一个女人。

他风流成性，也许你知道。那女人说。

女人喝了一口咖啡，说，她很冒昧来找她。这信是从他的遗物中找到的。应该是一年前写的，没有寄出。女人说，她没看这封信，本来想烧掉的，又觉得应该把这信转给它属于的人。

也许对你很重要。我没见过他给谁写过信，可能在他心里你不同一般。见到你，我明白他为什么给你写信了。她说。

女人没有久留，很快就走了，好像害怕听小项讲述与卢一明有关的往事。她离去后，小项突然像被抽空似的全身战栗，眼泪瞬间汹涌。要是这个女人不来，小项几乎快忘记卢一明了。她不但删除手机上他的信息，也删除了在脑子里他的记忆。现在他一点点在黑暗中浮现，她记得即便在亲热时，他的目光是茫然的，好像他的灵魂不在现场。她意识到自己所受的苦，同这个男人有关。现在这个男人死了，但并不等于一切消失了，这个男人还将出现在她和陈波日复一日的生活中。她不知道自己是在为他难过还是愤怒。

小项决定不打开这封信。她得遗忘一切。遗忘才能自救。要是陈波可以遗忘就好了——她知道陈波并没有遗忘。像那位女人一样，她想过烧掉这封信，不过最终还是保留下来。她把这封信锁在单位写字台最深处。

那天回家，陈波似乎觉察到小项神色有异，问小项出了什么事。小项故作轻松，说没事。陈波并没有相信。安静的外科医生陈波，现在变得越来越多疑。晚上，陈波在翻箱倒柜找什么。陈波说，他在找一本刊载他医学论文的杂志。小项知道不是的，他的病又犯了。他的头脑有幻觉，他总是怀疑小项隐藏着什么。

生活在继续。陈波在努力。陈波偶有失控，但失控后，总是痛哭忏悔。好在她和陈波都爱女儿。小项一直觉得女儿长得不算好看。她和陈波长得都还算周正，豆豆几乎没有遗传他俩的优点，不受控制地长成了另外的样子。小项有时候会感叹，豆豆真的是不起眼的小孩。这让小项不太愿意让单位的同事见到女儿。她或多或少有点虚荣的。

那一年，豆豆突然变了，眉眼儿长开来了，原来塌鼻子也隆了起来，眼睛也变大了（豆豆原本眼睛看起来像细小的一条线）。老师特别喜欢豆豆，说豆豆继承了妈妈的天分，唱歌跳舞都特别好。连豆豆的爷爷奶奶都发现了豆豆的变化。奶奶说，都说女大十八变，豆豆这么小就从丑小鸭变成了白天鹅。大约亲情之外，人还是喜欢漂亮的小东西吧。豆豆的爷爷奶奶一辈子享受惯了，不爱自己做饭，经常下馆子。最近二老下馆子喜欢带上豆豆。

生活一如既往进行中，表面上风平浪静，只有小项知道，恐惧并没有从她心里退去。她猜不透陈波脑子里在想什么。有一天，陈波问小项，你说豆豆像谁？不像你也不像我。小项开始以为陈波开玩笑。陈波是严肃的。小项这才隐约感到另一种怀疑开始侵入陈波的思想。

不知从什么时候起，陈波对女儿变得冷淡了。他不怎么愿意接女儿，借口现成有的，比如临时有个急诊手术之类。小项不会开车，只好踏着自行车去接豆豆。小项有活动时是非常忙碌的，她抽不出时间时，只好麻烦豆豆的爷爷或奶奶。二老接了几次后就觉得生活被打乱了，就出钱雇了个专门接送豆豆的阿姨。

陈波着迷于和小项做爱，好像唯有如此他才是安心的，他才确信自己拥有小项。这一年来，小项对性事已没有一点兴趣。但她从来不拒绝。虽然陈波有时候会控制不住动粗，她也忍了。这是她欠他的。他们亲热的时候，偶尔豆豆会来敲门，陈波迅速从小项身上爬下来，穿着短裤，训斥豆豆，并把豆豆锁到自己的房间里。小项听到隔壁房间传来女儿的哭声，对压着自己的陈波说，陈波，我求求你，你一直对豆豆好的啊，你怎么啦，她是你的骨肉啊，你对豆豆好一点好不好。

陈波用怀疑的目光看着小项。小项的内心冰凉冰凉。小项再次确认，某种怀疑侵蚀了他的脑子，控制了他的情感。小项想，难道他在怀疑豆豆不是他亲生吗？自己的初夜都给了陈波，陈波是知道的呀。他们结婚不久就有了孩子，如果这也怀疑，陈波真是脑子有病了，是病入膏肓的病。

当小项意识到陈波的疑虑，她想过做一个亲子鉴定打消陈波的心魔。又想，陈波从来没有说出过他的疑虑，如果她提出来，陈波一定会觉得被冒犯。即便陈波亲口同她讲他的怀疑，她提出这件事，陈波也不一定会同意。

豆豆生日那天，陈波对女儿特别好，特地为豆豆买了新衣服和一个火车玩具，蛋糕是陈波下班时带回家的，陈波一边亲豆豆，一边喂她蛋糕。豆豆对陈波的突然亲昵受宠若惊，不知如何反应，只好无助地看着小项。不过豆豆马上适应了，毕竟是亲爹。后来豆豆开始拍陈波的马屁，表情近乎谄媚。小项看了很伤感。

小项是从豆豆的口中得知陈波带她去了一趟医院。是爸爸的医院吗？小项问。不是，是开车过去的，很远的医院，在另外一个地方。爸爸让我不要告诉你。豆豆说。医生从女儿的口中提取了一些唾液，并剪了一撮头发。陈波也是。他们在医院里等了半天。当陈波看到报告单时，泪流满面，紧紧抱住豆豆。豆豆不知道爸爸怎么了，她问，爸爸，你要死了吗？陈波摇摇头，说，爸爸对不起你。

小项感到无比委屈。她大哭一场。在痛哭的时候，小项明确意识到这个家庭已经破碎了，她得离婚。回顾这一年，她自己都惊奇自己是怎么熬过来的。现在好了，陈波已确认女儿是他的骨肉，就这样分手吧。放过彼此，对谁都好。

我们再在一起，会是悲剧。陈波，你放过我吧，我看不到希望。小项说。

起初陈波不肯。他认为他和她正在变好，并且会越来越好。这在小项的预料之中。陈波对她有一种偏执的迷恋。有时候小项觉得这种迷恋未必是真正的爱，可能是她对他的伤害造成的。可怕之处就在这儿。小项从来是决断的，只要她做了决定，她就会迈出这一步。小项觉得从此后她不再欠着陈波了。她在外面租了一个小房子，先搬出去住。至于女儿豆豆，是一个难题，她不知道如何向她解释。她还小，什么也不懂。她知道离婚对孩子的伤害有多重，她自己就是一个例子。她实在没有办法了，她非如此不可，她得离开陈波，否则对这个家，对她和陈波都是灾难。她决定把女儿留给陈波，她断定现在女儿是陈波生命中最重要的人，陈波会小心保护她。她当然会来看女儿。总有一天女儿会明白的。多么悲哀，自己的悲剧还是降临到女儿身上。

虽然还没有正式离婚，还是惊动了陈波的父母。一天，陈波的母亲来到小项的租屋。陈波的母亲是从豆豆那儿听说的。豆豆告诉奶奶，妈妈搬出去住了。不久前，小项还对豆豆撒过谎，说自己这段不住在家里了，因为工作很忙，还经常出差，不过会随时来看她。看来豆豆年纪虽小，却什么都懂了。陈波的母亲是个直性子的人，她说起自己此生最后悔的一件事就是把陈波放在乡下老家，让陈波奶奶带大。她说，那会儿他们都太忙了，没办法。陈波对他们不亲，心里有怨气，接回城里后他几乎不同他们说话。他们从来搞不清陈波在想什么。说到这儿，陈波的母亲，这个开明的知识分子流下泪来，她说，豆豆说陈波一直在欺负你。其实我早发现了，你这两年身上经常有伤，我看着都心痛。我不知道你们夫妻怎么了？陈波一直对你好的啊，他脑子出问题了吗？

小项没回答。她说不清楚。听到陈波的母亲这么说，她还是有点感动。至少她是理解的。她没有站在陈波的立场上骂小项。

我担心的是豆豆。你们是大人离就离了，可豆豆怎么办？陈波虽是我的儿子，可豆豆跟着陈波我不放心，我担心会把豆豆毁了。陈波母亲说。

这是劝和的一种方式吗？婆婆是想让小项回心转意回家吗？听了陈波母亲的话，小项不是没有犹豫。她觉得婆婆说的不无道理。但她真的无法再回去了。她说，陈波对豆豆好，是真的好。豆豆也和陈波亲。

你看问题太表面了，我研究海洋生物的，海洋生物为了自保都懂得拍马屁，何况小孩子。你不觉得豆豆更信任你吗？婆婆说。

婆婆说他找过陈波，谈过豆豆的问题，如果陈波和小项最终离婚，希望女儿让小项来养育，陈波坚决不同意。陈波还说，他和小项只是分居，不会离婚，他也不会同意离婚，让他们不要操心。后来陈波的母亲退而求其次，说不离婚是最好的，假设一定要离，陈波不放心小项带豆豆的话，索性他们来带。陈波母亲说，我们小时候没带过你，把你放在乡下，算是我们欠你的，我们在豆豆身上还。陈波沉默了，黑着脸，不再回答母亲一句话。

那天的谈话没有任何结论。小项没弄清楚陈波母亲找她的目的。传达的信息量是够的。这个海洋生物研究者把所有的问题都摊在小项前面了。

这天，小项特意去幼儿园接女儿，带女儿去她最爱的肯德基吃饭。吃饭时，小项问豆豆，如果爸爸和妈妈分手，你愿意跟谁？豆豆埋头吃着鸡翅，说，我不想你们分开。

小项和陈波分居了一个月后，陈波居然奇迹般地想通了，他同意离婚，并在离婚前给小项买了一套二居室的房子。那是一个周末的早上，陈波敲开了小项的租屋，带小项来到永江边的一个小区。陈波说，有一户人家要出国了，急着出售房产，我想买下来给你住。你不能住出租房，太委屈你了。小项知道陈波是有钱的。关于钱的来历，小项不是太清楚，也许陈波的父母给了陈波一部分积蓄。那房子很好，在永江边，可以看得到江景，房子装修风格简洁，很符合小项的审美。陈波见小项满意，就买了下来，房产证上是小项的名字。小项很感动，她觉得陈波真的是在乎她的。

办离婚手续的那天，陈波要求，女儿归小项。小项很吃惊。她一直以为陈波舍不得女儿的，一定会把女儿留在身边。陈波的母亲也这样说过。小项说，我当然要豆豆，你当真？陈波说，豆豆跟着你更好，毕竟你是母亲。

小项以为是陈波的母亲做了工作，后来她敏锐地意识到陈波在这件事上有他的心思。他不是真的不要女儿，他只是让女儿困住小项，让她不去找别的男人。在陈波的潜意识里，他们这个家分开只是暂时的，随时都可能破镜重圆。

小项深究自己的内心，她其实也是希望这个家庭不要破碎。在她心里，她依旧认定陈波是对她好的。陈波是个可怜的病人，只是控制不了自己而已。

小项带着女儿豆豆开始单身生活。有一年时间，虽然有女儿作陪，她的生活仍可以用"寡居"来形容。

她和周菲恢复了从前的闺蜜关系。小项把周菲的电话删掉了，她是从朋友那儿问来周菲的电话，打电话给周菲。小项说的第一句话是，周菲，我离婚了。

周菲和小项在三江口一家咖啡馆见了面。周菲说，小项的气色比上次好很多。一年半之前的那次见面，小项简直不成人形。这次小项打扮得体。她穿着一件深咖啡色中式套裙，胸口点缀细小的白色花朵，雅致纤秀，她不着痕迹地施了粉黛。离婚后，小项的状态大有改善。

周菲这段日子并不顺心。赵总终于出事了。不过他还算有信义，在被抓之前想办法把答应给周菲的另一半捐助打了过来。很快赵总便判了刑，八年。周菲知道赵总只是白手套，但他什么事都自己揽了下来。其实没用，那位公子也没逃过法律制裁，再也无法帮他了。她去看过他几次。他气色越来越差。他说，他可能生病了，以前他肺部有结节。周菲担心他的身体，通过关系让赵总出监做了一次检查，查出是癌变。周菲帮他办了保外就医。

幸好发现得早，他还有救。周菲说。

治好了？小项问。

医生说没大碍了，不过医生挺帮忙的，一直开诊断书给狱方，所以一直保外就医着，没再进去受苦。周菲说。

小项说，这个赵总吧，眉清目秀的，人品不错，怎么会给那公子哥做白手套呢？

周菲说，知遇之恩吧。一次在酒吧，公子被流氓围攻，赵总当时也在，并不认识公子。他救了公子。后来公子对他特别好，他一下子变成了人上人。

小项说，唉，以为是福，哪知惹的是祸。

周菲说，都是命。

小项说，这赵总是喜欢你的。

周菲不语。

小项问起周菲的剧，你排得怎么样了啊？你得提速。

周菲显得有些烦恼，说，越排脑子越乱，总是没达到预想的效果，我都怀疑自己是不是废了。

离婚后，陈波每周都到小项屋里吃一顿饭，也是为了探视女儿。陈波喜欢去学校接豆豆，有时候他和豆豆会在外面吃，再把女儿送回永江边小项的居所。有一次，陈波向小项求欢。小项拒绝。小项说，这是不可以的，我们离婚了，这算什么呢？陈波就抱抱小项，在小项额头亲吻一下，赞美小项，你现在越来越漂亮了。小项轻轻把陈波推开。

秋天的时候，陈波来看女儿，带了新女友，一位幼儿园老师。虽然是可以预料的，但小项心里一直没想过这件事，没有思想准备，因此有一点点震惊。一会儿她明确意识到他和陈波之间的句号出现了。小项意外地发现自己的潜意识里竟然没有这个句号。那女孩很乖巧，适合陈波。陈波说，是她一定要来看看你和豆豆。我想，也行。那天，小项做了一桌的菜款待陈波和那女孩。吃完后，那女孩和豆豆去玩了。豆豆似乎很喜欢那女孩。大概做幼教的懂小孩的心思，容易笼络孩子。陈波来到厨房，问小项，这女孩怎么样？小项说，挺好的，安静，善良。陈波说，你这么说我放心了。爸妈一直逼我，要么和你复婚，要么找一个结婚。我来听听你意见。小项说，你结婚吧，这么好的女孩哪里去找。

小项对自己的单身生活突然厌倦了。单身生活总归是辛苦的。小项也算是美女，离婚的女人免不了会有人试探。那些在社交或工作中所碰到的男人，大都算得上是成功人士，她不动心，好像独居对她而言是一种安慰。在潜意识里，她也许想以此惩罚自己。现在她想，也许有个家庭也是好的。

秦少阳是位留美海归，在一家上市公司做文化总监。上市公司三十年年庆，需要搞一台晚会，通过朋友介绍找到小项。小项第一次见秦少阳竟然想起韩文涤，并不是两人多相像，完全不像，想起韩文涤小项自己都感到惊讶。秦少阳下巴的胡须刮得干干净净，有着中国男人少见的天真气质，笑起来特别灿烂。他们在工作中相处得非常愉快，好像彼此认识了一百年。接触多了，小项对秦少阳的个人生活有了一些浅层了解。小项以为像秦博士这种人，温文尔雅，事业有成，应该早就结婚生子了，没想到还是单身。小项笑道，你是钻石王老五啊，我一定要替你找一个配得上你的美女。秦少阳目光灼灼地看着小项。

他们认识一个礼拜后，秦少阳单独请小项吃饭。秦少阳说，我带你去一个好玩的地方，放松一下。结果他们来到永江旧码头停泊的一艘客轮上，那客轮已改装成一家高档西餐馆。跟着秦少阳走进一间小小的包间，小项想这儿哪里算得上是好玩的地方。小项发现秦少阳有些表达并不准确，可能在美国待久了，习惯于用英文，汉语相对贫乏了，或者可能是美国那地方实在太乏味了，国内什么地方都变成好玩的了。他们坐在包厢里，包厢里点着蜡烛。酒还没喝，秦少阳脸已红了，竟有些腼腆。秦少阳似乎为了让气氛轻松一点，指了指窗外，宽阔的江面上零星漂过几只货船，发出带着水汽的马达声。红酒醒好了，秦少阳从服务员手中接过盛酒器，替小项和自己倒上。秦少阳一下喝干了酒杯里的酒。小项对秦少阳特别好奇，她带着好玩的观察的表情看着他，她不知道这个有绅士派头的男人今天会不会喝醉。小项没想到秦少阳会向她求婚。

小项，我想娶你。秦少阳借着酒劲说。

小项并不认为秦少阳是认真的。男人都差不多，上床时甜言蜜语，从床上下来后，那些话就像刮过的风，不着痕迹。小项笑了，说你们美国人对待婚姻这么随便的？秦少阳目光坚定，好像并没有听小项说什么，他说，我第一次见到你就想娶你，我觉得你什么都好，你就是我一直等着的人。说完秦少阳又喝了一杯酒。小项突然有点感动，她看出他是认真的。她笑说，你喝酒才这么说，酒话谁信。秦少阳说，我可没醉。小项笑了，她对他不无好感，在他面前她一直是放松的。她伸手抚摸了一下他的脸，温柔地说，我没有你想得那么好。

自然他们在一起了。小项本来不指望他们的关系是长久的，到那台晚会成功演出后，秦少阳和小项还在一起。

因为在秦少阳那里特别放松，小项喜欢在他们亲热后倾诉自己的过往，当然是有选择地讲。她没讲韩文涤。更多讲了卢一明。陈波也有涉及。陈波对小项而言不堪回首，不想多讲，但总归还是要讲到的，否则秦少阳理解不了她和陈波何以离婚。卢一明不一样，某种意义上这个人改变了她的人生。况且卢一明死了，死是一种赦免，原本故事里的轻浮自觉地被过滤了，她可以更庄重地讲述她和他的故事，讲述那三天她和他不知餍足的青春往事（小项觉得同现在比那时候无论身心都年轻，虽然那时候她已为人妇且有一个女儿）。她还讲了他某一天奇怪地提起敦煌，她说他虽然语焉不详，可她觉得敦煌对他来说一定很有意义，同他的生命密切相关。小项还提到他在高速车祸后，卢一明的太太来看过她，带来了一封信。小项以为讲这些事可以把秦少阳吓跑。没有。秦少阳安静听着，目光充满理解和温情，好像这才是他想象中的小项。秦少阳对那封信有好奇心，他问，信里都写了什么？小项说，她没拆开。为什么要拆开呢，没有任何意义了。秦少阳说，你害怕知道信里内容？小项摇摇头，不害怕，我只是不想看。

她不问秦少阳的经历。她不想知道他任何过往。

他们开始有伴侣的感觉了。他们一起逛街购物，一起下馆子吃饭。有时候带着豆豆，豆豆不排斥秦少阳（也许家庭变故让豆豆变得没有安全感，所以对有可能进入自己生活的人她都小心讨好。这么小的孩子，心计这么深）。他们三个走在街上像一家三口。秦少阳经常替小项买单，小项不是个占便宜的人，她算得很清楚，她也总是给秦少阳买礼物，价值大致相当。吃饭当然是秦少阳付，小项认为这理所当然。

女儿已在寄宿学校读小学。秦少阳有时候会在小项那儿留宿。小项和秦少阳在一起看电视。有一天，小项在电视新闻上看到了韩文涤。小项听说过韩文涤去省城任职了。在电视上看到他还是第一次。那天他在接待外宾及其夫人。他的夫人作陪。小项见到传说中他美丽的夫人。确实是个美人。笑容是标准定制式。看到这一幕，小项心如止水，平静得连她自己都吃惊。

你认识他？秦少阳问。

他曾是我的上司。小项说。

秦少阳没再问下去。

他升官升得真快。小项又说。

大多数时光秦少阳会赶回自己的住所。那上市公司不在市区，他的住所离市区有点远。秦少阳出门的时候，小项会想想秦少阳和她的关系。秦少阳已不下三次催促小项，尽快确定婚期，他说，这样他才安心。他还说，他怕有一天小项在他的生活中消失，找不到她。小项说，怎么会，我有单位啊，这房子也不会飞走，你随时可以找到我。每次，秦少阳离开后，小项会抱住枕头，这枕头还透着秦少阳的体香。他是小项碰到过的最干净的男子，温存体贴，他们的身体也相处得非常和谐，身体彼此寻找、探索，总能发现意外的惊喜。小项感到自己都有些依赖他了。有一天，秦少阳对她说，如果小项有一天离开了他，他会不知道怎么生活，生活会失去意义。小项听了不免感动，可是在秦少阳面前，小项从不表露自己对他的依赖，好像他们随时都可能分手，好像他们的亲密关系仅止于性。只有当秦少阳走后，她的心里才涌出怜惜。她抱着枕头说，你这个傻瓜。

六月的一个晚上，周菲断断续续排了三年的舞剧终于公演了。舞剧名一改再改，最终定名为《妇女简史》。想起这部剧，小项真心觉得不容易。周菲为这舞剧耗尽心血。小项蛮佩服周菲的耐心和毅力。一个人只能如此专注才可以有收获吧。也只能说收获，还谈不上成功（至少现在还不能说成功）。不过什么又算是成功呢？

小项和秦少阳一起看了《妇女简史》。这是小项第一次完整看这出剧。这是一个男人和一个女人既相濡以沫又彼此折磨的故事。主题大胆，有赤裸的性，也有残忍的暴力。两个人慢慢走向自我毁灭，走向彼此的祭坛。在舞剧的高潮处，舞台漆黑，整个剧场漆黑。突然一束光从天而降，背景中出现一尊高大的佛像，光线好像是佛像散发出来，一男一女两个舞者把手中的刀子刺入彼此的心脏。拿着蜡烛的诵经者从舞台四面八方涌入，围着两具尸体，佛经的吟诵声慈悲、庄严，又带着一些恐怖的气息。这时候，大佛内响起敲击声，声音大到把诵经声完全盖住了。刚才死亡的一对男女死而复活，他们忘记了一切，开始了他们的舞蹈，回到舞剧开头的那一幕。不过，现在他和她的四周都是诵经人，他和她跳到每一个诵经人那儿，都会发出刚才的敲击声，好像他们此刻正在佛的肚子里。

演出非常成功。一定有很多人当面祝贺周菲。小项觉得在这样的场合，她不去凑这个热闹了。她给周菲发了一个短信，由衷地赞美她。好几处，我看到了自己。小项说。

小项和秦少阳出来的时候，小项还沉浸在舞剧的气氛中。她没想到周菲编导了这么一出令人毛骨悚然的舞剧。小项和秦少阳不由自主地拉着彼此的手，好像唯有如此才可以得到安慰。小项不想说一句话。秦少阳似乎知道小项的心思，也没出声。仿佛那舞剧还在继续演出，好像他们一出声就会中断故事的进程。快要离开剧场时，秦少阳轻轻说了一句莫名的话，哪天我们去看看敦煌。

在剧院外面，小项骤然撞见陈波。小项没想到陈波也来看了。难道周菲也邀请了陈波吗？陈波这会儿黑着脸，看着小项。小项意识到陈波在等着她。陈波的小女友无助地站在一边，目光里有愤懑和委屈。显然这之前陈波已和她闹得不愉快了。

陈波把小项拉到一边，质问小项，那男人是谁？小项说，你干吗啊，同你有什么关系？陈波说，你怎么能这样？小项说，你醒醒，我们离婚了，你只是孩子的爹。陈波说，我不同意你同这个人交往。小项指了指陈波的女友，说，快回到她那儿去吧，当心她跑了。陈波说，我不在乎。

小项不想再理陈波，拉起秦少阳上了车。秦少阳埋头开车，一直没问，偶尔看一眼小项。小项表情严峻。小项说，刚才是我前夫。秦少阳说，我猜出来了。小项怕秦少阳担心，说，他没别的事，问我豆豆的事。秦少阳显然不信，目视前方，朝永江边小项的寓所开去。

一会儿，他们到了小项的家。秦少阳似乎想走的意思。小项说，晚上你住我这儿吧。周菲的戏让人不安，你陪陪我。

他们正在亲热的时候，屋子的门被擂响了。小项马上意识到是陈波。她想，他真是个疯子，他怎么可以这么闹。小项对自己的身材很自信，并没穿衣服，来到客厅。门外传来陈波的声音，小项，你开门。小项说，男友在，不方便，有什么事，明天你来单位找我。陈波说，我不相信，你让我进来。小项说，你这是干吗，为什么要这样。秦少阳也从房间里出来了，不过他穿好了衣服，他有些胆怯，这个青年时期在美国成长的男人显然没碰到过这种场面，他担心小项把陈波放进来，他们之间会有一场决斗。

小项对秦少阳使眼色，让他说话，证明屋子里确实有男人。秦少阳想了半天，结结巴巴地说，你好，我叫秦少阳，是小项的未婚夫，只要小项同意，我随时准备娶她。

小项差点晕过去。她想，这位博士真的是书读多了，太老实了。

门外再也没响起敲门声。过了半个小时，小项意识到陈波走了。不过她并不确信，陈波固执，天晓得他走没走。也许在楼下的小区里辗转徘徊。小项又想，他们离婚了，离婚后陈波变得正常了许多，有时候他来看小项，小项甚至觉得他比以前开朗，也会开玩笑了。他应该不会如以前那样做出疯狂的事来。她希望自己是想多了。陈波有了女友，他们会结婚，会有一个孩子，会从此过上幸福的生活。

第二天，秦少阳一早走了，他要赶到郊区上班。小项打扮好，下楼时，发现陈波站在不远处，脸色苍白而憔悴，眼眶深陷，神色痛苦，目光迷茫，却又有坚定的疯狂。自从陈波带女友来过小项家后，在她的感觉里，她和陈波已画上了句号。现在看来，这个句号并不是句号，只是一个长长的省略号。小项想，陈波的心里依旧还装着她。这是一种什么样的心理呢？他们分开了，事实上，分手后，他们友好相处，对彼此都是解脱。陈波为什么要这样？

小项假装没看见他。陈波不放过她，陈波拉住她，说，我决定了，我们复婚。小项愣住了。昨天晚上，小项总是想象陈波像一个幽灵一样在小区里徘徊，她一夜没睡，她的体能和精神已达崩溃的边缘。她突然感到愤怒，她吼道，你凭什么？凭什么你想干吗就干吗？发了一通脾气后，小项抑制不住大哭起来。陈波站在一边，安静地看着小项。

后来的一段日子，陈波没再来找小项。小项听说陈波和那位小女友真的分手了。有一天，小项路过幼儿园，那女孩正站在门口的游乐场，她看小项的目光充满敌意，还有带着些许嘲弄，和小项先前印象有很大的落差。小项有些恐慌，赶紧离开。那女孩走出来，叫住了她。那女孩说，我知道你的一切，陈波和我每天讲的都是你。小项停下来，既然都说到这儿了，干吗不深入了解一下内情呢。那女孩继续说，你前夫疯了，她不会让你和你的海归男友心想事成的。小项问，他想怎么样？那女孩说，他是医生，他有的是办法，你让那海归男友当心点吧。小项非常吃惊，愣住了。女孩说，我是好心，当心点总是好事。

小项没有把那女孩的警告告诉秦少阳，免得秦少阳担惊受怕。

陈波好像失踪了，连周末也没来看女儿。这不正常。小项不禁有些忧心。女儿问小项，爸爸怎么不来看她。小项敷衍道，爸爸这阵子出差了。

秦少阳只要不出差，一如既往来小项家。他原本是个开朗的大男孩，看起来涉世不深（可能因为他在美国待的时间太长了），面对现在这个局面他不免有点无所适从。开头还好，当作一切没有发生过，两个人还是像过去一样，下下馆子，看看电影。慢慢地，小项发现秦少阳变得心神不定，和她说话时欲言又止，一副心事重重的样子。小项一度怀疑秦少阳是不是介意了，也可能是厌倦她了，这段时间他再也没有提过结婚的事。她想男人都一样，甜言蜜语就像流水，水过无痕，都不可信。小项对此非常失望。

有一天，秦少阳还是没能忍住，同小项讲了他的心事。他说，他最近经常收到陌生电话，不是同一个电话打来的，电话老变，但内容是一样的，要么说开车要当心，要么说他知道人体结构，可以像庖丁解牛一样肢解他。用点药就行，不痛。再用点药，你的身体就会变成水，不会留下任何痕迹。秦少阳告诉小项这事，因为来小项家的路上，有一辆车插向他的车，幸好及时避让并刹车，不然会从高架坠落下去。小项问，这种电话多久了？秦少阳说，半个月了。小项看来电显示，确实都是陌生电话，没有一个电话来自陈波。小项说，少阳，你最近结了仇家吗？问完后，小项自己都觉得是废话，除了陈波，怎么可能会有人想置秦少阳于死地。小项想起那幼师同她说的话，她一直以为是个玩笑，或出于某种恶意，看来她是真的在警告。小项还是不敢相信陈波会干出这种事，和陈波一起生活了这么多年，在她心里，陈波还是一个善良的人。每次他们吵架后，陈波的眼泪和悔恨都是真实的。

小项决定去见陈波。小项来到西门街。小项有好久没来这里了，西门街的一草一木她熟悉到闭上眼睛都能想得起来。她敲开了陈波的门。陈波见到她显得颇为受宠若惊。小项注意到这房子似乎重新装修过了，有一种簇然一新的感觉。她还看到在卧室靠床的那面墙上，她和陈波的婚照放大了，装在一个巨大的镜框里。照片上的他们看起来非常甜蜜，目光中充满了对未来无限的希望。陈波说，那时候，我们多么年轻啊。小项说，陈波，你这是什么意思？我们已离婚了，你挂着这照片又何苦。陈波说，我想好了，我前段把屋子用涂料刷了一遍，把家具也换了，要和你复婚。陈波这种疯狂的念头让小项心里冒出一股冷气。

小项决定不问陈波关于电话的事。问了也是白问。即便是陈波干的，陈波也不会承认。谁会承认这种事。小项和陈波谈起女儿，小项说，女儿一直在问你为什么不去看她。陈波说，等我把一切都搞停当，我就把你和豆豆接回家。我以前没处理好，我保证以后再也不会了。

小项和周菲见了个面。小项夸周菲的舞剧非常出色，很震撼。周菲告诉小项，云门舞集的人看了她的舞剧，想邀她去台湾演出。小项祝贺周菲。周菲意识到小项找她有事，不再谈她的舞剧。倒是小项还沉浸在舞剧中。小项问，周菲我问你，那男女都杀了对方，你为什么要让他们重生，开启新生活，他们在一起还能生活得好吗？周菲说，总得要有些梦想，人间也没那么绝望，什么都有可能发生是不是？

小项回到家里，把秦少阳留在她家里的东西全部整理好。在整理的时候，小项已泪流满面，秦少阳的每一件东西，她都舍不得，但她知道不能留下来。那件衬衫他刚换下来，还没来得及洗，还带着他的气息，她忍不住把衬衫贴在脸上。她哭得更欢了。她喃喃自语，说，这都是为了你好，你和我在一起不会幸福的，我不配再有幸福，但你一定要有。对不起，对不起，这是最好的办法。

那天秦少阳来到小项这儿，小项面色阴沉。秦少阳问小项怎么啦？这时秦少阳看到自己的包放在客厅的沙发上。秦少阳说，小项，你要赶我走吗？小项强忍住自己的眼泪，装出一副绝情的样子，说，我们到此为止，你以后不要再来了。我得回去了，陈波是孩子父亲，什么人都比不上陈波重要。

仿佛一切没变化。小项和陈波还有亲爱的女儿豆豆在一起，还是一家人。就好像周菲舞剧的结尾。结尾就是开始。第一天晚上，陈波抱着小项，非常温柔。小项是紧张的，她已习惯了秦少阳。她感受到陈波身体里传来的疑虑。她想自己应该配合他。她感到自己是多么机械。

日子一天一天过去。现在看起来一切正常。陈波在他们做爱时再也没有失控，陈波要得也不像以前那么频繁。看得出来陈波在努力克制自己。这令小项起了幻想，好像她和陈波真的回到了开始。如果一直这样，也不错啊。她因此有一种苦尽甘来的感觉。她甚至觉得自己做了一个对的决定。她放过了秦少阳，让他免于恐惧，而她修好了原本破碎的家庭。这让她感到些许的欣慰。如果从前的一切是上天对她和陈波的考验，目前看起来他们经受住了考验。

这期间秦少阳给她发过无数的短信。在短信里，他说他会一直等着她，只要她愿意，他依旧盼着同她结婚。小项没有回他。她想象过他的痛苦，也担心过他。他曾对她说，如果失去她，他会不知道怎么生活，生活会失去意义。然而她明白她不能回复他，一回复，会没法收拾。

有一天，小项洗完澡，从浴室出来，看到陈波在看她的手机。她感到不妙。陈波还是在怀疑她。陈波说，刚刚有个短信进来。小项没说话，拿起手机看了一眼，是秦少阳发来的。小项没回话。也没看陈波。这事儿最好的方式是沉默。如果陈波看了所有的短信，他应该明白，她没回过一个。陈波不应该生气。可她知道陈波在生气，他的脸这会儿是黑的。

这天晚上，他们亲热时，小项再次意识到那个黑洞依旧在陈波身体里。小项想，一切只是美好的幻想，问题没那么好解决的。

清明节前，陈波向小项提议是不是提前祭祖，然后，全家一起找个地方去度假。小项那段日子工作特别忙，手头有好几个策划项目在做。不过为了家庭有什么不可以放下的呢。她说很好，我们一家人有好久没出去玩了。

祭祖那天，小项做了一桌的菜。祭祖的方式完全照永城的习俗。小项点上蜡烛，发现纸钱没了。她对陈波说，她去小区念佛的婆婆那儿买点纸钱来。陈波说，你快去吧。

小项回来的时候，吓了一跳。她看到蜡烛和祭祖的菜肴中间放着一只红色的盒子。小项站在那儿一动不动，恐惧占据了她整个身心，她感到自己快要崩溃，随时会晕眩过去。陈波没事一样，对小项说，你搬出去住后，我就把它挖出来了，埋在那儿，我总担心它烂掉。小项脸色苍白，低头烧纸钱。她对自己说，不要哭，没事的，陈波把盒子取出来没别的意思，真的是担心盒子烂掉。烧完纸钱，小项跪在桌前，对着祖宗磕了三个响头。

晚上，小项哄豆豆睡熟，回到房间。陈波已洗完澡，等着她。小项心领神会，进浴室洗澡。一天下来，她已非常疲劳。也不完全是疲劳，应该是麻木，或许是紧张。她慢慢洗着自己的身体。几年下来，她的身体已不如从前，但底子好，身材还是紧致的。她比任何一次都要洗得缓慢和干净，好像以此可以洗干净她身上一切"脏"东西，或者想以此挨过这个夜晚。

她出来的时候，陈波把房间的灯关了。她以为陈波睡着了，长长地松了一口气。今晚陈波终于放过她了。她躺到床的左侧，轻轻盖好被子，怕把陈波弄醒。

陈波突然抱住了她，一下子进入了她。陈波说："你讲，你讲啊，卢一明是怎么弄你的……"

这世上没有破镜重圆的故事。即便是重圆也不是原来那面镜子。

三个月后，秦少阳在小项的手机中消失了，他不再发来信息。突然之间断了音信，小项心里空落落的，有些恍惚。她担心他出了什么事。过了一周，她拨通了他的手机。电话里传来电子语音：对不起，你拨打的电话是空号。她的心一下子提了起来，涌出某种不祥的预感。后来，她打电话到他的公司。一个女孩接的电话，对方回答，秦老师好久没来上班了，公司里的人都不知道他去了哪里。

小项愣住了，那一刻一直隐藏在她心里的幻想明确地降临到她的脑子里。电话那边，那个女孩在问，你是谁？你有秦老师的消息吗？小项挂了电话。

小项开始拒绝和陈波亲热。哪怕陈波有时候强行行事，她也不让他得逞。陈波也是脆弱的，在她的反抗下，他会迅速退潮。几次后，陈波也不再碰她。他们还躺在一张床上，但他们之间的距离却像隔着一条银河，遥不可及。

这样过了两个月。一天晚上，他们像往日那样钻进被窝睡下。灯已经关了。这两个月，小项的睡眠特别差，有时候她整晚都睡不着。那个幻觉一直跟着她。她努力想压制那个幻觉，压制不住，反而把幻觉当成了真实。她觉得自己也病了，有点儿分不清真实和幻觉的界限。

陈波也没睡着，半夜时分，黑暗中传来陈波的声音，你为什么不毒死我？

什么？小项吃了一惊。

我知道你半个月前买了砒霜，我一直等着你下药。小项，我没救了，也许我死了才有救。陈波说。

小项没想到陈波知道她买了药。他什么都知道，他现在不像一个外科医生，而像一个神探。她相信，她手机上的一切他都已看过了，包括最近她给秦少阳发的信息。虽然她拨打的电话已是空号，可她向那个空号发了无数条短信。她告诉他，他和她在一起是她此生最美好的时光，她愚蠢地放弃了，她替自己惋惜。

小项突然泪流满面。她下过几次决心，想把药投到陈波的茶水里。她发现自己根本没有这个狠劲。毕竟他是孩子的爹。

他在这个世界上消失了，同你有关吗？小项问。

也许吧。我找过他，我知道他一直在联系你。我威胁他，让他悄无声息地离开永城，不要再联系你，否则我就对付你。我知道他在乎你，每个人都有弱点，不是吗？陈波说。

他还活着？小项问。

陈波脸上露出疑惑的神色，他看了小项一眼，一会儿才确定小项在问什么。他脸上露出奇怪的微笑，说，谁知道呢，我是个病人，做过什么事我自己都不确定。

小项知道在陈波这儿是不会有答案的。他的脑子里有一部分永远深不可测。小项也不想得到答案。

很多时候小项愿意相信只不过是她臆想了秦少阳的"消失"。但愿只是臆想。他还活着。她这样希望。

小项和陈波等于摊牌了。他们之间再也没有挽回的余地。陈波固执地不答应分手。陈波对小项说，除非你把我杀了。

有一天，陈波的母亲约小项，说想和她单独谈谈。这么多年来，陈波的父母基本上不介入小两口的家庭生活，除了金钱上的资助，小项也没感受到来自公公和婆婆的太浓烈的亲情。小项不知道婆婆要同她谈什么。一路上她想好了，这一次她一定要向婆婆讲述她和陈波婚姻的真相。

她们在月湖边找了个茶馆。婆婆精心打扮，说明这不是一次随随便便的见面，而是"正式"的。公公和婆婆有些腔调和普通人不太一样。

那天见面，作为海洋生物学家的婆婆，讲起了海豚：海豚是海洋里最聪明的生物，它们和人类很像，一夫一妻制。雄性海豚看中雌性海豚后，就会求欢。雄海豚交配完成后就会离开，远走他乡。

你知道为什么雄海豚要远走他乡？婆婆问。

小项知道婆婆会马上给她答案。

海豚是最钟情的动物，如果雄海豚不离开，雌海豚会安定不下来，会发疯，这样它肚子里的宝宝就会有危险。只有雄海豚离开得足够远，远到雌海豚感受不到爱人的存在，她才会安心孕育自己的孩子。婆婆说。

小项知道婆婆不是来给她普及海洋知识的。这是婆婆的方式，喜欢用冷门的海洋生物习性做谈话的开场白。小项有时候会怀疑这些知识是婆婆顺口瞎编的。

终于说到正题。婆婆说，她知道陈波和小项的婚姻不幸福。作为父母知道是怎么回事。陈波这孩子心理一直不太健康。你们这样下去，陈波和你都会毁掉，还有豆豆，豆豆还年幼，她承受不起你们家庭冷暴力。

小项开始理解婆婆开场白的意思了。

你是想让我离开永城？小项说。

你千万不要认为我狠心。我知道陈波很爱你，非常在乎你。我经常对陈波爸爸说，你和陈波真是前世冤家。我们去咨询过医生，医生认为陈波童年有阴影，有强烈的不安全感，才导致他抓住你不肯放，只要你在他身边，或在这个城市里，他就不会得到安宁，无法重新开始。婆婆说。

小项有点惊讶。婆婆说出了自己心中所想。她确实无数次思考过这个问题。

这对你也好，你是个好女孩，受到这么大委屈也从来不同我们说。那次见到你身上有伤，我都难过得要死。婆婆说。

小项想，毕竟是高级知识分子，平常不显山露水，心里明镜似的，什么都看在眼里。

你去找你的幸福吧，你会找到一个好男人，会有全新的生活，你是个讨人喜欢的女子，一定会的。豆豆你不用担心，我和她爷爷会照顾好她。一定会让她健康成长。我们这辈子最后悔的一件事就是小的时候没把陈波留在身边，我们很愧疚。照顾豆豆对我们来说也是一种补偿。

婆婆几乎在哀求了。这个平时看起来平和却不流露情感的女人这会儿眼眶泛红。

那天从月湖茶室回来，小项开始为离开这个城市做准备。她认为婆婆说得有理，留在这个城市，她逃不过陈波的"魔掌"。当然很可惜，她在这个城市已有了自己的事业，如果去别的地方，一切得重新开始。不过她又想，她现在有手艺，有资历，应该可以在任何一个城市都有能力养活自己。

那天晚上，她到单位整理自己的办公室。在抽屉的深处，她看见一封信。几年前一个女人送来了这封信。她没拆开来过。她拿在手上，犹豫着是丢掉还是拆开来阅读。她沉思了一会儿，把那封信放在了包里。

整理好办公室的个人物品，她给同事写了一封告别信，放在自己的写字台上。她觉得必须写这封信。她可不想让同事们认为她无声无息地从这个世界上消失了，像秦少阳那样。

第二天，小项离家出走，没同陈波和女儿告别。她不知道怎么告别。陈波的母亲应该会告诉陈波和豆豆的。她暂时没想好目的地，她只是想旅行。她想陈波、豆豆或其他人可能会找她。她关掉了手机。她本想把电话卡扔到河里的，又想，万一有意外的事发生呢？所以，她只是关机。她告诉自己不要打开电话。听到女儿的声音，她的心会软。好不容易下了这个决心，她不想前功尽弃。

她坐上高铁，向西旅行。她暂时有了一个目的地：成都。成都是她的老家。她想先去一趟成都，看望一下母亲，或者还会看望一下父亲。不过她不会同父母讲她失败的生活。两边的风景向她扑面而来。列车好像逆时间而行，好像这会儿她正在从今天的自己慢慢退回青涩的自己，退回到最初写日记的那个少女。她想起了秦少阳，他们在一起时，他喜欢问她的过往，问她的少年时光，问她爱过几个男人，他说，他不在乎她的过往，只喜欢现在的她，现在的她刚刚好，是上天给他的礼物。当他这么表白时，小项从来不说话。她不问秦少阳的过往。一个海归博士，一个三十六岁的男人，一定有长长的情史。她不问。她不想知道他的过去。她觉得他现在的一切就是所有，她什么都不需要知道。

可是她太傻了，她现在才深刻认识到他是她此生碰到的最好的男人。但她放弃了他，也伤害了他。他"消失"了。那个臆想又可怕地出现在她的脑子里：他被肢解，然后硫酸把他的肉体融化成了流体……

她泪流不止。对面座位上一个小男孩对妈妈说，阿姨流泪了。小项看了看男孩，抚摸了一下男孩的头，说，阿姨没事。她露出某种幸福的笑容。是的，只要回忆，生命的磨难中总还是会有温暖的时光。

在成都老家住了三天，小项决定继续西行，她想去西藏看看。她一直想去看的。记得在看周菲的舞剧《妇女简史》时她就有一个念头，舞剧虽然尖锐，但最终是宽容的，充满了对生命的宽厚，舞剧里，包括幕景上和舞台上，有几百个出家人身穿袈裟聚在大佛下诵经，场面令她感动，那诵经的声音神秘、庄严、慈悲，那一刻，她觉得唯有这种声音可以安慰人生的苦难。

在成都，小项每天做同样一个梦，她梦到了月牙泉。她依稀记得她少女时代也梦见过月牙泉。她觉得很奇怪。她记起卢一明的那封信。在一个安静的午后，在老家后面的小院子里，在沿壁而上的蔷薇藤蔓下，小项从自己的简单的行李箱里取出那封信。她好像下了天大的决心，拆开信。这是一封写于五年前的信，信纸都已泛黄了。小项深吸一口气，读了起来——

亲爱的小项：

我这么称呼你，你有点吃惊吧。我知道在你眼中，我只不过是一个花花公子。我确实是的。我不讳言这一点。不讳言不表示我不痛恨自己。我经常感到自己丑陋。我很少照镜子。我害怕在镜子里看到一张不堪的脸。

小项，对我来说，杭州的三天是我生命的奇迹。在那三天的缠绵缠绵中，我多次想表达心里的话，我都没说出口。我想，我在你那里的形象一定糟透了。后来我就自暴自弃了。我感到你对我产生了某种依恋，而我却害怕了。我要在你前面把自己的形象毁掉。这就是我们分手时我有意为之的行为。

我非常不安。这不是我想要的。我必须要诚恳告诉你我对你的情感。我想修补我在你那里的形象。至少此刻我写这信时是这样想的。但我不知道我最终是不是有勇气把这封信寄出。此刻我很空虚，也很悲伤。我知道这辈子空虚和悲伤会一直伴着我。

我第一次见到你就喜欢上了你。你让我想起我生命中最重要的时刻。那时候，我和一个女孩在敦煌，我们已走到穷途末路。我不知道你明不明白，爱就是穷途末路。我是多么爱她。她是个天真的女孩，你看着她的脸，你会觉得她干净得像是未经尘世。实际上只是表面。世上有很多假象，有些女人看上去很干净，目光明亮，毫无杂质，但并不表示她们不复杂。我得说，你和她很像。气质非常像。我最初看到你时，我吃了一惊，我以为她再一次回来了。

我和那个女孩深爱过。这个你不要怀疑。但如我所说，爱会导致穷途末路。我不想在这封信里具体展开。说起来都是些鸡毛蒜皮的事。总之，我们相爱。我们伤害。我们怀疑。我们和解。我们为了自救，想过与世隔绝的生活。我们到敦煌时，我们仿佛已活过一辈子了。我们看一个一个经洞。晚上坐在月牙泉边。天很低。星星非常大。沙堆高悬在天边。那一刻我们已没了力气。我们相约沉没于月牙泉冰凉的水中。

她走了。我活了下来。我们被打捞上来后送到医院。我竟然被救了。从另一个意义上说不是被救，而是被打入了地狱。这之后，我一直过着地狱般的生活。

你出现了，仿佛时光倒转。我惊讶于自己的激情。在那三天中，我一直在想一个问题，我是不是可以重新再来。但我也同时看见了终点：爱的穷途末路。我这样说是不是不够真诚？好吧，我再真诚一点。我已是个已婚男子，我妻子漂亮，宽厚，她知道我背叛她。我不时拈花惹草，对不起她，她默认。这就是婚姻。经不起检验，可让人觉得可靠，可以依赖。这是我考虑的。另外，我害怕爱。我再一次表白，在那三天里，我爱上了你。

因为爱上了你，我在心里面不想让你难过，并且我很想在你那儿有一个好的形象。今天晚上，我很空虚，也很悲伤，我写下这封信。我不知道我在说什么。也不知道是否会发给你。我在想，如果寄给你，我的生命又会发生什么。

后来你突然同我中断了联系。你不会知道，我来永城看过你。我看到你带着女儿从幼儿园出来。你女儿很漂亮，像你。也许我到永城来打算约你重续旧情。我不确定。但看到你如此幸福，我退缩了。理智告诉我，我不应该毁掉你的生活。

现在你知道了，我是个优柔寡断的人。或者你可以说我是个不负责任的人。不过我有一个预感，我不会活得太久。一个人的预感往往是准确的，我确信。

在那三天的最后时光，我同你说起过敦煌。我突然说了，语焉不详。如果我最终寄出了这封信，如果你有一天读到这封信，你就会明白了。也许有一天，你会去敦煌，去月牙泉。在月牙泉的西北角一块大石头。我女友的骨灰撒在那儿。上面有她的名字。

我为什么要同你讲这些呢？其实这些话更多的是说给我自己听的。你是恰好成了我倾诉的对象而已。不过我想让你明白，那三天我幸福并且害怕，然后逃避。

就写到这儿。我都不知自己在说些什么。安好。人们总是这么说，可总不能安好。

卢一明醉后

读完信，小项非常吃惊。看得出来信写得很随意。很多跳跃的短句，表达时思维处于不稳状态。这封信彻底颠覆了卢一明在小项这儿的形象。如果说她到目前为止是不幸的，那这不幸很大程度来自这个男人。当然她自己也负有责任。在她受苦的时候，她对他不无仇恨。她后悔没早看这封信。如果早看到，她可能会更平和一些。

天空飞过几只天鹅，排成人字，向北飞去。小项涌出一个念头，她想去敦煌看看。她想象，他活着的时候，大概总会去月牙泉看看她的吧。现在他也死了（读完这信后她都怀疑不是车祸而是自杀），那石块边也许杂草丛生了。

第二天，小项北上去了敦煌。到敦煌不像想象中的困难，从敦煌机场到月牙泉的路途不算太远。傍晚时分，小项到了月牙泉。她很容易找到那块石头，比她想象中的略大一些。她试图寻找上面的名字。没有。小项怀疑自己是否找对了地方。

有一个男人来搭讪。一个还算有风情的单身女人总会引来搭讪的男人，尤其是那些独行的背包客。小项对自己说，此行她将守身如玉。那个人自称是艺术家，把小项带到他的画室。她看了他临摹（其实是一种创造）的无数的佛像。进入那个屋子，她的眼睛都被刺痛了。所有的画面以金色（黄金一样的金色）和靛青为基调，呈现出一种整体的圣洁。可是每一幅画上的佛像都是人间的，世俗的，甚至是情欲的。小项的身体那一刻有些触动。那个艺术家从背后抱住她时，她挣扎出来，温和地说，你安静一点，佛在这里，这里便是圣地。艺术家说可以去宾馆。她只是笑，说，我走了，你画得很好，你会成名的。在小项的工作岗位上，她接触过无数的画家，她这么说是真诚的。

小项刚迈出门，艺术家说，你等等，我有话同你说。小项站住了，她想看看艺术家翻出什么花样。

我不是本地人，在这儿有十五年了。艺术家说，你知道你刚才看到的石头边发生过什么事吗？

小项惊愕地抬起头来看着艺术家。艺术家表情严肃。

那地方曾经发生过凶杀案，有一位姑娘死在那儿。法医说是被人按住头窒息死的。杀死他的是一个混蛋，他自己也畏罪自杀，但运气好，被救活了。艺术家说。

什么？小项以为自己听错了。

是一位漂亮的姑娘。我见过她。艺术家说，很可惜是不是？这么年轻的生命就消失了。他们是一对情侣，到敦煌来玩。那女孩在旅途中爱上了别人，男人起了杀心。奇怪的是男人有女孩的遗书，是双双殉情的遗书。男人因此逃过一劫，没被起诉。

小项愣在那儿。她陷入巨大迷惑之中。一股冷风吹过院子，小项感到寒冷。艺术家问她怎么了？她没回答。她几乎是逃走的。此刻她需要安静，她需要整理自己的情绪。她不知道发生了什么。这世界太不可思议了。她该信什么呢，那封信里的话还是信艺术家的话？

小项想起周菲的舞剧，那两个舞者相互刺杀时，舞台上的光影像水波一样，他们好像是两个溺水的人。小项怀疑周菲是不是也到过敦煌，听这位艺术家讲过这个故事。

第二天小项一早就醒了。她一刻也不想待在敦煌。也不想知道真相。这世上真相有好多种，关键是你相信哪一种。

小项整理好行李，照既定方案奔赴拉萨。她搭了一辆便车到火车站，她坐普通的火车，到处转车，终于在一个星期后抵达拉萨。

现在，她终于站在广场上，抬头仰望布达拉宫。她有一种灵魂出窍的感觉。天空碧蓝如洗，白云一动不动，布达拉宫既是沉静的，又是辉煌的，笼罩在一种金色的光晕中，甚至布达拉宫周边的山体，在夕阳的映照下，也是金色的。她有点理解敦煌那个艺术家的用色了，金色和青色就是天堂的颜色。

布达拉宫的广场上，都是俯身朝拜的香客。这一切是熟悉的，小项在图片、录像以及电影中见过这些场面，但看到香客们脸上的虔诚和微茫的希望，她还是感动。她感到生命如尘土一般，谁也抵挡不住那只神秘的命运之手的拨弄。看起来过去做的每一个选择都是自己做出的，可回过头去看，还是现出无处不在命运的照拂。

后来，她站在大殿的一侧，听着几百位喇嘛诵经。她听不懂经文，她只能倾听声音本身，那么阔大的仁慈的声音，在整个殿宇里萦绕，通向天际。这些声音此刻钻进了她的身体，就像喝下去的烈酒，在胸腔在胃部热辣辣地扩散。一直以来，她拜佛，谈不上真正信佛。现在她也谈不上真正有信仰，只是身体里涌出一种冲动，她想和那些藏人信众一样，对佛顶礼膜拜一次。她让身体贴在大殿的石板上，久久地双手合十，举在头顶，直到坚持不住。她俯伏在那儿，双手捧住自己的脸，痛哭起来。在泪光中，她看见陈波、豆豆，还看到在她的生命中消失的秦少阳。

那天，她回到拉萨圣地天堂大酒店，抑制不住打开了手机。她以为会有陈波和女儿的短信，竟然没有。她想，陈波的母亲做得真是绝啊，她真的把她从他们家的生活中删除了。她不知道婆婆是如何描述她的离家出走。她一定把她描述成冷酷的人。她心有不甘，内心酸楚，此刻她多么想把女儿抱在怀里。

她站在房间的窗口，看着拉萨傍晚的风景，内心茫然。天空已从浅蓝变成青色，那么透亮，好像青色的另一边就是天国。这是个安静的城市，神无处不在，有一种庞大的威严在四周生长，让人卑微得不想发出任何声音。远处的拉萨河闪耀着亮晶晶的波光。她久久地凝视着远方，好像就此可以看到自己的去处。这时，"叮"的一声，进来一则短信，一个陌生号码发来的，短信没有署名，上面写了一句话：

　　你好吗？在敦煌听一位画家讲起一个女人，想起你。

（原载《十月》2020年第2期）

我的清迈，我的邓丽君

◎程永新

一

阿格从坐上飞机那一刻起，耳畔就一次次地回响着温和甜美的曼妙歌声。那歌声如吴侬软语般婉转清澈，如雨如雾，如泣如诉，阿格依稀记得，那是从一台手摇唱机发出的，手摇唱机带着一只古铜色的喇叭，从底座侧面插入一个手柄，上下使劲转动几十圈，贴着圆形红标签的黑色唱片便开始缓缓转动，曲柄唱针转一个身轻轻放在唱片上，那由庞大乐队伴奏的前奏就汩汩流淌出来，音乐起始是无力的，变调走音的，慢慢才转入正常，变得悦耳和顺畅。

波音737头等舱一共四个座位，大胖与建国坐一起，阿格一个人坐，他选择靠近走道的位子。阿格有恐高症，他拉下遮阳板，不敢去欣赏舷窗外飘浮的大片大片的流云飞彩。

步入中年以后，有一阵儿阿格不敢坐飞机，与朋友聚会时闲聊，他怯生生地吐露自己的恐惧小秘密，岂料一桌的人都附和，竟然有那么多人怕坐飞机。当时有位研究《易经》的大师，很神秘地传授他的个人经验：从登上飞机那一刻起，闭上眼睛，不停地默诵阿弥陀佛，一直念到飞机降落为止。谁也不知道大师说得对不对，但估计谁下次坐飞机，都会试一试这个法子。

机票是建国在携程上订的，飞泰国航线中型机居多，头等舱唯一的好处就是服务，脸上挂着迷人微笑的空姐不停地来倒水送毛巾，就餐时铺了餐垫，刀叉、餐巾一应俱备，中西餐搭配，还有红酒、水果，食物格外丰盛。

三个好友相约出游已约了半年，大胖希望去马尔代夫，建国和阿格都嫌太远，坐飞机的时间长，想想都累。建国说想去越南，唯独阿格提议去清迈。建国去过清迈，那次他是带着女友去的，当他讲述清迈的所见所闻时，阿格的眼睛里发出一道道神奇诡异的光，在阿格一而再再而三的坚持下，三人终于成行，说好所有的开支消费AA。

阿格没有告诉两位朋友自己执意要去清迈的真实原因，这是一个秘密，藏在他内心深处许久的秘密。暗地里，阿格为这次出行做了详尽周密的准备：他去银行兑换了两万泰铢，从网上下载了清迈地图，把去各个景点的路线都研究了一遍，还储存了清迈当地警局的地址和电话。

建国拿着一本时尚杂志在翻阅，阿格的座位与建国间隔一条过道，时尚杂志上的一条黑体字吸引了阿格的眼神：

著名导演李安正在筹拍电影《邓丽君传》。

阿格转身一把抢过时尚杂志，眼睛直勾勾地盯着那条新闻看，建国僵在那里，一脸懵，无奈地摇摇头，对阿格的举止甚为不解。时尚杂志上的黑体字标题下面这样写着：

李安筹拍《邓丽君传》的消息传出，没有引起太大波澜，似乎所有人都认同，李安是最合适的导演人选。拍摄筹备期之所以如此漫长、慎重，是因为邓丽君早已成为神话。三千多首歌，四十年间的反复流传渗透，她已经成为中国人久远年代里心灵和精神的诠释者。

飞机降落在清迈国际机场，机身还在跑道上滑行，后面经济舱的人已经纷纷起身站起来拿行李，不管不顾地簇拥在两边的过道。

阿格一动不动，手中紧紧攥着那本杂志，"唉，可以醒醒了！清迈到了。"建国用手掌在阿格的面孔前面上下晃动。

阿格缓过神来，见建国皱起眉头，一脸的不爽，阿格能够猜到他这位大学同学现在的想法。按建国的说法，飞机降落停稳，只要机舱的灯不全部打开，欧洲人是没有人会从座位上站起来的。建国毕业于国内名牌大学，工作几年后去了欧洲，现在是法国永居身份，愤世嫉俗，一谈起国人在国外的所作所为，满腔的愤懑。建国的抱怨说多了，大胖就会跟建国说，你那么看不惯国人，你去法国生活呀，干吗还要在国内烦心呢？这话其实是揶揄，建国只能鼻子里出气，但又找不到怼回去的话。

建国的表情显示的是大人不记小人过。他的父亲是国内著名工程设计院的设计师，20世纪90年代中建国从国外回来开公司经商，倒卖过土地，代理过家具，做过演员经纪，没一笔生意挣钱的，全靠父亲的设计费置换成十几套房子，来维持公司的经营。他父亲给多个房地产公司设计图纸，公司付不出设计费，就给一套房子。2010年以后，这十几套房子升值十倍，建国从此衣食无忧，关了公司，成了游手好闲的新上海小开。他不愿去法国，说在巴黎没有朋友，没有乐趣，可在国内这也看不惯那也看不惯。

三个人在转盘处提了行李，走出机场。

清迈的机场很小，与浦东机场无法比。快走到出口的地方，大胖突然不见了，阿格与建国回头一望，只见大胖宽阔的身板晃来晃去，在用中文标识"兑换"招牌的小亭子前踟蹰徘徊，眼睛圆瞪，死死盯着牌价表。

建国拖着行李箱走过去，拍拍大胖的肩膀说："不要看了，清迈市区到处都有兑换店，机场的牌价肯定要比市区贵。"

大胖闻言，连忙拉起行李箱，转身扭着屁股随两人大步朝出口处走去。出口处人头攒动，建国掏出手机拨了一个号码，手机响了，面对面站着的一个皮肤黝黑的女子拿起手机，建国马上反应过来，用手机指着她说："你就是惠子啊？"

导游惠子迎上来，"汪先生吗？我就是惠子。一路辛苦了！"惠子的中文带着浓重的广东口音，"车子停在那边，辛苦大家要走几步。"

惠子引领三人朝停车场走去。在一辆丰田面包车前，惠子用手背敲了敲司机座的车窗，车门打开，只见一个黑皮肤的泰国小伙子灵巧地跳下车，双手合十，笑眯眯地说："萨瓦迪卡！"小伙子说话间露出一口洁白的牙齿。

大胖大大咧咧上去，用力拍拍小伙子的肩膀，大嗓门吼了一声："萨瓦迪卡！"大胖身材魁梧，声如洪钟，那泰国小伙子显然被他的举止吓了一跳，脸色微微有些发红。

建国在一旁觑觑阿格，把头摇得像拨浪鼓："你别这样好吗？这里是国外。"

"没事没事，他中国人见多了。"惠子微笑着出来打圆场。这话听起来多少带一点讽刺。

"你看，惠子说没事，"大胖尴尬地说，"你们法国佬啊，就是规矩多！"

上车后惠子落座副驾驶位子，建国低头钻进后排，把前面两个座位让给阿格和大胖。建国随即系上安全带，用沪语硬邦邦地提醒两个同伴："系上安全带！"

"坐后排也要系安全带吗？"大胖大声问。

"要的要的，不然被警察逮到要罚款的。"惠子居然能听懂沪语，这让大胖很惊诧，他眨巴眨巴眼睛，嘴里支支吾吾，欲言又止。

面包车驶入一条小街，左拐右拐转了几个圈，开始沿着梅宾河的宽道疾驶。路上的街景散发着一种旧时光的古典韵味，与车水马龙的现世境况形成很大的反差。穿梭流动的有红色的双轿车，有飞驰的摩托车，还有来来往往敞篷的黄色摩托车，这种车的车厢放着木椅，可以坐六七个人。路上红绿灯很少，车速都很快，路况貌似有些凌乱，尘土在空中飞扬。

"梅宾河是清迈最大的一条河。"惠子转过头来，向客人介绍说。

"惠子小姐，那是什么车？"大胖指着满大街跑的敞篷车问道。

"那是嘟嘟车，你们这几天在清迈，出门的话就可以坐嘟嘟车，很便宜，不管去哪里，二十泰铢一个人。"惠子说。

面包车驶进拉提兰纳酒店门口的圆形花园，酒店坐落在兰纳河边，因而得名。惠子待面包车停稳后下车，她的几位客人也纷纷下车提行李。进入庭院，迎面而来的是大屋顶的凉亭，屋檐下的铁皮风铃随风叮咚。通往凉亭的甬道铺了绛红色的地砖，两边是探头探脑的再力草及在微风中摇曳的倒挂金钟。庭院中央有个游泳池，碧水潋滟，几个度假的白人老外在水中嬉戏打闹。沿河是一排高大的热带树木，酒店的庭院掩映于一片灌木丛中，入口处有一个神龛，摆放着香炉和紫色的醋栗。醋栗是一种与佛教有关的花果，寓意平安和招财进宝。

在惠子的一路陪同下，三个人办好入住手续。在酒店门口，惠子叮嘱明天九点吃完早餐，然后她来接大家去参观景点。

"明天我们去哪里？"阿格问道。

"双龙寺，素洁山。"惠子说。

"美萍酒店什么时候去？"阿格斜刺里冒出一句。

"后天。大后天我陪你们去金三角。"惠子答道。

阿格迟疑了片刻，吞吞吐吐地说："可不可以明天去美萍酒店啊？"

"可以呀，那就后天去双龙寺。"惠子微笑着，一副客随主便非常好说话的样子。

惠子说完，正准备与三人告辞，谁知大胖突然冲过来，冷不丁地问道：

"人妖呢，什么时候看人妖表演？"

"我会安排的，你们放心好了。"惠子笑吟吟地说。

"那泰国浴呢？"大胖不依不饶，故意夸张地问。

"这个吗……要问我老公。"惠子朝面包车努努嘴，很自然地回答，没有任何障碍与神秘感。

"你对女人又没有什么兴趣，还关心这个？"建国咧着嘴用一种不屑的神情朝大胖说。

大胖推开建国，冲着惠子大声嚷道："你说你老公？他在哪？"

"喏。"惠子朝面包车指了指，身体倚在车上的泰国小伙子司机笑嘻嘻站直了身体，竖起大拇指朝向自己的胸脯，意思是包在他身上。

"啊？他是你老公？"大胖简直不敢相信，那泰国小伙子长得很帅，皮肤黝黑，有点像刘德华，但看上去比惠子足足要小了十几岁。

二

美萍酒店的门口耸立着一棵大榕树，榕树的藤蔓像胳膊那么粗，它们缠绕延伸，自由生长，仿佛在诠释大自然的奥秘。松鼠爬在榕树的枝干上，一只只硕大无比，左顾右盼，丝毫不畏惧游客。

酒店大堂门口站着身着泰国民族服饰的侍者，他们双手合十，恭迎来宾。一排盛开的蝴蝶兰成为背景，洁白的花蕾雍容华贵，烘托热闹的气氛。大堂左侧竖立着一对鸟人铜像，大胖转着圈，围着铜像上上下下打量，惠子过来说鸟人铜像与泰国历史上的一段民间传说有关，惠子很耐心地讲故事，但她似乎也不甚了解泰国历史，只能语焉不详地说出一个大概，令大胖听得云里雾里。

建国挥挥手，显露出不耐烦的样子。惠子属于那种特别乖巧机敏的女人，很会察言观色，应该是职业熏陶使然，见客人对她的故事不感兴趣，立马刹车，领着大家来到酒店一楼餐厅，门票包含自助午餐，餐厅里游客如梭，人头攒动，惠子抢到一张桌子，她说她帮忙看着座位，让大家去拿食物。

早上建国与阿格睡到九点才起，没吃早餐，大胖习惯早起，把酒店周围转了个遍，用手机拍了酒店庭院和兰纳河边的植物照片，一条条全发在朋友圈里，收获不少点赞。坐在面包车上，他不停地夸奖兰纳酒店的免费早餐，摸着鼓起的腹部，一副满足自得的神态，似乎很为阿格和建国没能享用到早餐的美味而惋惜。

美萍酒店的自助餐比较简陋，就一些三明治、泰式小点以及水果，即便如此，大胖还是拿回来两大盘堆成小山的食品。阿格端着的盘子里放了几块糕点和水果芭乐，一小碟糖拌红辣椒是用来蘸芭乐的；建国拿的是一片三明治和一杯清咖，他斜睨着眼望着大胖面前的"小山"，脸上满是讥讽地说："真是服了你了。"

大胖不乐意了，眉头皱成一团纸，歪过头去朝阿格诉苦道："又不是没付钱，吃自己的都要被骂！这什么世道！"

惠子见状，赶紧说："你们慢慢用，我在餐厅门口等着。"就径直离开了。

大胖三下两下消灭了面前的两座"小山"，见建国还在慢悠悠地品酌咖啡，站起身说：

"我先让座给别人，这样比较绅士吧？"说完大摇大摆走到了餐厅门口。其实他是烟瘾犯了，要去门口抽烟。

酒店门口一侧放着圆柱体的烟筒，几个烟民围成一圈吞云吐雾。大胖掏出一包中华烟，点着了猛吸一口。抬头看到前面有个国内来的小伙子在抽电子烟，大胖随即大声嚷嚷道：

"唉唉，兄弟啊，泰国禁抽电子烟的，你不知道啊？抓住要罚款的！"

那小伙连忙拔出电子烟的白色烟蒂，扔进了烟筒。大胖从口袋里掏出中华烟，抖动一下，给小伙递过来一支。小伙接过烟，连声说谢谢。

建国和阿格走出餐厅，惠子正在大堂一侧教大胖泰语："忽托卡布，意为对不起，泰语男性说的，女性说忽托卡。谢谢称为好布卡布。"

"好布卡布！"大胖双手合十，毕恭毕敬地朝两个朋友显摆。

惠子转身迎上来，招招手，引领大家来到一楼电梯口，电梯窄小，已有些老旧，电梯内的四壁都挂着邓丽君的照片和画报。惠子摁了按钮，电梯缓慢上升，发出迟滞的声响，一直到酒店顶楼15层，电梯门打开，一位戴着领结穿着白衬衣的中年男人恭敬地候在电梯口，操着一口流利的中文说："欢迎光临，我是比利，很高兴为大家服务。"

"你就是当年侍奉邓丽君的服务员比利？"阿格突然问。

"就是我。"比利笑吟吟地把众人引向大厅。面对电梯约有十几平方米的走廊大厅，摆着一张三人沙发和茶几，透过几扇绛红色木质窗户，正对美萍酒店的就是著名的素洁山，云山雾罩之中，双龙寺就掩藏其间。一眼望去，映入眼帘的景物里见不到一栋高大建筑，清迈，仿佛是一座拒绝高楼大厦的城市。它散发着一种迷人的原始气息，美丽的风景和植物遍布城市的每个角落。

"我们明天就去素洁山，泰国国王曾经在那里居住过。那里的双龙寺供奉有佛祖的舍利子。"惠子说。

大家都聚集在窗前远眺，唯独阿格一人在大厅四周踟蹰往返，寻寻觅觅，一副若有所思的样子。

比利带着大家沿右侧走廊朝前走，1502房间门口竖立着邓丽君的等身画像，一米六五左右，画像里的邓丽君微笑着，娇嗔甜美，貌若仙人，散发着无限的魅力。

进门是大客厅，客厅里摆放着餐桌、米黄色花格图案的沙发及淡棕色的脚凳，比利介绍说，房间里除了地毯和电视机换过，其他都保留着当年邓丽君入住时的原貌。邓丽君平时就喜欢坐在这张沙发上看书、听音乐。沙发和脚凳上都放着一块牌子，用中文写着：不准坐在椅子上。客厅还有一把黑色摇椅，也是邓丽君饭后喜欢坐的。从邓丽君的立像边上进入就是卧房，转角处放着邓丽君与法国男友的照片。卧房里的家具蒙上一层岁月的尘埃，床头墙上挂着蝶形的布帷，白色的床单上白毛巾折成一对接吻的鸳鸯，一面梳妆镜泛着黄斑，阿格站在镜子前，恍恍然发现镜子里出现一张欧洲人的脸，长头发，又高又尖的鼻子。你是谁？你是保罗吗？你就是那个邓丽君在世上最后相伴的男友吗？

良久，阿格才从臆想的幻觉中缓过神来。他移步走向茶几，茶几的果盘里放着几只芒果，那是邓丽君生前最喜欢的水果。徘徊至靠近窗台的地方，阿格凑近花盆偷偷摘下一片花瓣，那是他异常熟悉的百合花，放在鼻孔下闻了闻，悄悄塞进口袋。

这一切都被不远处的建国看在眼里。

阿格走进洗漱间，像一名侦探似的在地上仔细辨认，仿佛在寻找故人的踪迹。他的眼神循着浴缸一点点往外移动，再循着过道、房门，一直朝卧房外的大客厅睃巡过去。他的眼光停留在电梯右侧的L形的VIP服务台上，服务台的后面站着一个穿着泰式服装的年轻女子，她双手合十，朝阿格欠欠身，微笑颔首。

比利还在热情详尽地介绍，香槟轿车、芒果、保罗、哮喘等词语频频显现，像烟雾一样蒸腾离散，从身后弥漫而来，在阿格的思绪中久久环绕……

大胖围着比利不停询问，他的问题好像永远问不完。建国的眼光时不时地偷觑着阿格。

三

上午九点未到，惠子已等在酒店大堂。临出门，睡眼惺忪的建国提着一个礼物袋匆匆走下楼，他对惠子说他不去素洁山了，约好要去见一个朋友。建国在酒店门口挥手叫了辆出租，扬长而去。

左等右等，不见阿格下楼，惠子朝总台走去，往阿格的房间打了个电话，话筒里传出阿格慵懒的声音。惠子放下电话，对大胖说，你们另外一个朋友也不去素洁山。

大胖的大嗓门即刻炸了："那两个家伙搞什么名堂？不去就不去，他们不去，我去！"

大胖气呼呼地坐上面包车，惠子连忙小跑过去，坐上副驾驶座，面包车朝素洁山一路驶去。惠子很敬业，尽管只有大胖一个客人，她还是不厌其烦地介绍双龙寺为何选址在素洁山的历史传说。

清迈原是兰纳王国的首都，双龙寺的创办人库巴大师让大象背着舍利子在清迈随意地行走，灵性的大象走到素洁山停下不走了，库巴大师就决定选此地建庙。兰纳王害怕库巴大师在民众中的影响比他大，他想把库巴大师赶走，兰纳王扬言说除非梅宾河河水倒流，否则库巴大师不能在素洁山上建庙。库巴大师毅然跳入梅宾河，口中念念有词，他瘦弱的身体艰难地朝前走，神奇的一幕出现了：梅宾河河水真的开始汩汩倒流。兰纳王无法只能践诺，素洁山从此诞生一座双龙寺。

到了素洁山，惠子老公去停车，惠子陪着大胖朝双龙寺缓步走去。素洁山气候宜人，游人如织，山道边的樱花到处盛开。沿途墙上刻着蜥蜴、硕鼠、苍狗的石雕，一尊白象矗立在前方，白象背上铺着红黄相间的锦缎，上立一尊金光闪闪的佛塔，旁边墙上挂着一块巨大的古代兰纳王国的木雕，图案繁复，雕工精细，形象地讲述那个久远的选址传说。

双龙寺前的千年古树高耸入云，游客络绎不绝地在花房前排队，购买一枝枝白色长茎像玉兰的花卉，供奉在双龙寺门口的象鼻神前。

大胖与惠子站在山坡上眺望，山下是一大片一大片的橡胶树，惠子告诉大胖，清迈的主要经济收入就靠橡胶，泰国南部的橡胶树是摇钱树，是南部的经济命脉。

阿格坐在美萍酒店一楼餐厅的角落里，一盆紫色的洋兰，衬托着他的落寞和孤寂。面前桌上放着一杯清咖，每个走进餐厅的男人他都会细细打量，等待的人始终没有出现。

他知道那个人在泰国，近些年阿格一直在苦苦寻找，通过国内公安的朋友查到那个失踪的人还活着，公安的朋友给了他一个手机号码：0066834651122，这是泰国的号码，阿格打过无数次这个号码，电话是通的，对方的手机声音持续地鸣响，但始终无人接听。阿格的直觉告诉他，那个人很可能就在清迈，假如是这样的话，按理就应该时常光顾美萍酒店。

阿格五岁时因为一场突如其来的变故，过继给舅舅家，舅舅和舅妈对他视如己出，格外疼爱他。阿格的亲生父亲是轻工业局的局长，"文化大革命"中受冲击，20世纪70年代末重新出来工作，很快就与阿格的亲生母亲离了婚，净身出户，阿格兄弟俩的生活从此缺失了父亲。按舅舅他们的说法，母亲在"文化大革命"中迫不得已与父亲划清界限，导致后来家庭的破裂，阿格之前也默认这样的说法，直到发生那场车祸，他才一点点明白，那不是事情的原委和真相。

与大多数人一样，阿格记忆的分界线也是在五六岁，直到那场突如其来的车祸降临。那次是外地同学来沪，约了几个同窗好友喝酒，阿格因为开车没有喝。酒席结束大家还不尽兴，有人提议去斗地主，于是阿格的沃尔沃载了三个好友，往他家附近的棋牌室驶去。在沪青平公路的一个十字路口，红灯翻绿灯，阿格转动方向盘掉头，车身刚刚全部转过来，一辆货车风驰电掣般地从后面撞上来，受到猛然撞击的沃尔沃，噌地往前蹿出去几十米，车头磕在前面一辆小车的尾部上。三个大学同学居然都毫发无损，唯独阿格的脑袋重重撞在方向盘上，当场昏迷过去。

在医院躺了一天一夜，阿格被风箱般的呼噜声吵醒，他睁开眼睛，发觉自己头上扎着纱布，手背输着液，外地来的大学同学躺在一张椅子上呼呼大睡。

一缕夕阳从窗棂透进，阿格浑身感到阵阵清凉，像泡在秋天的海水里，思绪格外的活跃纷乱，他的眼前居然涌现了大片大片的白色百合花，还有落地钢窗和百合花簇拥的阳台，一个女人追着一个年轻男子，那个年轻男子一边挣脱女人的拉扯纠缠，一边疾步朝卧室走去，他急速闯进卧室反手猛然闭上门，女人追过去，拼命敲打房门……

阿格出院后曾经咨询过当医生的朋友，经历了一场车祸，他怎么能够清晰地回忆起童年里所有发生的事情？医生朋友支支吾吾，无法解释。后来大胖请一个藏传佛教上师在玉佛寺吃素斋，把阿格叫去陪坐，席间大胖介绍了阿格的情况，请教上师这是怎么回事。身穿黄袍的上师轻声地说了一句："天眼开了。"

大胖嗓门响耳朵背，为此建国经常嘲笑他，没听清上师说啥，他大声嚷嚷道："什么什么，什么开了?!"上师轻声重复了一遍："天眼开了。"见大胖迷惑不解的脸色，随后又补充道："在佛界这是再普通不过的事，修炼到一定境界就会开天眼，天眼开了的人能看到前世的场景，级别更高的人还能看到天国发生的事。"

"这么说阿格不是通过修炼而是通过一场意外使他能看到童年的情景？"大胖大声嚷道。上师沉静地说："是的。并不是每个俗世的人都有开天眼的机会。"一桌的人都缄默了，陷入了无语和沉思，对人类未知世界有一种森然的敬畏和恐惧。

美萍酒店的大堂一阵喧哗，一个举着蓝色三角旗的导游身边簇拥着一群中国人，导游在分发参观票，阿格的目光凝视着那杆斜挂的蓝旗。拿到参观票的游客朝餐厅拥来，川流的人群缝隙中，越过那杆蓝旗，阿格看到远处有个穿着黄袍的泰国僧侣在大堂徘徊。那个僧侣很奇怪，这个季节居然围着一条米黄色的长围巾，而且还把大半个脸遮盖得严严实实，只露出一双忽闪的眼睛和光秃秃的脑袋。

阿格的目光紧紧盯着僧侣，终于，僧侣的目光也扫视过来，两个人的目光对接上了，看着看着，阿格突然站起身，冲出餐厅，在蜂拥的人群中推搡前行，那个僧侣见状拔腿就往外跑。

阿格推开酒店的玻璃门，那个僧侣跑得飞快，已下了山坡。山坡上不时有大客车爬上来，遮挡住阿格的视线，阿格气喘吁吁下了山坡，追到街上，嘟嘟车一辆辆从面前穿梭而过，街边的小店铺前聚集着三三两两的欧美游客，阿格瞪着眼睛左右环顾，那个僧侣没了踪影，像是人间蒸发了一般。

四

阿格回到酒店房间，在柚木茶柜里拿出电水壶，拧开一瓶矿泉水的盖子，倒入水壶烧开，给自己泡了一杯绿茶，刚在棕色沙发上坐定，就听到走廊里传来大胖的大嗓门。少顷，房间的门铃猛然炸响，急促的叮咚声催命般响个不停。

阿格打开房门，大胖一头冲进来，脸颊上挂满汗珠，大嗓门声震屋宇，阿格的耳膜顿时感到一阵阵的发颤。

"你们搞什么鬼名堂？说是来泰国旅游的，有名的景点都不去，啥意思啊？"见阿格不语，大胖又问，"你去哪里了？"

"没去哪啊，就在街上转了转。"阿格支支吾吾地说。

"你们都有病啊？我跟你说阿格，双龙寺里有佛祖的舍利子，你不是最信这个的吗？"大胖说。

见阿格嘴里哼哼唧唧，一副心不在焉应付自己的样子，大胖显然感到无趣了，突然想起什么，"咦？建国呢，建国怎么还没回来呀？你给他打个电话，我上个厕所。"

大胖从厕所出来，身后传出哗哗的冲水声。见阿格仍然一动不动坐着，大胖把头摇得像拨浪鼓，"哎哟，叫你做点事情真难啊，给建国打电话呀！"

"谁想打谁打。"阿格依然一动不动。

"吃错药了。"大胖边说边给建国拨了电话，建国的手机一直鸣响着，但始终没人接听。

连续给建国拨了几次电话，大胖终于也失去耐性，他走到窗前朝下眺望，游泳池旁有几个老外裹着浴巾躺在白色凉椅上，通往酒店大堂的甬道上阒无一人，绿色灌木丛的茎藤覆盖路面。远处酒店的草坪上亮起景观灯，大叶莴萝在黄澄澄的灯影中婆娑摇曳，灯火阑珊处密集高耸的椰树树干伸向空中，天色渐渐暗下来，一股热带植物散发出的馥郁气息在四周氤氲弥漫。

"吃饭去吧！我可是饿了。"大胖说。

他们下楼去酒店餐厅。阿格点的是咖喱炒米粉，大胖点的是菠萝炒饭，再加一份冬阴功汤。

几分钟后侍者端着托盘走来，阿格拿起筷子，把米粉往一只小碗里拨了些许，把小碗推至大胖面前。大胖狼吞虎咽地吃着菠萝炒饭，吃完炒饭再吃米粉，最后把一大碗汤喝了个底朝天。等他们吃完了，建国还是不接电话，也不见他的踪影。

于是两个人走出兰纳酒店，来到街上。沿着兰纳河两岸蜿蜒伸展的街市灯火通明，小商铺、小摊贩鳞次栉比，清迈的夜晚既有现代都市的热闹，又兼具田园乡村的静谧，两者竟然毫不冲突地统一在这座历史悠久的城市里。

阿格与大胖穿过几条马路，来到清迈的闹市区，震耳欲聋的音乐声随即扑面而来，音乐旋转着从粗粝的低音喇叭箱里一阵阵传出，将他们团团围住。原来是一个敞开式的酒吧街，一个区域连着一个区域，每个区域内都站立着若干个褐色皮肤浓妆艳抹的酒吧女，她们的腰肢随着音乐摆动，或抽着烟，或晃动着手中的酒杯，朝阿格、大胖抛媚眼勾手指，他们朝里一路走去，走到底是一个泰拳的拳击台，因为没到表演的时间，拳台上空无一人。

反身往回走的时候，突然蹿出几个妖艳女孩，堵住他们，拽住阿格和大胖的胳膊往吧台拉，这时大胖哇里哇啦大声叫起来，因为他看到十米外的地方，居然坐着头发凌乱、红脸红脖子的建国。

两人挣脱几个酒吧女的围堵，朝建国所在的方向移动。脸色绯红的建国坐在几个穿着暴露的女孩中间，左拥右抱，前面桌子上密密麻麻竖着一堆啤酒瓶，女孩们轮番与建国玩骰子，建国似乎一直在输，输了就举起一瓶啤酒一干而尽。他已喝得醉眼蒙眬，见到阿格与大胖，手在空中挥舞，大声嚷嚷道："来来来，快来喝酒！今朝有酒今朝醉！"

阿格与大胖刚落座，两个女孩拿着酒杯就粘上来，另外一只空着的手还在他们的手臂上轻轻抚摸。大胖与旁边的女孩干了一杯，玩起了骰子，大声问："你去哪里了？我们找你半天了。"

音乐声浪巨大、嘈杂，但大胖的声音依然能穿越突现，阿格暗暗发笑，这是什么样的肺活量啊，跟牛有得一拼。

建国大着舌头说了一句"别提了"，然后断断续续说了一串又一串，谁也没听懂，因为建国的声音被音乐声浪一次次覆盖。

"这叫什么阿格你知道吗？北方人叫车轱辘话。"大胖手里拿着骰筒指着建国说。大胖下海前在体制内的单位待过，与北方人打交道比较多。

阿格坐在建国的边上，努力听他讲述，经过仔细分辨，好不容易才听出一个大概线索。

原来建国上回来清迈，住安纳卡拉酒店，认识前台的一个美女，她曾经留学法国，可以与建国用法语交流。她长得像波姬小丝，皮肤极白，是那种在泰国女孩中极为罕见的白，容貌端庄艳丽，她对法国的文化艺术有着极深的理解。那次建国因为带着一个中国女孩，所以只能与波姬小丝互加微信，回中国后他们一直保持密切联系。在网上建国一次次请求"波姬小丝"做自己的女友，"波姬小丝"似乎并不拒绝。这次建国来泰国前，特意去恒隆广场给"波姬小丝"买了个LV的包，谁知早上建国兴冲冲赶去安纳卡拉酒店，"波姬小丝"说她已经结婚了，让建国郁闷的是，她居然嫁了个在泰国的华人。"波姬小丝"拿出她丈夫的照片给建国看，建国几乎晕倒，一个又黑又矮相貌猥琐的男人，竟然比"波姬小丝"矮半个头。这是什么社会？这世界哪有什么公道可言？坐在酒店咖啡吧台前，看着"波姬小丝"左手中指戴着一枚硕大的钻戒，建国的心拔凉拔凉的，似有一股冬季的海水残忍地漫过全身。

桌上的啤酒瓶排成了几个方阵，一眼望去有点像缩小的兵马俑，建国依旧不肯善罢甘休，执意不要离去。大胖的骰子也掉入一个怪圈，不停地输，阿格见状只能硬着头皮顶上去，鏖战众吧女。大胖难得喝多了，甩着手臂晃着宽阔的身板，走向毗邻的吧台四顾巡视，俨然像一个视察前线战况的将军。

有两个吧女喝多趴在桌上睡着了，建国眯缝着眼睛左右打量，手掌重重地砸在阿格的肩上，说：

"你、你是我建国、一辈子的、朋友——朋友——"

阿格只能不停地颔首点头："对的，对的。"

"你阿格、是……是一个怀旧的人，昨天你在美萍酒店拿、拿了什么东西，我、我都看见了。你以为、我建国傻呀，你拿了窗台上的一枝、百合花，邓丽君的事情，你、你不问我问谁呀？我、我最有发言权了。知道邓、丽、君为什么喜欢清迈吗？她在这里，认识了她的老大，她的贵人，你懂吗？后、后来一手把她捧了个漫天红啊。邓、邓丽君喜欢来清迈，你、你知道为啥？她的妈妈不让她吸毒，你知道吗？这里没、没她妈的人管她。那个法国小赤佬保什么罗，经常打她、欺负她，邓丽君去世的时候脸上全是乌青，1995年我、我在巴黎，什么都知道，小报记者、全写了……"

"邓丽君、跟我们一样，不要看她当年如何、如何的风光，全是……全是过、眼、烟、云！1971年，她回……回不了台湾，因为她拿的是、外国护照，台湾媒体说她是、间谍。邓丽君临死前呼喊谁？不是什么、保罗，她痛苦中喊叫的是她的妈妈，一遍遍地喊叫，邓丽君跟我们一样，都是、都是这个世界上与妈妈走散的孩子。你知道吗？"

"与妈妈走散的孩子"，这句话深深刺痛了阿格，妈妈或者母亲这个词在阿格的内心里是永远被屏蔽掉的，与母亲的关系可以说是他的一块心病。要说与妈妈走散这句话套在自己身上合适，阿格是跟着舅舅舅妈长大的；套在大胖身上更合适，因为大胖是养父养母带大的，他从未见过自己的生身父母。唯独建国的父母俱在，照理说他不该有这样的感受啊。

建国愈说愈来劲，阿格觉得他似乎并没有醉，脑子非常清晰，他只有频频点头的份。有好几次他想打断建国的话，可他还没说话，建国就高声叫起来："听—我—说！"

阿格插不上话，内心里陡生一丝悲凉。

"阿格你知道的，我是五房、五房隔一子，我们宁波人讲究这个，要传后的，我肩负着振兴家族的重任，我容易吗我？1996年我回国，阿娘八十八岁了，你阿格有、有腔调，自己单身，却帮我介绍女朋友，你知道的，我是、是闪婚，生了儿子，完成任务了，对阿娘有个交代，对家族有了交代。"

　　建国20世纪90年代中回国，说要找人结婚。是阿格安排的饭局，那是圣诞节的晚上，当时阿格的女友带了一个小姐妹来参加饭局。烛光下，建国与阿格女友的小姐妹相谈甚欢。一周后，建国带着那个女孩来阿格的办公室，两个人手牵着手走上楼梯，阿格一下看不懂，有点懵，手忙脚乱不知所措。三个月后，阿格收到了建国的婚礼请柬。90年代，还没有"闪婚"这个词，但建国的速度真够快的。

　　建国的话匣子还在快速转动，"我的阿娘去世，我前妻你、你知道的，人不坏，就是作，作天作地地作，没办法，吵啊吵最后还动了手，只能离婚，反正有了一个儿子。我建国失败呀，一辈子都是、为别人活着，完全拷贝我母亲。我母亲生下我后，就与父亲分开住，过年过节才会在一起吃个饭，我不能跟别人说，家丑不外扬，只好藏在心里。去年来泰国，好不容易真心喜欢上一个人，他奶奶的，突然嫁人了！郁闷不郁闷啊！"建国举起半瓶啤酒，跟阿格前面桌上的酒瓶碰了碰，自说自话看也不看，眯着眼睛一饮而尽。

　　建国喝那么多，掏心窝子的话说了一箩筐，可碍于面子仍然没有和盘托出，到了关键的最后一句踩住刹车，其实建国母亲是工程师，个性倔强，已与拥有设计师头衔的父亲离婚多年。

　　建国不停地倾诉，一次次地敬酒，阿格每次自己干掉，然后总是找各种理由不让建国喝。一个泰国妹子摇摇晃晃走过来，要挑战建国玩骰子，阿格见状，赶紧替建国挡驾，摇了摇面前的骰筒，示意自己来应战。

　　阿格居然老是输，别看那女孩脸色绯红，疯疯癫癫，摇头晃脑，毕竟是久经沙场的职业选手。几分钟后，阿格的面前已堆起一排啤酒瓶，酒精的作用在慢慢上头，全身被一股热浪所席卷。阿格正在思忖如何收场，大胖一阵风地不知从什么地方跑回来，眉飞色舞地大声嚷嚷道：

　　"快走快走！我找到一个物美价廉的好地方，你们肯定喜欢！"

　　大胖扶着建国走出去，阿格还算清醒，悄悄跑去吧台买了单，账单要一万泰铢，阿格没带那么多现金，收银的老板说微信、支付宝都可以，阿格觉着微信不合适，想了想，用支付宝结了账。

五

一辆出租停在酒吧街的路边，大胖扶建国坐上车，拼命朝阿格招手，阿格坐上副驾驶座，出租车启动，在夜色下飞快穿越几条街，不一会儿倏地停下。

阿格先下车，朝路边的霓虹灯抬头一望，原来是一个歌厅。大胖扶建国下车，出租车司机在车里哇里哇啦大叫，应该是说他们还没付费，大胖头也不回，潇洒地挥挥手，对阿格说："二十泰铢。"

阿格回转身付钱给司机，岂料司机突然用中文大声说："两百泰铢！"

扶着建国的大胖扭过头来说："不是说好二十泰铢的吗？"

"两百泰铢！"司机愤怒地叫着。大胖板起脸，脱开建国回转身要来跟司机讲理，阿格上前一把推开大胖，快速递给司机两百泰铢，出租车缓缓启动，大胖想起什么，回头大叫：

"前面付的二十泰铢拿回来！"

阿格不耐烦地摆摆手，大胖的头摇得像拨浪鼓，那神情似乎责怪阿格太大方。

三人在歌厅包厢刚落座，一个妈咪走进来，身后跟随一群妖艳的泰国姑娘。妈咪的中文很流利，说老板们随便挑，都可以带走的。

大胖说："啥意思啊？"

妈咪把裸露的肩膀靠近大胖，撒娇地说："老板，一看你就是有素质的人，你懂的呀。"

靠在沙发上的建国已醒来，眼睛巡视一圈，然后指着其中一个高个女孩示意就她了，那女孩迅速落座建国身旁。大胖又指着另一个女孩，叫她坐在阿格的边上，然后对妈咪说：

"我就免了，来一箱啤酒。"

戴着领结的男服务员搬进一箱啤酒，还上了一大盘水果。大胖说我们没点过水果呀，那男服务员说是妈咪送的。

开始点歌，建国先唱了个周杰伦的《菊花台》，大胖在旁边伴唱，他不用话筒，可声音完全盖过建国。大胖频频跑调，歌声与建国不在一个调性上。

两个泰国女孩都会说中文，唱歌却是用泰语。泰语歌悦耳动听，像吴侬软语。阿格暗暗奇怪，泰国女孩唱歌怎么都有点像邓丽君。

"你是清迈的？"建国问身边的女孩。

"不，我是老挝的。"高个女孩放下话筒说。

"啊？老挝女孩也来泰国打工挣钱？"大胖不失时机地凑过肥胖的身躯来问。

"你们都爱到泰国玩，又不会去老挝玩。"女孩笑嘻嘻地说，似乎很有逻辑。

"那你呢？"大胖指指阿格边上的女孩问。

"我是泰国的。"那女孩回答。她用泰语说了一个地名，大家都不知道是什么地方。

经这么一询问，大家似乎觉着两个女孩的气质确实有所不同，可具体的差异在哪里，又说不上来。

很快一箱啤酒喝完了，男服务员立马又送来一箱。其时大胖正在上厕所，走进房间与男服务员撞个满怀，大胖嚷嚷道：

"你什么意思？谁让你又拿一箱的？"

男服务员笑嘻嘻温和地说："老板，喝酒就要尽兴，喝不完可以寄存的。"

轮到阿格唱歌，他唱的是周华健的《朋友》。大胖又是跟唱，声音轰然盖过阿格。阿格终于唱完，显露隐隐的扫兴，放下话筒，将杯中的啤酒一饮而尽，说：

"买单。"

泰国女孩走出去叫人，男服务员进来，两个女孩说要去换衣服，走了出去。一直到买完单，她们也没有再进房间，按照店里的规矩小费全包含在账单里，不多不少，两万泰铢。

"你找的什么鬼地方？"看到阿格在买单，建国不由得怒火中烧。

"原先那个在酒吧街口拉客的可不是这么说的。"大胖嘟嘟囔囔，低头查看阿格手中的账单。

"那两个女孩呢？"一脸委屈的大胖朝男服务员咆哮。

"我去叫我去叫！"男服务员退出房间。

几分钟后，男服务员重新返回，他谦恭地说："那两个女孩要陪其他客人，我找了个更漂亮的。"

他朝身后挥了挥手，门外娉娉婷婷走进一个身穿黑裙的高个女孩，个子比老挝女孩还要高，皮肤嫩白，长发披肩，胸脯高耸，挎着一个小包，她扭着腰肢走进房间后，侧过身体，款款展示长腿和翘臀，姿态妩媚妖娆。黑裙女孩的身高大概足足有一米八。

阿格见建国的眼睛闪烁光亮，就对男服务员说了句："就这样吧。"径自走出歌厅。大胖、建国及黑裙女孩随后鱼贯而出。

在路边拦了辆出租，阿格依旧坐在副驾驶座，建国、大胖和黑裙女孩坐后排，出租车朝酒店驶去。

第二天早上，阿格与大胖在酒店餐厅吃自助餐，建国姗姗来迟。刚落座，大胖的眼睛浑身上下打量，用一种猥琐的口气问道：

"怎么样？幸福了吧？"

谁知建国恶狠狠地说："幸福个屁！都是你弄出来的好事。"

大胖大声嚷嚷道："哎，你这人怎么说话的？兄弟我可全为了满足你的爱好。"

看上去建国似乎窝了一肚子的火，经再三追问，他终于道出原委。

建国说自己昨晚喝醉，回去不停地吐，不记得一共吐了几次，那黑裙女孩一直坐在沙发上玩手机，每次只要建国想吐，还没起身，黑裙女孩就赶紧过来扶他上卫生间，用毛巾给他擦脸擦手，递水漱口，对建国的照顾可谓殷勤周到。

早晨醒来睁开眼睛，建国头痛欲裂，黑裙女孩斜倚沙发玩着手机，大长腿搁在沙发扶手上，她竟然一夜无眠地照看自己，精神很好，脸上不见困倦萎靡的样子。建国则完全处于失忆状态，他忘了眼前这个女孩怎么会进入自己房间的，他的眼光慢慢搜寻到一侧的床头柜，床头柜上是打开喝剩的矿泉水瓶和堆在一起的几块污迹斑斑的白毛巾，他依稀回想起来一些零星碎片，这个陌生女孩居然照顾了自己一个夜晚，这是一种什么样的职业精神？他匆忙下床，从旅行包里快速摸索，好不容易掏出一百美金递给黑裙女孩，那女孩收起美金塞进小包，娉娉婷婷走到门口，拉开房门，一夜无语的她突然回过头来，用雄浑粗犷低沉的男人声音迸出一句："谢谢你哦！"扭着腰肢走出了房间。

建国傻掉了。

六

四月的清迈气候宜人，碧蓝的天空挂着洁白的云彩。这天下午，美萍酒店门口缓缓驶来一辆香槟轿车，车停稳后，身穿燕尾服戴着白手套的司机推开门，下车后毕恭毕敬地候在轿车旁，侧身面朝酒店大堂眺望迎候。

美萍酒店的大堂里，涌动着一种非比寻常的喜庆气氛，身穿镶着白边红裙的女服务员都簇拥在大堂四周，三三两两交头接耳，窃窃私语。电梯门打开，邓丽君与保罗手牵手款款走出，脸上洋溢着宁谧喜气的神情。邓丽君身穿一袭印着粉色花卉的银白长裙，搭着玫瑰红披肩，高出一头的保罗西装革履，深黑色的西装里穿着白衬衣，搭配一条彩色领带，领带由红蓝黄三色图案构成，玫瑰红与邓丽君的披肩呼应暗合。

大堂内一阵雀跃喧哗，不知谁率先鼓掌，掌声像潮水般席卷而来。早早等候在电梯旁的小伙子比利朝前伸出左手臂，引领邓丽君和保罗走向酒店门口。他们来到香槟轿车前，戴白手套的司机拉开车门，保罗随即上前，用手掌罩住车顶，呵护邓丽君跨入轿车。酒店门口人头攒动，目送一对新人上车入座。

香槟轿车驶向清迈的松德寺。蓝天白云下的清迈街道春风荡漾，绿树环绕，有棕榈和芭蕉，还有金边巴西木、枸杞树以及匍匐在地的肾蕨。时不时有鸟鸣声传来，空气中弥漫一种醉人的甜甜的清新气味。

松德寺矗立在蓝天下，被大块大块的云彩笼罩，白色的佛塔一字排开，两座金色的佛塔侍奉在寺庙的两翼，庄严肃穆，远远望去，松德寺就像一幅巨大的宗教画卷。

香槟轿车缓缓停在寺前的草坪上，保罗先下车，躬身又去搀扶邓丽君。司机脚步放轻跟随在后面，一直护送他们走入大殿。

大殿内四壁金碧辉煌，两排立柱气势恢宏，柱面雕刻着无数莲花与神器，笔直地伸向宽阔的屋顶。正前方是一尊青铜佛像，慈祥而不失威严地盘腿而坐，前面围着一排缩小的青铜佛像。欢快的音乐从远处渐渐传来，既带佛乐的肃穆，更具东南亚风情。几十个僧侣鱼贯而出，在邓丽君和保罗面前站成一排，齐声诵读完经文，保罗给邓丽君戴上戒指，两人相拥亲吻。订婚仪式仅仅用了不到半小时的时间，邓丽君携保罗走出松德寺，阳光无比灿烂，草坪上的朵朵碎花随着微风轻轻摇摆。

回到酒店，年轻而忠诚的比利守候在酒店门口，邓丽君走过去附在比利的耳畔，用柔细甜糯的声音与他耳语一番，比利眉开眼笑，转身朝大堂里面高声嚷嚷道：

"保罗夫人回来了！"

随即，身穿裙子的女服务员蜂拥而至，鲜花围绕着邓丽君，白色的百合，红色的月季，蓝色的星星草……邓丽君的脸上挂着满满的幸福，她对保罗轻声嘱咐一句，保罗从裤袋里掏出一厚沓泰铢，吩咐比利去定制一个大蛋糕和香槟酒。这对刚刚订婚的新人要请酒店所有的服务员吃蛋糕。

这天晚上夜深人静时，值班的女服务员在五楼服务台翻看时尚画报，忽听到1502的总统套房传来争吵声。

争吵声愈来愈响，是邓丽君与保罗的声音，他们好像用的是英语。那个女服务员无法相信，平素邓丽君那样温婉柔美的细嗓，竟会发出如此尖厉的刺耳呐喊。

1502套房的门忽地打开了，保罗愤怒地冲出来，嘴里一遍遍嘟哝着一个词"麦格的麦格的！"披头散发的邓丽君追到门口，满脸乌青，套房客厅内凌乱不堪，地上碎玻璃、针头等杂物撒了一地，茶几上放着一堆大麻，女服务员前去劝阻邓丽君，被粗暴地推开。这时候，阿格的眼前突然出现了年轻的比利，他从走廊的尽头飞奔而来，他的脸面朝摄影机的镜头，双手大幅度地摇摆着、比画着，嘴里声嘶力竭地叫嚷道"NO""NO"，"这不是真的，这是造谣！彻头彻尾的造谣！"

……

阿格醒了。浑身大汗淋漓。

窗帘的缝隙透进一道光亮，阿格疲惫地起身，抬头看了看床头柜的电子钟，才是清迈时间早晨六点。他昏昏沉沉睡了一晚上，汗流浃背，掀开薄毯起床去卫生间冲淋，按照计划，今天要去金三角，睡不成懒觉了。

早上八点不到，惠子已等在酒店门口。惠子老公开着那辆面包车，阿格脚步缓慢地走出酒店，惠子微笑着在车门旁等着，阿格居然是最后一个到的。车上除了建国、大胖，还有两个泰国女孩。

惠子跟随阿格上车，然后说很抱歉，今天有两个泰国女大学生一同搭车去金三角。车是惠子夫妇包的，他们明显是赚外快，但看看两个女大学生眉目生动，面带笑靥，建国瞥了一眼阿格，把已堵在喉咙口的话咽了下去。两个女大学生长得像中学生，小巧玲珑，皮肤很白，与肤色黧黑的小泰妹形象毫不沾边。

大胖永远是闲不住的人，听闻惠子的话马上站起来说"欢迎欢迎"，魁梧的身躯挪动到两个女学生前，突然冒出一句："萨瓦迪卡！"

两个女学生被吓了一跳，然后笑得前俯后仰，扭作一团。阿格与建国的目光对接，建国皱着眉拼命摇头。

去金三角的路程很远，路况也不好，沿途两侧的树木时现时无，途中尘土飞扬，颠簸不堪。两个泰国女学生玩着手机，一路不停地吃着各种零食，其中一个女生笑容迷人地拿着一包芒果干递给邻座的大胖，大胖摆摆手，女生又拿给建国和阿格，他们也不吃。

大胖涎着脸指指女生在看的手机问："你在看什么？"

女生不明白，建国用英语翻译。女生把手机递到大胖面前，屏幕上展示的是一款新出的苹果手机。

大胖眉开眼笑地用手比画着："你做我的女朋友，我帮你买。"

泰国女生听完建国的翻译，调皮地连连点头用英语说："Yes，yes，我做你女朋友。"

建国和阿格在旁边起哄，车厢内一时声音鼎沸。

"她还没我女儿大呢。"大胖一脸尴尬地嘟哝着，居然脸红了。

"缩掉了缩掉了，真没有腔调！"建国用暧昧的神情对阿格说。

下午一点多，到达清莱境内，午餐的餐馆对面就是白庙，银白色的建筑群气势巍峨，除了草坪，所有建筑的外立面全是银白色的。草坪上到处挂满空气铁兰，垂下的密须被装饰了老人面具，青叶络石枝丫交错，泛绿的叶片经阳光涂抹呈现一种嫩黄。蓝天白云下，白庙错落的建筑群银光闪闪，恍若梦境。

惠子预先打电话安排好的，所以进入餐馆，已经有张桌子摆放了碗筷，大家一坐下，几大盘菜肴和米饭就上了桌。两个泰国女学生胃口很好，风卷残云地吃起来，这边除了大胖基本没动筷子。大盘的泰国料理色彩诡异，加上餐馆里人声鼎沸，阿格、建国一点食欲都没有。

午餐后又上路，行驶两小时后惠子用泰语与老公交流几句，少顷，面包车左拐，进入一条乡村小道，土路高低不平，面包车像是一艘疾驶在海面的游艇，一会儿冲高，一会儿坠落。来到一座村寨时面包车停下，惠子招呼大家下车。

在惠子的带领下，大家走入村寨。村寨门口有一个简陋的拱形门楣，门楣旁竖立着两尊木雕神像，造型怪诞戏谑。惠子开始履行导游的职责，她说这个村寨叫长脖子村，两尊木雕一尊是太阳神，代表男人；另一尊当然就是月亮神，代表女人。太阳神拥有不成比例的硕大阳具，一直垂挂到膝盖处，笑眯眯的脸上浮现滑稽古怪的笑容，几绺稀松的头发挂在光秃秃的脑袋上；月亮神宁静安详，雕着细腰丰臀和一对圆形的巨乳。

长脖子村基本还是母系社会，女人们从小就要在颈脖上套上箍圈，让颈脖挺直抻长，箍圈大都用银铜制成，随着身体的成长发育，箍圈愈换愈高，脖子变得越来越长。脖子愈长的女人愈美愈骄傲，在村子里的地位也就愈高。

村寨沿途都是一个个小摊位，出售各种手工艺品。一路走去，摊位里的女人脖子一个比一个长，大胖极其兴奋，突然大声嚷嚷，招呼阿格和建国过去，只见一个摊位里的女孩长着漂亮的瓜子脸，整个上半身几乎都是挺拔的脖子，她的手灵巧地来回划拉木槌，一条彩色的长方形围巾已基本织成，不可思议的是她的身体与手再怎么运行，颈脖仍像一柱挺拔的玉雕纹丝不动，仿佛固定在半空中，让人叹为观止。

摊位上摆放着各种工艺品，阿格拿起一尊一尺长的太阳神木雕仔细端详，所有的木雕都有月亮神陪伴，唯独这尊最大的太阳神缺少伴侣。阿格有些好奇，经惠子翻译，长脖女孩说月亮神被人买走了。

阿格抚摸着太阳神的身体，若有所思的样子。旁边的建国拿过木雕，不明白阿格为何对这尊木雕如此青睐。大胖的手从下面伸过来，抚摸着木雕下垂的硕大阳具，建国推开大胖的手，大胖一脸坏笑，发出夸张古怪的声音。

阿格付了钱，买下木雕。大胖还要来捣乱，阿格闪身躲过，将木雕塞进挎包，挎包有点小，没法拉上拉链，木雕的头露在外面，满脸喜气，披挂着几束草绳编织的稀松头发。

离开长脖子村后，一个多小时的路程，就到了著名的金三角。湄公河河面宽阔，水流湍急汹涌，金三角是泰国、缅甸与老挝三国毗邻，因河流交汇，形成共管的口岸，影视剧里的缉毒片经常会出现与金三角有关的情节。

惠子带着大家穿上救生衣，坐上木筏。木筏驶向对岸，靠岸处便是老挝境内。上岸后迎面可见老挝的一块界碑矗立在沙地上，界碑上刻有红色的拼音文字。周围开满了一丛丛橙色的万寿菊和紫色的夏鹃，远处是一棵棵高大的榕树，粗细不一的虬枝茎须瀑布般从树干上垂挂而下，深扎在泥土里。景点的房屋全由矮木草屋构成，唯有一幢正在建造的钢筋水泥建筑高耸入云，映入众人的视线。

惠子介绍说，老挝现在也搞改革开放，那幢建筑物是一个华人老板投资建造的，建成后将来就是金三角的第一个赌场。

景点四周散落着一些店铺和小摊，天气燠热，一些赤膊的小孩吃着冰棍。两个泰国女学生坐在矮桌旁吃米粉，苍蝇盘旋四周，发出嗡嗡的声响，大胖走过去与她们搭讪，因语言不通，大胖先是做了个惊讶的表情，然后又用手往嘴里扒拉，两个女学生笑得直不起身。建国皱着眉头，不停挥手呼扇飞舞的苍蝇，拉住阿格的手臂走去参观鸦片博物馆。

落日照在湄公河上，河水波光潋滟，水天一色，一只只长木筏漂浮着，偶尔有游艇在水面上飞驰。游艇所过之处留下深陷的波谷，水鸟临空而下，扎进河中叼啄鱼虾。

惠子招呼大家往回走，在渡口坐上面包车，天色向晚，淡蓝色的暮霭已笼罩四野。归程有几个小时的路程，惠子老公把车开得飞快，一车的人摇头晃脑，瞌睡虫渐渐袭来，昏昏沉沉的气氛弥漫全车。

回到清迈快晚上十点了，面包车停在酒店门口，昏黄的灯光中，阿格、建国和大胖下了车，与惠子他们告别后，三人朝大堂走去。酒店对面的SPA店还闪烁着隐隐的红光，建国忽然提议去做个按摩，大胖立即附和，三人反身穿越马路，走向SPA店。

建国的提议正中大胖的下怀，大胖在国内一周三次保健按摩，一开始是做生意需要，陪客户放松，久而久之，大胖已经习惯性地离不开按摩。而且他与其他男人不一样，每次都只要男技师，手劲则是越大越好，每次给大胖按摩完，男技师基本都是大汗淋漓。

SPA店门面不大，装修却非常考究，背景音乐悠扬地在四周低回。穿着大襟工作服的几个中年妇女迎上来，让客人们换鞋更衣。先冲澡，然后换了薄薄的按摩服。一个人一间包房，包房内点着香熏蜡烛，满屋芬芳。阿格刚要在按摩床上躺下，手机就响了。他起身拿手机，走出包房，只看见大胖在走廊里晃悠，大声抱怨空调太冷。

阿格刚接电话，大胖就走过来问谁啊谁啊，阿格把手指竖在嘴边，制止他出声，大胖没趣地踱回自己的包间。

按摩完三个朋友向酒店走去，坐电梯各自回房间。阿格卸下挎包，准备挂到壁橱里，隐隐约约总觉得有什么地方不对，稍稍凝神思忖片刻，发觉挎包里那尊太阳神木雕不见了。

他想起有SPA店的名片，从口袋里掏出名片，用手机给SPA店拨了电话，接电话的是女子，阿格猜测大概是SPA店的收银员，阿格听到她用泰语在电话里询问一圈，然后对阿格说："刚才有个女技师在更衣室的沙发上看见过木雕，后被一个客人出门时拿走了。"

七

在医院的病床上醒来后，阿格第一眼就看到了大把大把的百合花，记忆的宝盒缓缓打开，白色的、粉色的、黄色的花卉像海潮般朝他眼前涌来，让他有一种眩晕的感觉。

百合花一次次开放在阿格的童年时光里。阳台上种满了百合花，屋内角角落落都放满花盆。戴近视眼镜的女人喜欢穿紫色衣服，每天会挤出一点儿时间，提着花洒走来走去地伺候那些花卉。

阿格从小是过敏体质，每天早晨起来喷嚏不断，百合花有一股幽幽的清香，并不刺鼻，但很奇怪，阿格经常是鼻涕眼泪狂流不止。最在意这件事情的是男人，为此与那个女人不知吵了多少架。印象中最惨烈的场面是男人把房间里的花盆摔碎，碎瓷片与灰泥土撒满打蜡地板，折断的花茎、花瓣尸陈遍地，女人情绪激烈，一定是疯了，冲上去给男人一个耳光，随后两个个子差不多高的人扭打在一块。阿格在旁边吓得号啕大哭。后来女人与男人也蹲在地上哭起来，阿格反而停住了哭声，用一双惊恐的眼睛东张西望。

"阿格难道不是你的亲生儿子？"男人一边抽泣一边大叫。

"是我亲生的，你也是我亲生的，你怎么可以这样对我？"女人针锋相对地说，脸上有一种满满的委屈。

后面女人与男人的对话阿格就听不懂了。平静下来之后，女人对男人说：

"你不要学你那个忘恩负义的父亲，我们母子三人相依为命，现在你对我最重要，你知道吗？"

"狗屁！你去死吧！快去死吧！"男人突然咆哮起来。

女人的眼睛瞪得圆圆的，转身怒气冲冲地走出了房间。

阿格家住的是新式公寓房，20世纪40年代建造的，高大的梧桐树遮天蔽日，公寓的墙上爬满茑萝。局长走了以后再没回来过，这套房留给了母子三人。女人一个人住主卧，男人住二楼的亭子间，客厅搭一张帆布床，这是阿格的栖身之地。

女人走后男人过来抱住阿格，说：

"不要害怕，我会保护你的！"不知道为什么，后来兄弟俩哭成了一团。

每天都是男人去幼儿园接阿格，回家后男人就开始做晚饭。女人在一个中学当语文老师，每天回家很晚，晚饭后男人起身收拾桌子，拿着碗筷去厨房洗刷，女人会跟过去帮忙，剩下阿格一个人在客厅玩。厨房里传来女人的声音，她一次次催促男人去打电话，"你去打呀！叫你朋友来跳舞呀！"男人从厨房走到客厅，女人紧跟在后面，那情形用沪语说叫作"紧盯黄包车不放"。

男人走来走去躲不过，被逼无奈，只好一副不情不愿的样子拿起电话。

家里的电话也是局长留下的。那时候家里有电话的人家不多，阿格家因为局长的地位才拥有一门宅电。男人打过去的都是公用电话，对方接电话的需要去叫人，通常许久才会回电。男人终于叫好了几个朋友，女人心满意足地去自己房间换衣打扮。女人用蘸了水的木梳把头发梳得锃亮，重新走出卧室的时候神采奕奕、满面红光。

阿格从小都是男人带大的，在他的记忆里，局长离家出走前就没怎么抱过自己。阿格曾经在亭子间的床头柜抽屉里翻出一张照片，是四个人的全家福：局长、女人、男人和阿格。照片上的局长表情很严肃，与生活中一模一样，所有人都叫他局长，包括外人和家人。局长早出晚归，据说管着这座城市的重要命脉——水和电，只要局长在家，就不停有人找上门来求他办事。

男人的朋友们来了，有男有女，有时三四个，有时五六个，女人娉娉婷婷走出房间，精神焕发，殷勤地给大家沏茶倒水，第一时间走过去拉下窗帘，关掉顶灯，只剩壁灯微弱的光影熠熠。女人掀开手摇唱机的盖子，手摇唱机带着一只古铜色的喇叭，从底座侧面插入一个手柄，上下使劲转动几十圈，贴着圆形红标签的黑色唱片便开始缓缓转动，黄铜色的曲柄唱针转一个身轻轻放在唱片上，针头轻放在黑色唱片上，唱片缓缓旋转，顿时，邓丽君柔软温婉的歌声似乎从云天外传来。

男女翩翩起舞，身体贴得很紧，像小船轻轻摇摆，幅度很小，那时候，女人的脸上被一道红晕笼罩，光彩四射，像个骄傲无比的女皇。某个时候男人似乎意识到什么，急忙过来抱起阿格，将他送到亭子间。男人通常不会马上离开，总会陪自己玩一会儿，阿格有点困了，男人就扶他躺倒在枕上，嘴里会轻轻念叨阿格从小听了无数遍的童谣：摇啊摇，摇到外婆桥……阿格其实能感觉到男人要走，可巨大的困倦像海水一样袭来，他还没来得及反抗，海水就已经将他淹没。

阿格长大后才听说贴面舞这个词，开始他不明白是什么意思，经别人一描述，他马上想起在遥远的童年岁月里，其实他常常与贴面舞不期而遇。

阿格的童年里最开心的一件事就是与男人在一起玩，男人就是他所有的依靠和安慰。有一次在亭子间，阿格胆怯地问身边的男人："你为什么对她那么凶？她对你不好吗？"男人问："你说谁？"阿格朝楼上努努嘴，男人恍悟，突然双眼冒火，说："不要提她，她就是个神经病！"

一年后的某天傍晚，夜幕刚刚降临城市，女人像一只展翅的大鸟毅然从三楼阳台飞身跃下，公寓前面的甬道上鲜血淋漓，脑浆四溅。殷红的细流在方形的水泥石板上左突右窜，蜿蜒流淌。男人不见了，客厅里两个民警走来走去，阿格躲在角落，成了无人顾及的弃儿。

后来舅舅赶来接走了阿格。之前舅舅接到一个没头没脑的电话，没等舅舅弄清对方的身份，电话已经挂断，发出嘟嘟的蜂鸣声。

在女人的追悼会上，阿格终于见到久违的局长，他依旧是面无表情，像一尊石膏雕像。追悼会尚未结束，局长就匆匆离去。临走前他把舅舅叫到大厅门口交谈了几分钟。

从头到尾，男人没有出现。舅舅和舅妈一左一右拉着阿格的小手，阿格泣不成声，笼罩阿格心灵的，与其说是悲伤还不如说是茫然和恐惧更为准确。

阿格从此在舅舅家寄居，数月后男人出现了。那也是阿格最后一次看见男人。一个炎热的夏天，树上的知了叫个不停，在舅舅家门口的一棵香樟树下，男人抱着阿格放声痛哭，阿格长高了，男人抱着阿格的颈脖说他要去国外，以后等他站稳脚跟就来接阿格。从那以后男人再也没有音信，黄鹤一去不复返。舅舅舅妈抚养阿格长大成人，他们对阿格视如己出疼爱有加，非常宠他，一直把阿格培养到大学毕业。有了工作后，在阿格的一再坚持下，他与舅舅舅妈分开住，阿格在市中心一条法国梧桐遮蔽的僻静小路上租了一套房。

舅舅六十岁生日，表哥正好出国，阿格去陪舅舅喝酒，爷儿俩用锡壶烫了古越龙山对饮，四瓶酒下去，舅舅舌头渐渐大了，一直不停地说他年轻时有多少女孩愿意跟他搞暧昧，"奇葩"的是，每个女人的名字舅舅都清晰记得，如数家珍，娓娓道来，细节都描述得格外仔细。哪个女人会发嗲，哪个女人身体某部位长着一个大痦子，他一五一十、绘声绘色地讲述着。

坐在一旁的舅妈频频点头，一点都没有生气的意思。舅舅说他年轻时酷爱摄影，经常挎着一台德国造的相机给女人拍照。舅舅年轻时的外号叫一夜八次郎，你知道一夜八次郎是什么意思吗？舅舅问。阿格摇摇头。舅舅把大拇指与食指一起伸出一个虎口姿势，阿格好不容易才明白舅舅的意思，他觉得舅舅是在吹牛，这显然违背常识，挑战人体机能的极限。不可思议的是，坐在边上看电视的舅妈微笑着一直在点头，让阿格一时云里雾里难辨真假。

舅舅喝多了，说话的语速有点慢，他告诉阿格，家族基因是一种神秘的东西，它无比强大，他妹妹——也就是阿格的母亲，基本上也继承了家族的血统。

"不能怪她，是家族遗传给她的基因。"舅舅说。

"基因？"阿格眼睛里闪现的是好奇和迷糊。

"对，我们家族的基因无比强大，是人群中的异类，天生身体素质了得，按照今天时髦的话来说就是情种；也不能怪局长，哪个男人受得了自己老婆经常在外面偷人？况且又是一个有地位、有头有脸的人。不怪任何人，所有的都是命，可以说是命中注定。"舅舅非常肯定地说。

后来舅舅摇摇晃晃走进卧室，拿来一个褪色的信封，他的手微微抖动着，从信封里取出一厚沓纸片递给阿格。

"这是什么？"阿格疑惑地问。

"局长每年给你买的保险，上面写了你的名字。他让我在你结婚的那天一起交给你，我年龄大了，想想还是早些给你为好，放在我这里总是一桩放不下的心事。"舅舅说。

"局长？他现在在哪里？"

"他在监狱里，山东。你想去看他的话，我有地址。"舅舅端起酒杯浅酌一口，"还有件事要告诉你，局长没进监狱前，你的抚养费他每个月都打在我的工资卡里，一天都没有拖延过。"

有一瞬间，阿格的眼眶似乎湿润了，哽咽着说不出话来。五味杂陈，脑子一片空白。

给舅舅过完生日后不久，阿格通过大胖介绍，去瑞金医院挂了个专家门诊，与一个心理医生进行了非常私密的对话。大胖下海后三教九流的人认识不少，他有种非凡的交际能力，与任何人见一次面就自来熟，马上可以称兄道弟。大胖让阿格拿着一张字条直接去找医生咨询，但阿格到医院后还是在挂号处排队，知趣地挂了一百元的专家号。

"根据你介绍的情况，你母亲患有抑郁症，可能还伴有先天性性亢进的疾病。"心理医生托了托鼻梁上的眼镜镜框，这样跟阿格说。

"抑郁症？性亢进？"阿格一脸迷惑。

"那个年代，国内对精神心理的疾病研究都比较落后，抑郁症、性亢进都是无人涉及的领域。"心理医生机械而刻板地说。

阿格听得浑身一阵阵发冷，直冒虚汗，他扭动身体坐立不安，脸上的表情非常古怪。

后来他突然起身，不打招呼就准备出门，心理医生追到就诊室门口，递给阿格一张名片，说上面有联系电话，假如有需要的话，随时可以向他咨询。短短几分钟的交谈，心理医生显然有些不好意思。

"我们有行业操守的，绝对会保护个人隐私。"心理医生的脸上溢出一丝微笑。

八

前面是蔚蓝的天、蔚蓝的海，一棵棕榈树遮天蔽日，阿格戴着一副墨镜，斜倚在游泳池边的木质躺椅上，光裸的上身盖了一条白色浴巾，建国与大胖在游泳池里扑腾，水花飞溅，池边的绣球花和水带草上挂满水珠，像淋了雨似的微微摇摆。阿格不会游泳，刚才大胖恶作剧，趁他不备将他推下泳池，阿格呛了几口水，水是咸的，游泳池里的水是从大海那边引过来的。

阿格用手机拍了几张海景，又给建国和大胖拍了照，闲躺着有些无聊，他环顾四周，看到几十米处的一个木亭，木亭里似乎有吧台和服务员，陈放着各种饮料和零食。他起身朝木亭走去。

大胖坐在泳池边，看建国表演仰泳。大胖早年干过救生员，各种泳姿都会，比较起来仰泳是弱项。这时，躺椅上的手机响了，是阿格的。手机不停地响，大胖站起身，朝躺椅走去，魁梧肥胖的身躯像企鹅般移动，身上的水滴滚落在绛红色的地砖上。走到躺椅边，他用毛巾擦擦手，拿起了手机。话筒里传出一个男人的声音，用不标准的普通话在跟他打招呼。

"啊？谁啊？阿格先生啊？他走开了，马上就回来。你是他什么人？"大胖的大嗓门穿透力很强，"什么？清迈警方？你们找阿格先生干吗？"

阿格提着几罐啤酒从绛红色的甬道疾步赶来，板着脸一把从大胖手里夺过手机。大胖一头雾水，瞪着眼盯视着阿格。

"嗯，我就是，请说。"阿格把啤酒放在躺椅上，食指搁嘴边轻嘘一下，示意大胖不要说话。

阿格一边接电话一边离开大胖朝草坪走去，甬道和草坪连接处盛开着紫色的夏鹃花，葳蕤的绿叶覆盖了阿格穿着拖鞋的脚踝。

接完电话，阿格回到泳池边，建国与大胖正躺着喝啤酒。看到他走近，大胖一副不屑的神情，用眼睛的余光斜视着他。

阿格打开易拉罐，仰脸喝了一口。

大胖嘴里嘟嘟哝哝地说：

"搞得神神秘秘的，还怕人偷听电话。"

"没啥问题吧？"建国见阿格不说话，关切地问道。

"没问题啊。"阿格的脸上没有表情，他故意不想满足大胖的好奇心，岔开话题说，"今天我们去哪里吃晚饭？"

建国说还有两天就要离开泰国了，想去一下清迈免税店，还想去下超市，买些鱼罐头、活络油和青草药膏。

"鱼罐头？为啥要买鱼罐头？"大胖好奇地问。

建国说上次来清迈，带回去泰国风味的鱼罐头，老爸超喜欢，这次出来千叮嘱万叮嘱，要他多带一些鱼罐头回去。

大胖没听说过青草药膏，不知道有何用，他关心的是活络油，听建国说泰国的活络油有治愈筋骨酸痛的功效，马上来劲了，放下啤酒罐，站起来立马就走。

建国与阿格对视了片刻，摇摇头，只得拿起手机和毛巾跟上去。

三个朋友回房间换了衣服，在酒店大堂会合，叫了辆出租车前往清迈免税店。路上车辆拥挤，气温陡然升高，开着空调，大胖还是热得浑身大汗，他哇啦哇啦叫司机把空调开大一点，棕色皮肤的司机听不懂，面露愠色冷眼相对。后排的建国赶紧打圆场，说前面不远处就到目的地了。

建国熟门熟路，离免税店几十米处叫停出租，付了钱下车，迎面就是一个大超市。

在超市逛了半小时光景，账台排队结账时建国提了一大堆东西，大胖手里攥了四瓶活络油，唯独阿格什么都没有买。建国毕竟有经验，买完单把大胖的活络油塞进自己的袋子，然后将一大包东西寄存在超市，这样逛免税店就不用提着袋子。大胖笑嘻嘻地朝建国竖起大拇指。

免税店的大堂前台人满为患，人排成几条长队，需要用护照登记后才能入内购物。大胖在队伍中穿梭往来，忙得不亦乐乎，他打听到二楼有免费自助餐，兴奋地跑来跟建国和阿格说，建国斜眼看看大胖，说你不和我们一起去吃晚饭了，大胖挠挠头，思忖半天，还是不肯放弃这绝佳的机会，央求两人去自助餐厅看一眼。

自助餐厅里人很多，一进餐厅，大胖完全忘了先前所说的"看一眼"，他循着食物长台一路走去，东拿一样西拿一样，啥都要来一点。自己拿不了，还往阿格手中的盘子放了几样点心。建国看不惯，拉着阿格找桌子坐下，阿格去端了两杯咖啡来，两人慢慢品酌。大胖捧着几盘满满的"小山"过来，光亮的额头上沁出汗珠。

大胖一边大快朵颐，一边使劲劝诱建国、阿格一起享用。阿格不好意思，用叉子叉了一块火龙果往嘴里送，建国一语不发只喝咖啡。

不一会儿，建国起身说"我先去化妆品柜台逛一下"，径自走了。

这时阿格的手机响了，他站起来，移步至大玻璃窗台边接电话。

大胖打扫完桌上的食物，回头一看，阿格不见了，用餐巾纸擦擦嘴唇，朝购物区摇头晃脑地走去。

大胖在免税店逛了一圈，没有他感兴趣的东西要买，最后落座在休闲区，休闲区非常宽阔，落地玻璃分隔区域空间，有零星的游人在喝咖啡、吃蛋糕。

大胖叫来服务员，要了蛋糕咖啡，拿出手机玩微信，他给建国和阿格分别发了休闲区的定位。微信里有很多提示记号，大多是给大胖发的清迈照片的点赞。有一条是女儿发来的，先祝老爸在泰国玩得愉快，后面才是重点，说最近要搞世界音乐的演出，还缺一点排练经费，老爸是否可以赞助一点。大胖的女儿情商高，找个老公入赘，生了两个男孩其中一个随大胖姓，明明是外孙，女儿却对大胖一口一个你孙子，于是乎女儿一家四口全靠大胖养着，女儿女婿却一门心思扑在世界音乐的普及工作上。

蛋糕吃完咖啡杯也空了，大胖想找服务员续杯，回头一看，远处的角落里，阿格正与两个身穿短T恤的男人坐在一起交谈，大胖站起来准备朝角落走去，服务员拦住他，说："先生你还没有买单哩。"

"什么？不是说免费的吗？"大胖很生气地叫道。

"先生，我们这里要买单的。"小伙子塞过来账单。

大胖无奈，只得乖乖地付钱。付完钱抬头一看，远处的阿格与那两个男人在视野里消失了。

天色渐暗，免税店门口人头攒动，一辆辆大巴接踵驶来，接走一批批游客。大胖走出旋转门，看到大门左侧边上站着建国，一只手夹烟托着眼镜，眯缝着眼，凑在手机屏上上下"巡视"。建国对大胖说，他攻略到一家很有名的泰国餐馆，就在免税店附近，走路过去不到十分钟。两人正说着，阿格出现在了门口。

去超市取了购物袋，三人依据导航引路，沿着茂密的高大树丛走着，很快一条大河横亘在前方。泰菜馆是敞开式的一幢木屋，鳞次栉比的大屋顶傍河而立，大屋檐悬挂的霓虹灯跳跃闪烁，光影四射。一座古旧的木桥架在河面上，桥的一侧簇拥着四处伸展的芭蕉树叶，桥面上有长长的铁索扶栏，人行其上会剧烈晃动。

泰菜馆门口七歪八倒散落地停放着一堆自行车，他们下坡踏上木质跳板，跳板连接窄窄的回廊，绕过回廊，便来到餐馆中央的圆吧台，餐桌以吧台为轴心呈扇形向四周分布，屋顶悬挂的铜质吊扇缓缓旋转。餐桌大都是两人座，满目皆是欧美老外，一人带着一个泰妹，轻声密语神采飞扬。每张餐桌上放着一盏铜油灯，清风徐来，灯光摇曳，弥漫着温馨浪漫的情调。

他们找了一张靠河边可以观赏夜景的四人桌，服务员拿来菜单，全英语的，阿格懒得看，大胖是看不懂，最后只能由建国点菜。

"长得都好难看啊！"大胖突然冒出一句。

"你说什么？"摘了眼镜正俯脸浏览菜单的建国抬起头问。

"他说那些泰妹好难看。"阿格说。

"你们不知道啊，清迈可以租妻的，"建国的表情带着一种神秘感，"老外到这里度假一般都不住宾馆，租一套临时房，租一个泰妹，进进出出都骑自行车。"建国很内行地介绍说。

点完菜之后，夜幕已降临。河面上缓缓漂来一长溜祈愿的纸水灯，朝四周漾开一圈圈涟漪，灯影辉映河水，波光粼粼，微风中光影交织轻轻抖动，构成一幅如梦如幻般的迷人景象。

服务员端着托盘上菜，有白灼基围虾、辣椒草鱼、咖喱空心菜，外加一盘花生米和三瓶啤酒。大胖急不可耐把手伸向盘中，用两个手指夹起一只虾，剥了壳大口咀嚼起来。

建国连连摇头，"真是个吃货，在免税店吃了那么多，没想到你的胃口还那么好?!"

大胖的手又要伸向盘子夹虾，忽地停在半空中，朝阿格哭丧着脸说："吃自己的还要被骂。"大胖话里的含义很明确，他们此次结伴出游是AA呀。

阿格举起酒杯，"吃吧吃吧，没人不让你吃。我们一起干一个！"

"还是阿格大气，干杯干杯！"大胖竖起大拇指。

酒足饭饱后，三人打车回酒店，下了出租车，建国与大胖又要去马路对面的SPA店按摩，阿格没有兴致，说自己想回酒店。建国和大胖穿越马路，朝SPA店走去。

阿格进入房间，随手拿起遥控器打开电视，换了几个频道，全是泰语台，好不容易调到一个中文台，居然传来异常熟悉的歌声。荧屏里播的是一部纪录片，讲述一代歌星邓丽君与清迈的故事。

邓丽君坐在摇椅上安静地看书，录音机里放着维法尔迪的《四季》。高个的、把头发束在脑后的保罗从更衣室走出来，他俯下颀长的腰背在邓丽君的额上轻吻一下，健步走出1502，他要去给邓丽君买CD和水果。保罗走后不久，邓丽君起身去浴室洗澡，等保罗回来他们要去散步，她喜欢每天傍晚时分天气凉爽了，与保罗手牵手散步。在清迈，这是她与保罗每天必做的功课。

大约下午四点多，两个正在VIP服务台闲聊的女职员，突然听见一声惨叫，只见邓丽君赤身裸体从房间里冲出来，扑通一声，重重摔倒在地毯上。她们见状赶紧找来浴巾，裹住邓丽君的身子。喊叫声惊动了休息区的比利，他闻讯赶到，小伙子情急之中给酒店经理打电话。不一会儿经理来了，吩咐比利叫救护车，救护车迟迟未到，经理当机立断，决定用酒店的汽车送邓丽君去医院。

比利和服务员几个人抱着邓丽君坐电梯下楼，酒店经理带门童和女服务员，一起护送邓丽君去医院。

正好是下班高峰期，本来只需要五分钟的路程，汽车足足开了二十分钟，在去医院的路上，脸色发黑的邓丽君一边抓着女服务员的手，一边痛苦地喊叫着"妈妈"，显得那么的无助和绝望。

邓丽君去世后，警察在酒店卧室的化妆包里找到了哮喘喷雾药剂，据警方分析，邓丽君平时把缓解哮喘的喷雾剂放在随手可拿到的地方，那天突然身体不适，找不到喷雾剂，导致慌乱中冲出房间。

在美萍酒店，比利面对记者的追问时伤心欲绝，记者问他："保罗是否在殴打邓丽君之后离开了酒店？"

比利非常生气，愤怒地说："这全是谎话！说这些谎话的人全是人渣！污蔑，造谣，不知道这些人为何要这样亵渎女神和她的未婚夫？"

记者说："那为何邓丽君的尸体照片显示，她的脸上伤痕累累？"

比利回答说："邓小姐可能在找哮喘喷雾剂时摔倒了，或者是体力不支出门时摔伤所致。"

"那你是否知道邓小姐一直在吸毒？"记者接着问。

"没有，真的没有啊！"比利连连摇头，"这全是谣言！谣言！"

"你凭什么这么肯定？"

"因为……因为我们经理派人送邓小姐去医院后，我出于好奇，偷偷去1502检查了房间。外面传说的谣言太多，我也时有所闻。房间的角角落落我全部都寻找过、检查过，没有找到任何毒品，没有针筒，没有Ｋ粉，连大麻都没有，我可以在佛祖前起誓，请你们相信我！"

九

一大早面包车沿着古城的护城河行驶，中世纪式的砖砌城墙在车窗外飞快地往后退去，惠子指着前方的斜坡砖瓦门楼介绍说，清迈古城具有七百年的历史，共分五个门，从高处鸟瞰，古城的形状酷似一头大象。很长一段时间里，清迈是兰纳王国的首都。

古城墙消失后开始进入山路，面包车盘旋而上。山道旁树木葱郁，探出的枝丫不断划过车窗，发出刺耳的声响。

面包车停在半山腰的停车场，惠子领着大家沿山道攀援，两边是成片成片的参天竹林，阳光透过竹林的缝隙照射下来。爬到山顶就看到了富平皇宫。这座皇宫建于泰国第九代皇帝时期，是皇帝及家眷度假休息的所在地。皇宫所占园林面积并不大，中央是一个大花棚，里面种满了各种花卉，玫瑰、夏鹃、菊花和茶花争奇斗艳，一大片兰花盛开如海，红色的、黄色的、蓝色的花蕾次第绽放。大花棚的四周生长着一棵棵亭亭玉立的波罗蜜树。

一扇简陋的铁门上了锁，庭院深处伫立着一幢大屋顶的琉璃瓦建筑，惠子介绍说这就是皇帝的下榻处，碰到开放日可以进去参观。大胖拿着手机不停拍照，建国对参观毫无兴趣，他与惠子老公在一座石亭下抽烟交谈。

惠子是广东潮汕人，来泰国十七八年了，这些年中国人变富裕了，来泰国旅游的游客络绎不绝，购买力超强。他们夫妇自己开了旅游公司，买了车、买了房，膝下育有三个孩子。惠子老公说惠子贤惠，有旺夫运，惠子老公朝空中吐出一口烟圈，神情里透出一种骄傲和满足感。

阿格和大胖一左一右伴随惠子走来，惠子又在发挥她擅长讲故事的特长，向他们介绍泰国国王在老百姓心目中的崇高地位。

"你的朋友好有意思。"惠子老公说。

"你说谁？大胖吗？"建国问。

"对，他讲话好幽默。他有两百多斤吧？"

"哪止！三百多。都是吃出来的。小时候穷，没有吃的；现在有钱了，拼命吃。"

"看起来他活得很潇洒。"惠子老公用一种欣赏的口吻说。

"也是表面光鲜，其实也是一个可怜的人，他从小跟着养父养母长大，连他的生身父母是谁都不知道。"建国撇着嘴。

"啊，这样啊。"惠子老公耸耸肩，"按你们中国人的话怎么说的？清官难断家务事？"

按计划下一站参观游览魏功甘景点，他们下山后驱车前往。魏功甘有清迈古城的遗迹。遥远的岁月里，因宾河发大水人们开始大规模地搬迁至现清迈古城。洪水带来的泥沙掩埋了魏功甘古城，直到十多年前才慢慢被发掘出来，出土的文物甚至包括中国万历年间烧制的青花瓷器。

到达魏功甘，天上下起淅淅沥沥的雨滴。热带地区就是这样，阴晴转换只在一瞬间。魏功甘有七八处遗址和一些民居塔楼，散落分布在方圆几里地的茂密森林里。

惠子用手机打电话，一辆泰国传统马车嗒嗒跑来，惠子把预先准备好的票分给大家，乘坐马车每人两百泰铢。待大家坐稳，车夫一甩缰绳，马车噌地一下蹿出去了。前面的道路上随时会出现一堆堆褐色的马粪，在细雨中冒着热腾腾的水汽。

雨突然大起来，瓢泼大雨倾斜在车篷上，发出沉闷的声响。森林里不断显现的古迹遗址和断墙残壁，仿佛一幅幅名画，经雨幕尽情地洗刷，变得迷蒙而遥远。

　　幼儿园每天都午睡。这天下午阿格醒来就发觉有些异样，浑身瘙痒难熬，幼儿园老师见他迟迟不起床，就过来帮他穿衣服，阿格不让老师碰他，说我痒我痒，小手不停地挠着手臂，老师往上撸开阿格的衣袖，突然惊叫起来：阿格的手臂上密密麻麻显现一大片红色的肿块。

老师开始是给女人打电话的，女人下午上课要上到四点；老师又给男人打电话，男人在海关当报税员，听说阿格病了，找了个顶班的，风风火火赶到幼儿园。男人背着阿格坐公共汽车去儿童医院，一路上男人嘴里像念经一样不停地给阿格念着“摇啊摇，摇到外婆桥”。儿童医院人满为患，阿格浑身难受，哼哼唧唧，一个多小时后才看上病。医生给阿格量体温，用听筒检测阿格的胸腔，然后开了过敏的药，嘱咐回去服药后没有好转的话赶快来复诊，假如肿块退了就不必再来。

离开医院回到家，在公寓门口男人想放下阿格，阿格忸怩着死活不从，男人只得气喘吁吁把他背到三楼。男人朝女人的房间走去，他怕阿格受不了客厅里百合花的香味，医生说阿格患的病俗称风疹块，体虚加上过敏导致的。谁知到了女人房间门口，阿格的双腿在男人的背上倒腾，坚决不肯去女人房间。女人有洁癖，她的房间不让别人进，她每天下班，都要在客厅衣帽间换了睡衣才进房的，拖鞋都不穿进房间。有一次阿格睡着了，男人将他放在女人的床上，女人回来后爆发了激烈争吵，吵醒了熟睡的阿格。后来男人把阿格抱走，幼小的阿格很长记性，从此再也没有踏进过女人的房间。

男人只得将阿格轻放在客厅的单人床上，然后去楼下倒来一杯温水，扶着阿格的后脖让他服下一片药。抗过敏药有催眠作用，男人做完晚饭上楼，阿格已经入睡，红红的脸庞在壁灯的照射下熠熠闪光。

阿格是被尿憋醒的，窄窄的小窗外是黑沉沉的夜色，他不知道什么时候睡到亭子间来的。亭子间不大，十平方米出头，只能放一张三尺二的床，一个床头柜。阿格看见床头柜上放着一杯水和一碗皮蛋粥。

阿格拉开亭子间的门，楼上顿时传来邓丽君压得很低的歌声，三楼客厅的门虚掩着，灯光昏暗。他慢慢沿着木质楼梯拾级而上，门缝里可以看见一条条腿，随着音乐缓慢交叉移动，像大海上的小舢板，时高时低，时浮时沉。

他悄悄绕过客厅的门，朝卫生间轻手轻脚地迂回过去，卫生间在靠左侧的过道里，阿格闪躲进去美美地尿了一泡。他来到立式白瓷洗脸盆前洗手，洗脸盆前有面大镜子，四周的镜面已锈迹斑斑。阿格看见自己幼小紧张的脸庞有些变形，他撸起袖管，身上的风疹块全退了，脸也没有那么红了。他走到浴缸边的毛巾架边擦拭双手，然后轻轻拉开门，轻手轻脚跑过走廊，滑下楼梯，溜回了亭子间。

阿格再度醒来已是深夜。他的风疹块似乎又发作了，浑身奇痒难忍。他的本能告诉他应该继续吃药，他拉开亭子间的门，准备出去找男人。他慢慢爬上楼梯，客厅里的一盏壁灯亮着，那些男男女女已不见踪影，房间里杯盘狼藉杂乱不堪。

他溜进客厅，通往女人房间的客厅门虚掩着，他踮着脚慢慢走过客厅，来到窄窄的走廊，这时，他看到左侧女人的房间门口的地毯上，有两双鞋像一对并蒂莲一样盛开，像百合花的花瓣柔软地铺展在柚木地板上，一双是女人的，一双是男人的……

十

惠子在大堂等着结账，建国与大胖提着行李先后下楼。足足等了十几分钟，阿格还是没有下来，惠子让酒店总台给阿格房间打电话，没人接。这时前台经理走过来说，你们是等阿格先生吧？他很早就已经出门了，他说请你们先去机场，在那里等他。

去机场的路上建国和大胖分别给阿格打电话，始终是忙音。

到达清迈机场，惠子脸上愁云密布，拿着手机看看建国又看看大胖，眼睛里是求助和无奈的目光。关键时刻少一个人对导游来说是最棘手、最头痛的事情。

这时候，建国显示出多年漂泊欧洲处惊不乱的气度，他跟惠子互加了微信，然后告诉她不要慌，万一阿格需要帮助的话，请她务必多多费心。

一直到开始登机，阿格也没有出现。建国和大胖走去头等舱检票口，登机牌被扫描后发出嘀的一声，两人步入廊桥，这时，建国的手机突然发出叮咚的响声，有一条微信跳进来，建国掏出手机一看，是阿格发来的微信：

> 建国、大胖：你们先回，我再待几天，泰国警方找到了我哥的下落，他是我在这个世界上唯一还活着的亲人，我要留在清迈一段时间。建国说我们都是与妈妈走散的孩子，我们怎么那么不走运，注定要与最亲的亲人走散？事先没打招呼，因为是私事，不想麻烦你们。抱歉！我的朋友。

依次进入机舱，建国与大胖挨着坐，隔着过道空着的位置，应该是阿格的座位。往前十几排的地方，是一个泰国僧侣旅行团，约莫有十几号人，全穿了大襟的浅棕色布袍，一大片光秃秃的脑袋。

飞机在跑道上开始滑行，腾飞，天空无比蔚蓝，云彩朵朵飘移，清迈的一排排房屋和田野河流在视线里渐行渐远。

不一会儿，飞机一点点摸高上升，云彩急速地往后飘浮，进入巡航飞行时段，在飞机巨大的轰鸣声中，大胖开始昏昏欲睡，建国的眼睛也开始耷拉下来。

前排的一个光头僧侣站起身，大概是要上厕所，僧侣趄过身，朝机舱后排走去，路过建国和大胖的座位，建国紧闭的眼帘微启，露出隐隐约约的光亮，僧侣模糊的面容倏忽晃过。少顷，建国忽然觉得有什么地方不对头，直起身子，僧侣已飘然而去。建国侧身回头一望，这下让他惊呆了：僧侣的后背挎着一个双肩包，拉链没拉严实，贸贸然露出半截木雕的头颅，诙谐戏谑的造型，有几缕稀松的褐色头发披挂下来，建国清晰记得，在长脖子村见过这尊太阳神木雕，阿格当时买下后来又在SPA店丢失，无论造型还是刀工，都给建国留下极为深刻的印象。这尊太阳神木雕怎么会出现在僧侣的挎包里呢？

建国松开保险带，站起身朝机舱后面慢慢走去。

卫生间上方的电子屏显示红灯，那个僧侣朝里面壁而站，佝偻着身子，僧侣的个子比建国矮，所以建国非常顺手地便从他的背包里抽出太阳神木雕，木雕缓缓上升，忽地露出一张滑稽怪诞的笑脸。

（原载《十月》2020年第5期）

浪的景观

◎周嘉宁

我曾不知道天高地厚地以为，2003 年是我青年时代最倒霉的一年。按照计划，我本应顺利度过大专最后一学期。但是四月"非典"疫情变得严峻，我就读的野鸡学校封校的同时，提前解散了应届生。没有对我造成具体影响，我当时已经在一所广告公司实习了整整三年，这份工作是群青跟着彬彬去日本前留给我的，他走了，我多少有点顶替的意思。和群青相比，我缺乏野心，这个行业不适合我，而我也没有其他想去的地方，于是老老实实地学习软件。被学校解散以后，反而多出来很多时间可以每天都去办公室学习。结果到了五月中旬，业务受到疫情影响严重，将上海分部遣散了。

我稀里糊涂地接收了这个消息，只想着接下来既不用去学校，也不用去上班，不知道该做什么。为了回避父母的担忧和责难，我依旧像平常一样每天按时出门，甚至更早。网吧里空荡荡的，只有一些不怕死的衰人，我也不怕死，但受不了那种极度警惕和绝望的气氛，不愿待在那种地方，于是便沿着黄浦江畔，一片区域一片区域地寻找露天篮球场，那里有大量和我一样，不分昼夜闲逛的人，我们每日流动，与不同的陌生人打球。我还去了多年没有去过的植物园和动物园，去了旧机场的停机坪，去了崇明岛，看见不少平常想象不到的风景。搭最晚一班船渡过东海回家时，二楼甲板只坐着我一个人，外面的黑暗中也看不到别的船，我在春日温暖的海风中玩手机上的俄罗斯方块，几乎忘记了被打断的未来。

之后的就业市场极其不景气，而我无心投放的简历竟然收到一份回复，甚至不需要面试，于是酷暑来临之前我成为一间画廊的临时工。去了才知道负责人口口声声所谓的布展全部都是工地上的体力活。我和几位真正的工人一起搭脚手架，搬运，测量，砌墙和粉刷。几年前在美校没有学好的东西在这里又跟着师傅从头学了一遍。每天傍晚我爬下脚手架，心想目前的局面就是这样了，我毫无未来可言，此刻却在做着自己能够胜任的事情。

九月开学以后，社会秩序已经慢慢恢复，我一再拖延，终于还是回到学校正式办理毕业手续。学校竟然又缩小了一圈，不是心理错觉，学校原本借用了闹市区背面一栋机关建筑，一再缩水，那年一楼和二楼被收回，成为知青联谊会。我往上爬了两层，在办公室里遇见两位同样来办理手续的同学，但大家都埋头核对材料，一心只想和这里告别，谁都不愿和谁打招呼，也不关心彼此的去向。办完手续以后我与社会上的一切正式脱离了关系。本应该给家里打个电话，却第一时间打给了群青。他上个星期回国了。

"你在哪里？我去找你。"群青接起电话说。

"你说个地方吧。"我回答。

"那去外滩看灯啊。"群青说。

我这才想起来，这原本是一年里我最喜欢的日子，国庆假期前一天。夏季一事无成，然而空气干燥，气温适宜，高架一半在阴影里，一半是金色的。真正的假期甚至连第一天都还没有开始。

群青是我在美校关系班的同学，不是高中，是中专。这个班上的大部分人都和我一样，学习不行，没有特长，父母有一些人脉关系，但人脉关系不过硬，没多大用处，只能把我们安排在这里作为过渡，希望我们在流落社会之前能够开窍，或者至少，学会一些谋生的技能。学校在吴淞郊区，靠近海，与世隔绝，曾经是海军训练基地的营房，所以操场上仍然留有很多身体训练设备，我们在这里像法外之徒一样度过了成年前最自由的三年。群青是班里唯一有美术基础的，他能调配出差别细微的颜色，使用工具得心应手，了解各种材料的特征和形态的变化。他的父母都是贵州一所工厂技术学校的美术老师，上海过去的知青。群青原本可以考上当地最好的重点高中，但他只想往外面跑，于是坚持独自回到上海参加中考。回来以后才知道两地使用的教材不同，这样稀里糊涂准备了一个多月，自然一所像样的学校都没有考上。群青这个人在学校里没什么朋友，一来他专业成绩太好，和我们班甚至整个学校的整体氛围不符合，二来他性格内向，心事重重，不好接近。

开学第一个星期，我在宿舍打赌输了以后连做五十个俯地挺身跳，还没做到二十个，就晕头转向撞到床架，撞得满口血。在医务室里面遇见群青，他因为擅自使用工作间的车床，削掉半个手指尖，血染半边衣袖。我们两个人哼哼着一同被校车送往市区的医院，路上相互展示牙齿的缺口和指尖露出的骨头。回来的时候，群青的手指包扎完毕，我则永远失去了半颗门牙。我俩因此成为患难之交。

之后我和群青都选了标本处理课，因为无法满足于课堂上只能摆弄死鱼和飞蛾，便一起去学校后山碰运气，希望能捉到鸟或者其他小动物。大部分时候一无所获，但最终在冬天结束前撞了大运，我们捡到一只刚刚死去的黄鼠狼，遵循物尽其用的自然法则，将腐烂的肉留给后山的昆虫食用，取下头部带回学校，去腐清洁，再经过一个星期双氧水的浸泡之后，获得一枚洁白坚固的纪念物。群青去日本的前夜，我们买了两支红星小二，学习古惑仔那一套，以黄鼠狼的头骨为证，一饮而尽，约定了永恒的友谊。

转眼几年没见，我们约定在英雄纪念碑底下见面。横穿过中山东路以后，我不由自主朝防波堤飞奔，直到一眼在人群中看见群青。他长得普普通通，但向来都极其好认，穿着一件迷彩冲锋衣，走的时候是寸头，现在留成了长发。我一边跑一边大声喊他，他也大力朝我挥手。

"你的牙怎么还没修好？"群青见到我就大笑。

"不重要！"我也大笑，知道自己非凡的心情绝非幻觉。

我和群青上次来外滩还是五年前的国庆前夜，全市市民都涌向黄浦江看焰火，无论从哪个方向进入外滩都寸步难移。人群像层层巨浪一样往防波堤倾轧，警察手挽手站成人墙，目不斜视，并且有卡车不断运来一车又一车公安学校在校生。所幸我们逆着人流在开始焰火表演前爬上了福州大楼楼顶。很多居民带着躺椅和板凳，旁边鸽棚里的鸽子在黑暗中休息，轻轻发出咕咕声。天空中升起第一朵烟花时，美得好像夜空本身的产物，是和闪电或者雨水一样的大自然。人们内心的赞叹也成为共振。但是那天没有一丝风，江面上燃烧以后的硫黄烟雾无法消散，反而在空中凝聚，很快我们便什么都看不见了。

焰火表演结束以后，人群渐渐松动，公安学校的学生先行撤离，接着是警察，到了后半夜，整片外滩只剩下巡逻队和成群结队不肯离去的中学生。每个人手里都握着巨大的充气塑料玩具，从任意两个方向迎面遇见的队伍，瞬间汇拢开始战斗，又瞬间结束各自继续向前，直到遇见下一群对手。我们买了大号充气榔头，但不属于任何一支队伍，我们跟着胜利的队伍跑，也跟着失败的队伍跑。直到马路彻底空了，公交车都已经停运，我和群青回到防波堤，和剩下的人一起，围成一小堆一小堆坐着，在郊游的气氛中，等待清晨的到来。

那之后不久彬彬家里突然出事，临时决定举家搬去日本投靠亲戚，避过风头。学校里的人都以为群青和彬彬的恋爱就此到头了，出人意料的是，群青花了大半年时间就考出了日语三级资格证书。第二年春天，他放弃了美术类大学的专业考试，通过留学中介找到一所位于横滨的语言学校。当年出国留学在我们这样的破学校里并不常见，几位老师虽想挽留，却立场不定，于是不知怎么的便木已成舟。高考前夕我到机场和群青告别，之后独自坐大巴回到学校，跑去网吧打了一宿游戏。

高考失利以后我不想出去混社会，鼓起勇气回到补习学校复读，第二年春季招生勉强考上一所大专。报到第一天我就后悔了，学校里死气沉沉，没有住宿，我不得不搬回家里，和父母住在一起，这让我觉得自己是社会的蟑螂。但群青的情况比我糟一百倍。他刚到日本便发现学校的注册地在横滨，就读的学区却在偏远乡郊，不通新干线，每天从火车站发两班巴士，四周皆是荒野。而且按照规定，在校期间不允许打工，他相当于是被中介骗了。由于父母为他出国而背了债，他只能离开学校，回东京打黑工，到日本的第一个月就成为黑户。然而群青在电话里和我讲得惊心动魄，一点没有沮丧的意思。我问过好几次彬彬家里到底是不是真的有问题，我看新闻里很多人去了日本以后打一辈子黑工，和家人十年没有相见。我的意思是他别把自己整个搭进去。但群青保证说彬彬家里只是被牵连，事情会过去的，他们每一个人都会重新获得自由。在此之前，他有他的计划。他要先还清父母的钱，如果政策允许的话，也想继续在东京找个学校念书，走一步看一步。

结果几年里平平静静的，群青打工的餐厅却遭遇同行举报，几个黑户都被遣返。他告知我的时候，已经坐上了虹桥机场的巴士。这对他来说是重创还是解脱，我也说不好。

我们逆着人流离开防波堤，提着一袋零食，回到楼顶的天台。鸽子已经回到棚里，天台上没有其他人，刮着秋季罕见的大风。晚上不会再有焰火表演，现在都改成灯光秀了，激光在对面的楼群上打出虚拟的浪，还有海豚跃出浪尖。但我们在楼顶看不到，前面的楼群遮住了视线，爬到水塔上面，还是不行，只能听见时断时续的音乐里，低音的轰鸣。群青费很大劲才在大风里点上一根烟。

"你接下来有什么打算？"他问我。我没想过，我没有什么打算。

"喂。那我和你说件事情，你考虑考虑。"他语气变得严肃。

"你说啊。我听着。"我回过神来。

"我和你提过我有一个朋友吧，之前往来东京和上海做二手衣物和古董买卖的。他要移民去加拿大，所以在人民广场的服装档口着急找人接盘。我昨天去见了他，也去档口看过，和以前老谢那里肯定不能比，但是气氛不错，都是同龄人。我在日本没少帮他忙，他答应前两个月不收我们租金，相当于送给我们练手。之后的合同我们直接跟台主签。我问了老谢的意见——"

"赶紧接下来啊。这么好的条件，别拱手让人了。"我有点着急。

"你听我把话讲完行不行。我现在的情况是，彬彬一时回不来，我五年之内签证受限也别想再回日本，从前的计划都泡汤了。但我得赚钱，遣返的罚款，外加父母那里欠的钱也都还没有还清。所以现在我没有回头路，也没有自由。你也得先考虑考虑清楚，可能会很苦，也可能会失败。过两天再告诉我就行。"

"别过两天了，过了这村没这店。"我心里泛起一些热浪，是很久没有过的感觉。

"有你这句话就行了。"群青也站了起来，把烟头弹开很远。我们靠在水塔的栏杆上，能看到对岸巨大的白色光柱打向天空。

服装档口的事情不是空穴来风。念书时，我和群青在学校里几个青年老师的影响下迷上摇滚乐。傍晚他们在学校广播室里一边喝啤酒一边用高音喇叭放平克乐队的歌，我们在操场上一边跑圈一边听得热泪盈眶。当时能够找到的资讯极其稀少，书店里的音像制品柜台翻来覆去只有两排摇滚磁带。还有一档电台节目，但每周只有一次，而且主持人疯疯癫癫的，有时候整整半个小时听众们都迷失在失真的噪音中，不知如何是好。我后来从这档节目里了解到一则歌友会的信息，便叫上群青一起怀着朝圣的心情去参加过几次活动。活动多半在五角场附近几所大学的学生活动室里，组织者放一晚上演唱会的录像带，介绍欧洲和美国的摇滚新浪潮。大家七倒八歪坐在地上看，可能因为心情过分郑重，都看得疲惫万分，结束以后全体像梦游一样涌到门口大口大口呼吸和抽烟。来的人大多是附近大学里诗社和剧团的成员，都在练吉他，都在找排练场地，都说自己的乐队在招募乐手，人也都挺好的，又忧郁，又懂礼貌。

起初我以为老谢是歌友会的组织者。他年龄最大，体格如劳动者一样强壮，因为极度热情而显得笨拙，说一口滔滔不绝的脏话，与知识分子大学生们内向拘谨的气氛格格不入，却几乎每次活动都到场。我一开始以为老谢就是那位疯狂的主持人，打听下来才知道他是华亭路服装市场的个体户。他这个人夸夸其谈，特别容易动情，有时候让人受不了。有几次他讲述他亲眼见证的伟大演出几乎要泛起泪花。但老谢因为搞服装的关系，交际甚广，常常能带来稀缺珍贵的演出录像带，所以大部分人虽然看不上他，歌友会却没他不行。

不过老谢不知为何却对我和群青刮目相看。他说群青是年轻版的窦唯，而我是年轻版的——他想了半天说出一个我从没听说过的外国人名字，他解释说反正也是传奇级别的朋克。他这个人夸起人来没谱到了不真诚的地步，不太能信，但我心里还是挺高兴的。有一次活动上放的是平克乐队的迷墙现场录像带，结束以后大家的情绪格外激动，迟迟不甘心散去，于是我和群青又跟着他们去了大学附近的一间酒吧。这是我第一次去酒吧，没有带够钱，就只要了一杯啤酒，从头喝到尾。虽然我当时对柏林墙的事情一无所知，但其他人一路聊到布拉格之春，我昏头昏脑地听着，被感动得一塌糊涂，结果出来的时候回吴淞的末班车已经没有了。我和群青也没有太担心，和其他人一起走在路上，陆续握手告别，最后只剩下我们和老谢，老谢的热情没有消散，还在说个没完。郑重其事的气氛随着夜晚的流逝而变得更为深邃，我感觉自己被当作真正的成年人一样平等地对待着。我们又在路灯底下站了很久，最后老谢借给我们一百块钱打车回宿舍，我们问他留了联络地址。过了一个星期再去歌友会的时候却没有遇见他，于是我和群青按照地址去还钱给他。

当时的华亭路服装市场还在鼎盛时期，层层叠叠的露天档口罩着铁皮或者遮雨布。我和群青一头钻进迷宫般的通道，顿时蒙了。原本只在音乐录像带里见过的事物突然变得触手可及。美军风衣，利维斯牛仔裤，阿迪达斯复古运动衫可以随意挑选。仿佛档口的世界不遵循外面的物质流通法则，专将幻梦变为现实。

老谢的档口是从自己家的天井延伸出来的违章搭建，具有得天独厚的优势。他没想到我和群青会去找他，很高兴，提早收摊，领着我们去了他的仓库。他的仓库就是身后自己家的阁楼，也是违章搭建，楼梯又窄又陡，我的头几乎顶着前面群青的屁股。但是仓库里面整洁干燥，一股迷人的牛仔布料味道。挪开货物之后，是一块两米见方的狭窄空间，按照年代分类排列着各个国家的军队防寒大衣，战地迷彩，工作服和海军毛衣，墙上贴着海报和唱片封套。老谢说上面有的大明星都在他这里买过牛仔裤。群青指着一张窦唯的海报问，"窦唯也在你这里买过裤子？"

"魔岩三杰都来过。"老谢得意地回答。

"什么时候的事情啊？"群青将信将疑。

"也就是香港红磡之后那两年吧。他们从南京一路演到上海。"老谢说。

"真的假的，都没听说过。"我说。

"你们知道什么，那时候还在听小虎队呢。"老谢说。

"窦唯在现实中是什么样？"群青问。

"特别牛逼。特别时髦。穿美军风衣和鬼冢虎球鞋。当时没人这么穿。"老谢说。

"那他在你这里买了什么？"群青问。

"你们等等。"老谢说着在身后的书架上翻找，抽出来一本杂志来，指着里面的一张照片说就是这条裤子。结果是一本日本杂志，通篇采访也不知道讲了什么，但照片配的确实是极其年轻的窦唯，而且有好几张，是他和朋友们在北京郊区的水库玩耍，我和群青拿在手上看了半天，没有任何一张照片里能看清他到底穿的是什么裤子。但是群青立刻对老谢说，他要买这条裤子，就要窦唯穿着的这条裤子。

群青当时是同学里最有钱的，因为他自学网页设计，轻松找到好几份兼职，赚到的钱都花在老谢那里。升旗仪式的时候，他穿着从老谢那里买来的紧身利维斯牛仔裤和牛仔衬衫，大摇大摆地横穿操场，看得其他同学目瞪口呆。

渐渐的，学校里那几个青年老师都专门来向他打听裤子是哪里买的。于是群青找我商量，从老谢那里进一些裤子到学校里卖。起初我们小心谨慎，每周末只带两三条回学校。等现金流滚动起来以后，胆子也敞开了。直至生意被学校教导处出面取缔之前，我们陆陆续续卖出四十多条裤子，都是紧身到绷着蛋的款式。于是在接下来的两年里，每周一全校升旗仪式的时候，操场上有四十多个人穿着我们卖出去的牛仔裤，不时扯着裆部调整蛋的位置——我觉得这几乎算是一场革命了。

群青要分给我卖裤子的钱，我没要，他想尽办法给我，我又想尽办法还给他。最开始用来进货的钱都是他做网页赚来的，而且他在上海寄住亲戚家里，各方面都需要钱。但是过了一个星期，群青送给我一双匡威球鞋，最正统的高帮系带，白底红边，整条华亭路都没有卖。我吃惊地问他是从哪里弄来的，他说他横扫了整个上海，最后在第一百货商店的运动专柜找到，仅此一双，英国制造，我至今都记得价格是375元，一笔巨款。这是我得到过最珍贵的礼物。

我和群青一起去签档口合同的那天，我穿着他送给我的匡威鞋，他穿着从老谢那里买来的窦唯同款牛仔裤，这两样东西都不可避免地磨损和褪色，但在我们心中永远代表着尊严和好运。路上我不时去摸左侧肋下，那里的衣服内兜里插着一只牛皮信封，装着我全部存款。我们签下的档口在人民广场迪美地下城，转来的租约又续签五年。我对五年没有什么概念，我生命中还不曾出现任何一件事情是以五年作为计数单位的。

我们入场的时候外贸市场已经发生过一次大震荡。华亭路市场2000年拆迁以后，有资本和人脉的老板在淮海路区域开设独立商铺，剩下的汇入襄阳路。老谢的档口和家里的违章搭建在拆迁中被全部移除。他这个人善于一蹶不振，无法适应时代的震荡，于是没有参与襄阳路市场抢占地盘的腥风血雨，在家里炒股票，荒度时日，一年之后才重出江湖，盘下两个小仓库，退居到七浦路市场，自此只做批发买卖。市场的大生意都在一楼二楼交易，三楼是废物们的荒漠。老谢盘踞三楼一角，手机信号若有若无，用电子设备联络不上，要找到他就得转两趟公交车亲自相见。整片批发市场以天桥为起点，乌烟瘴气，小偷成群。全国各地货源汇集，因为抢货和帮派斗争，巷子里的械斗时有发生。老谢的境遇表面看起来一落千丈，实际却因为陆续接了好几笔贸易公司的大单而交了好运。但他无动于衷，大声哀叹，坚持认为自己被流放了，从上世纪的幻梦中被流放。所幸，我们的友谊从那个幻梦中被保存下来。

当时的迪美地下城与其他地方垄断货源和势力割据的状况完全不同，进驻的多半是我和群青这样刚刚入场的同龄人。地下城是90年代中期建造的新型防空洞，面积等同于半个人民广场，分区域招商，缓慢拓展。一半已成规模，另外一半还无人管理。我们的档口位于边界，编号A37。虽然与期待中的一切相距甚远，但这里的气氛极其地下，男孩女孩都没钱没背景，美院和服装学院的学生居多，也不着急赚钱，因此有一种不成气候的学校社团感觉。大家每天交换来自批发市场和服装厂各种无用的小道消息，使尽浑身解数打扮，只为了让自己看起来不同于外面的普通人。

我和群青虽然干劲十足，却毫无头绪。头一个月我们搭乘地铁和轻轨，纵向和横向扫荡了上海市区和近郊的纺织批发市场，却始终无法在货源上达成一致，而且过多的垃圾货源像污染物一样伤害我们的意志力。之后随着气温断崖下跌，我们渐渐乱了阵脚。到了十一月底，无论什么样的货源消息都会追踪，孤注一掷的念头变得非常强烈，有好几次追进居民小区单元房里传销组织的老窝。我心里很清楚，再进不到合适的货就等着完蛋吧。这是我记忆中最冷的冬天，夜以继日刮着北风，我和群青沿着苏州河，从一个仓库摸到下一个仓库，像冰天雪地里迁徙的动物。

十二月的第一个星期，我们得到消息说虹口那边鬼市有批冬天的货天亮进仓，得赶早去抢。我和群青第二天凌晨三点按地址找到仓库，空无一人。我们避风处等待，太冷了，只能不停聊天分散注意力和保持清醒。熬到破晓时，薄雾里出现一辆货车，远光灯照在我们身上。不等司机师傅卸货我们就跑过去看，是从山东运来的一批贴标羽绒服，日单户外功能性品牌。我和群青交换了一个眼神，就已经确定这批货无论如何都要拿下。只是我们热情过头，失去讲价的先机，全部的钱只够支付定金。死皮赖脸与司机师傅交涉下来的结果是，先交定金，晚上九点取货并交付全款，过时不候，定金不退。

我和群青离开仓库以后，双手插兜往轻轨站的方向走，外面是一片拆迁中的棚户区，气温甚至比夜晚更低。第一班轻轨还没出站，我们站在露天站台上，刚刚失去了全部的钱，是真正意义上的一无所有。我问群青，"我们去哪里？"

"去找老谢想想办法。"

"不是说好不找老谢吗?"

"我们说好了不从他那里进货。没说不能借钱。"

"这有区别?"

"从他那里进货是不思进取。从他那里借钱是走投无路。"群青的语气不如平时确定,但我心里清楚他说得没错,我们走投无路。到批发市场的时候,老谢刚刚发完一车皮的货打算回家睡觉,见我和群青披着一身晨雾,几句话就问清楚了我们的处境。他先领着我们去楼下出租车司机面馆里吃了一大碗面,然后叫我们等着,他自己去银行跑了一趟,回来的时候手上多出一只塑料袋,大大咧咧从里面掏出来几叠现金递给我们。数目远远超过我们实际需要的。我心里狠狠一暖。

"你们搞到车了?"老谢问我们。

"什么车?"我和群青都一头雾水。

"你们拿什么去运货?"老谢说。

"助动车行吗?"群青问。

"我爸也有一辆。"我说。

"你们闹着玩吧。"老谢拍掌大笑。

我和群青面面相觑,不明白他是什么意思。

"几百件羽绒服你们搞辆金杯车都得跑几趟。"老谢说。

"你有金杯车吗?"群青问。

"我不会开车,我骑三轮。"老谢说。

"三轮摩托?"群青问。

"三轮板车啊。"老谢回答。

"你骑板车送货?"群青问。

"你不是百万富翁吗?"我问。

"你们这话说的,一副没见过世面的样子。板车比金杯车能装啊,能和公交车抢道。"

"怎么样。你会骑三轮吗?"我问群青。

"这有什么难的。"群青说。

晚上我和群青在老谢的仓库碰头,骑着他的板车回到清晨的仓库,担心过的事情一件都没有发生。货已经全部清点好了，一捆捆码得整整齐齐，司机师傅开着取暖器，一边吃盒饭，一边听相声。我被暖烘烘的空气里飘浮着的羽毛绒绒刺激得鼻涕眼泪横流。

"你哭什么？"群青问我。

"我没哭。你才哭。"我一说话却呼呼流出更多眼泪。

这批货我们分两车拉完。第一车直接拉到地下城，但地下城那段时间消防检查，晚上十点以后不允许进出，所以第二车只能拉到群青家里。群青回到上海以后没再寄人篱下，自己在浦东轮渡码头附近租了便宜的屋子居住，那屋子破得惊人，没有空调，没有热水，不通煤气，住在那里像是每天都在军训。我俩轮流蹬车，轮流坐在车板上护货，碰到上坡就一起下车推，连滚带爬地赶上最后一班轮渡。那天的黄浦江上大风大浪，整艘船都往一边倾斜，我和群青费了很大功夫才把板车固定好。然后我们拆开两件羽绒服自己穿上，爬上甲板。没有云，空气冰冷干净，能看见明亮的冬季大三角。

"你闻闻，是不是有鸭子的味道？"群青突然把头埋进衣服里。

"废话。说明这是货真价实的鸭绒。"我说。

群青咔嗒咔嗒地点烟，我们被鸭子的味道围绕，暖暖和和，自由自在。

春节里我和群青高高兴兴地去给老谢拜年，正巧碰上老谢过生日，一定要留我们去乍浦路的大饭店吃饭。年初四的夜晚，整条乍浦路灯红酒绿，空气里浸着白酒芬芳，每间酒楼门口的大水缸里都游着红彤彤圆鼓鼓的发财鱼，齐齐朝着一个方向挤，撞到玻璃再折返。酒楼里面金碧辉煌，桌面大小的枝形吊灯下面坐满人，食物被放在干冰里冒着烟端上来。蟠桃大会也不过如此。

"没想到你平时挺摇滚的一个人，这种做寿风格怎么和我爷爷一样。"我讽刺老谢。

"你们懂个屁。今晚迎财神，明年走大运。"老谢回答。

老谢大宴宾客，渠道上的合伙人，报纸和时尚杂志的编辑，电视台刚刚露面的年轻主持人。还不断有新的朋友从其他地方转场过来的，热情洋溢，都已经喝多了。老谢挨个给大家互相介绍。说到我和群青的时候，他说我们是他来自上世纪的老朋友。我挺感动的，我不知道老谢原来有那么多的朋友，而我们是里面年纪最小的。大家互相握手，拍打彼此的肩膀，坐下来喝酒。他们聊娱乐圈消息，股票，夜总会和世界局势。大部分事情我都没有经验，却听得津津有味。我觉得老谢的朋友们普遍过着既浪漫又务实的生活，在金钱的热浪里翻滚，却愿意为一些特别抽象的事物一掷千金。有位戏剧学院的老师问群青是不是本校学生，还是哪个剧场的演员，看着脸熟，肯定在台上见过。群青说他不是学生，没有念过大学。那位老师一定要留下群青的电话，说等开春招生的时候再联络他。之后服务生端上来一只裱花奶油蛋糕，于是那位老师带头唱起了生日快乐歌。我这才知道原来老谢三十五岁，而我一直以为他只有二十七八岁，他是那种和具体年龄数字没有关系的人，似乎从未年轻，也不会衰老，但是再一想，自我们认识起，确实已经过去好多年。吹灭蜡烛之后，歌却没有停下来。我们一起唱了罗大佑，伍佰，《Hey，Jude》——"Na，Nana，Nananana"——一首接着一首，越唱越激动，酒越喝越多。唱到《明天会更好》的时候，已经有人开始哭泣，大家都站起来，号啕大哭的人站到椅子上，还要往桌子上爬，被拉住。酒楼里其他桌上的人也加入进来，人群啊年龄啊身份啊，诸如此类的差异都短暂消失，但是在集体的合唱中，整体气氛却突然不可挽回地跌向伤感。

"唉。"坐在我旁边的女孩冒出一句轻轻的叹息，我不知道她是什么时候坐下的。不是我吹牛逼，美校也好，地下城也好，我是在漂亮女孩扎堆的地方长大的。我刚刚进美校的时候，高年级的学姐们烫着头，个个打扮得像香港大明星，傍晚在操场上练习迈克·杰克逊的舞步，我觉得自己暗恋过她们中间起码一半的人。所以也不能怪我整晚都没留意到她。她长手长脚，个子中等。自然卷发费了很大力气似的用皮筋绑住，又随时都要挣脱出来似的。穿着不协调的长裤和短风衣，有种乱七八糟的流浪儿气质。我心里琢磨着她的那句叹息是不是有点讥讽的意思。

"你也是电台的吗？"女孩转头看着我，像是留意到我的内心活动。

"什么电台？"

"那是我搞错了。你是做什么的？"

"我是个体户。和朋友一起卖衣服。"这是我第一次以这样的身份介绍自己。

"挺有意思。但你看起来一点也不时髦啊。"

"我还行吧。我可能是那种在精神上比较时髦的人。"

"哈哈哈。你是有种自暴自弃的气质。"

"那主要是因为我缺了半颗门牙。"

"你的牙怎么了？"

"你看过《古惑仔》吗？"

"哈哈哈。别闹了。你们的店在哪里？"她继续问我。

"不能算是店，没有名字。而且也没决定好到底卖什么。"

"那倒是挺酷的。"

"不是像你想的那样，我不是那种酷酷的成天无所事事的人。我勤劳勇敢。"我几乎每说一句话都在后悔，不知为什么无法自控地想要表演拙劣的幽默。

"我问个正经问题行吗？"女孩问我。

"你说。"

"我能采访你吗？你和你的朋友——"

"你是说正经的采访吗，我们有什么可采访的啊。你是记者吗？"

"是啊。"接下来她说了一个报纸的名字，我没有听说过。

"我平时不看报纸。"我非常不好意思。

"我们还在创刊的筹备阶段，而且我还是实习生，我今年夏天才正式毕业。"

"为什么要采访我们，不会有人要看的吧。"

"我在做一个叫作21世纪新浪潮的专题。"

"什么是新浪潮啊？"

"就是写写我们大家都是怎么瞎胡闹的。"

"哈哈哈哈。你叫什么？"我问她。

"消失的象。"

"什么。这是什么破名字？"

"这是笔名，我在报纸上发表文章的时候用这个名字。"

"用这样的名字能写出正经报道吗？"

"不都说了是瞎胡闹吗。"

"这个名字到底是什么意思啊。你喜欢动物还是怎么回事？"

"没什么特别的意思。就是一本书的名字。"

"是小说吗？我书读得少，但我会去找来看看的。"

"不必不必。我也就是随便起的。"

"那我应该叫你什么？"

"小象？别人叫我什么的都有，我没所谓。"

"那我就叫你小象好了。我觉得你比较像一头小象。"毕竟我从未在真实的世界中见到一头小象啊。我们交换了电话号码，我在手机通讯录里保存了"消失的象"。

接近零点的时候酒楼里的人都开始往外涌，大家合力抬出整捆整捆的满地红，手臂粗细的高升和冲天炮，桌子大小的焰火盒子，垒成一座座碉堡。我看得目瞪口呆，直到第一支焰火呼啸着蹿上了夜晚的天空，震耳欲聋的，我缩起脖子感觉自己身处战场。如果此刻财神正在巡游，他一定也会驻足观望。

"恭喜发财。"老谢拍拍我的肩膀。

"太厉害了。钱的味道应该就是硫黄味的吧。"我说。

"你还没见过前几年更厉害的时候，放焰火放到警察都要封路待命。"

"生日快乐啊。"我也拍拍老谢的肩膀。

"别提了。三十五岁，一事无成，在这里空许愿望。"

"一事无成挺好的。这不正是时代的潮流吗。"

"后来你还去过歌友会吗？"老谢突然问我。

"再也没去过了。歌友会还没解散？"

"早就解散了。我最后一次见到那群人还是千禧年的元旦，你能想象吗，都过去那么久了。我们去了好几所学校做放映，其实就是玩命玩了三天三夜。后来大家都开始使用互联网了，感觉是一夜之间，每个人都取了不同的网名，比自己的名字酷多了，从此再也不需要在现实中见面了。"老谢大声叹气，又动情了。

"我觉得那样挺好的。我其实没有特别喜欢那些人。"

"我知道，那种知识分子味呗。但我有时候就是会被这种东西迷住。"

"我不懂知识分子什么的。我只是不喜欢那里的一种阴郁气氛。"

"做生意不能太执着于气氛。"

"你是说我吗？我一点都没觉得自己在做生意，没那种正儿八经的感觉。"

"那你境界挺高的。"

"别笑话我了，我是说真的。我不知道做生意的感觉，你是过来人，你教教我。"

"你见过那些在海里冲浪的人吗，在明晃晃的水里长时间地等待一个完美的浪，等浪来的时候，奋力跳上板子，在浪尖上划出一道又长又美的白色弧线。"老谢这样说，好像我们正置身于虚构的海，而他奋力向前伸出手去说，"你看。"人们踩着厚厚的红色纸屑，引爆更多的引火线，站在硫黄的浓雾中许下新年愿望。我看见群青被点燃的哑炮烧着了头发，却没再见到小象的踪影。

"我们现在看到的也是浪的景观。"老谢说。他这句话真的太煽情了。

那批货一共三百七十五件羽绒服，开春前就几乎卖完，提前还清了欠老谢的钱。功劳主要归群青。他会说日语，模样像日本青年，每天只要坐在档口便是一种广告宣传，让人不由自主也想穿上他的衣服，成为同样的颓废派。我们为了更进一步地渲染氛围，从老谢那里要来不少90年代的日本杂志海报贴在墙上。而且我们只卖一种衣服，特别硬核。不少人以为我们直接从日本进货，有海外关系，对此我们从来也没有否认，口碑很快便传了出去。

赚到钱的虚荣心稍稍鼓舞了我和群青，之后只要那位司机师傅从山东拉货到上海，我们便第一时间去候着。为此经常凌晨便各自出门，沿着苏州河，摸黑骑车去仓库，在冷雾中等待他的货车入库。大部分时候我们都空手而归，但其实我从心底里来说，也没有对好运的再次眷顾抱有期望，倒是师傅被我们倔强的意志力弄得挺不好意思的，建议我们说，要想找到称心货源，还是得亲自去北方沿海地带跑跑，那里遍地都是服装厂。

于是我和群青去驾校报考了B型货车驾照。自此以后每星期都有两三天清晨，我们在人民广场公交站见面，一起坐驾校班车去嘉定的练习场学车。第一次去广场集合的时候天都没亮，有霜冻，为了节省体力，我们坐上班车以后彼此都不讲话，打着瞌睡。但车厢里很冷，窗户漏风，很难真的睡着。驶出市区以后两侧是宽阔的土路。天始终不亮，像在大片的阴影里。这样的日子持续了整个春天。

这期间老谢提议我和群青去一趟北京，说那里搞服装的气氛很不一样。这趟旅行我和群青都期待已久，想从野狗一样的生活里喘口气。

到北京的第一晚我和群青在鼓楼的青年旅馆睡大通铺，都是背包客，晚上八点以后淋浴间就没有热水，拉屎得去外面的公共厕所。但附近的胡同里都是二手衣服店，乐器行和酒吧，卖各种意想不到的破烂，去小饭馆里吃刀削面，旁边坐着一群穿匡威球鞋的朋克。特别野，特别贫穷，特别嚣张，让人不由自主想要成为这个公社的一员。

接下来的四天里，我和群青每天都去世纪天乐和动物园批发市场报到，大铁皮棚底下都是满口京腔的男孩女孩，又疯狂又颓废，个个都像在演王朔的电影。我们在世纪天乐的一个档口狠狠心，拿下几件美国的二手皮夹克，价格高得离谱，但老板特别能聊，最后还给我们留了一个地址，叫我们离开之前一定要去那里看他们乐队的演出，他请我们喝啤酒。回去一查才知道他是那种教父级别的鼓手。

最后一天傍晚我们真的按照地址找了过去，却在什刹海背后的胡同里迷了路，天黑以后整片胡同都没有路灯，我们饥肠辘辘摸进一间酒馆，意外发现二楼的露台在办派对，碳盆里烧着火，很多吃的，很多酒，有个流浪汉在拉手风琴，跺着脚唱悲怆的俄罗斯歌曲。那里卖十块钱一杯的鸡尾酒，一股酒精和香料味，但我和群青喝了一杯又一杯，全部都喝多了。走出来的时候，不知道怎么地突然置身什刹海边，那里的冰还没有完全化开，湖面上停着白色的鸭子船。而我们什么都顾不上，蹲在树下，哇哇乱吐。后来我们运回来的那几件皮夹克，还没有来得及上架就被隔壁几个摊主一抢而空，早知道豁出去把那批货全包下来了，这件事情我至今想来都有些遗憾。

第二天我和群青宿醉着坐夜班快车回上海，驶出北京没有多久，我便接到小象的电话，黯淡的电子屏上闪动着"消失的象"这几个字时，火车正开进山里的隧道，周围一片黑暗，这个电话像是来自另一个地方，其他的世界，以至我接起电话傻乎乎地问："你在哪里？"

"我在学校宿舍，站在阳台上。你呢？"小象的声音从黑暗中传来，又清晰又确凿。

"我在从北京回来的火车上。也不知道开到哪里，刚刚穿过了好几座山，现在外面是平原。"

"真好啊。你去了北京。"

"我猜你肯定忘记了我们的约定。"

"我没忘记。"

"那就是反悔了，发现我们的采访不值一做。"

"我一直在写毕业论文，废寝忘食的，刚刚写完就给你打电话了。真的很抱歉。"

"抱歉什么，我很高兴你没有消失。你的论文是关于什么的？"

"我不会告诉你的，你肯定会觉得特别枯燥。"

"你不说说怎么知道。没什么能让我感到枯燥。"

于是小象认认真真从头说起。起初我们都还有点紧张，她只想尽快说完，渐渐的却越说越远了。中间她偶尔会停下来，等等我，于是我发出一点声音，让她知道我始终在，无需担心。我握着手机蹑手蹑脚地从上铺爬下来，在过道找了一个靠窗的座位坐下，我一点都不觉得枯燥，反而入了神。中间我打断了她一次，是因为手机提示没电了，于是我拿着充电器来到车厢交接处的插座旁边，坐在地上，接缝处不断涌进来潮湿柔和的季风，我想火车已经离开了华北平原。她问我还在听吗，我说是的，我可以一直听下去。所以一直等到她讲完以后，我才告诉她，"火车已经离开华北平原了。"

"那明天我们约个时间见面好吗？我们可以开始采访。"她问我。

"明天是指醒来以后的明天吗？"我问她。

"是啊，醒来以后的明天。等你回到上海以后。"她确定地回答。

于是我们约定了见面的时间地点，照理应该道别，但我们都沉默着不想说再见。这样的时刻我应该说些什么呢，我心中有着千言万语，我可以说说美校后山的四季，吴淞码头靠岸的远洋船，还有黄鼠狼的头骨。我还可以问她，你知道吗，北京的公共厕所没有隔断，拉屎的时候正对着对面人的脸。我不记得前后的顺序，但是这些话我全部都说了。直到车厢里的人陆续从无边的梦中醒来。我站起身，窗外已经是黎明的农田和天际线的霞光。

"哎呀！"我惊呼。

"怎么了？"

"我本来想好要在火车过长江的时候告诉你的。现在已经过了。"我告诉小象。

火车到站以后我和群青告别，没有回家，却直接坐上了通往五角场方向的公交车。歌友会时代我曾去遍了那里所有的大学，没有想过几年后重返是要去见女孩。我在校门口给小象发了一条消息，然后凭记忆穿过操场，往学生活动中心的方向走。我猜想小象还在睡觉，但是她立刻回复了我。她也醒着，而且一点也没有感到意外似的，好像我们本来就说好要在学校见面一样。我却紧张起来，走进旁边的小卖部里想买些什么，口香糖或是可乐，结果只买了一小盒避孕套揣在口袋里。这不在我的计划之中，我和小象没有任何计划。

我原本还在担心是否记得小象的长相，但其实她刚刚进入我的视野范围，还只是一小片模糊晃动的光晕，我便认出她来。她的模样和冬天见面时不太一样，穿着不长不短的裙子，头发没有绑着，迎面走来像一把乌黑的小小火焰。步伐飞快，手指上挂着的一串钥匙响个不停，转瞬便来到我跟前。

我们逆流穿过去教学大楼上课的学生，来到学校后门，各自吃了一碗面条。一夜没睡，却都感觉不到疲惫。小象问我想去哪里，我没有什么想法。于是我们坐在排球场边看了好久排球队的训练，然后才穿过草地回到她的宿舍。又是一个晴朗的白天，干燥的青草轻轻擦过我的裤脚。

"当心脚下。"小象在草地上灵巧地跳跃。

"当心什么？"我跟上她的步伐。

"天热起来以后，草坪上就会有前一天晚上留下的避孕套。"小象回答。

天黑之前我和小象在她的宿舍里用完最后一枚避孕套才抱在一起沉沉睡去，再次醒来已经斗转星移。我们在一起待了两天，离开小象的时候，外面温度骤降，我再次穿过草坪，凌晨的露水降落在我的身上，我的心里怀着无限温柔和无限混乱。

三个月以后，我和群青考取了驾照。从老谢朋友那里买下一台几近报废期限的桑塔纳。车是从希尔顿酒店淘汰下来的，之前跑了八年的酒店出租，虽然和梦想拥有的吉普越野相去甚远，但开价只要一万块钱，是我们所能负担的上限。而且车被维护得很好，里外看起来都干净体面，后窗遮着干净的白色纱帘。引擎自然是老化了，动不动就温度过高，车里必须常备一箱水给水箱补给降温，但老谢允诺说开上两年没有问题。我们也觉得跑短途拉货足够用了，于是验车之后当即付了款。拥有车以后的第二天，我和群青便打算开车去杭州近郊的服装工厂碰碰运气，顺便在高速公路上拉拉车速，清理引擎积碳，算是为之后去北方跑长途练练手。

我们清晨出门去接小象。她早早等在路口，背着旅行袋和水壶。这将是采访的最后一站。我原本以为所谓采访不过是聊一下午的天，结果却从春天一直持续到夏天，小象跟随我和群青跑遍了上海的批发市场。她有种热忱到奋不顾身的劲头，甚至比我们更忘情地投入我们的生活中，以至于所有让我和群青感到疲惫和重复的事情，以她的视角被重新看待之后，又再次具有了意义。

群青向来对我找女孩的审美嗤之以鼻，却意外地和小象非常合得来，毫无防备地接纳了她。我觉得这一方面是因为小象有种能令人敞开心扉的天赋，而且完全没把群青心事重重的性格当回事。另外一方面是因为我和小象并没有能够发展成真正的恋爱关系。我对小象的感情强烈且真实，但在我想要付诸真正的行动之前，她告诉我，她的男友在法国念政治学。他们相处多年，感情坚固，互相支持，约定两年后在巴黎重聚。所以她每周末都去法语培训中心上课，打算去法国念书。我想象过和她恋爱，无数次的，但能想到的场景和事情却都非常有限。我没有受到过良好的情感教育，缺乏勇气，而且目光短浅。但不管怎么说，我和小象成为了朋友，是值得信赖的朋友，也是伤心万分的朋友。

我和群青第一次真正开车上路都争先恐后要握方向盘，又都很紧张，两个人不断熄火和踩急刹车，在市区磨磨蹭蹭，等开上高速公路已经烈日当头。车里的冷气修不好了，不得不开着车窗，一旦提起速来，猛烈的风灌进来把群青的烟灰吹得到处都是，而且发动机的声音与公路的噪音震耳欲聋，只有把音乐的声音也开到最大与之抗衡。而小象兴致高昂，她大声跟着唱歌，朗读高速路牌上面奇怪的美丽的地名。

到了杭州以后，我们沿着钱塘江进了山，山里大片大片的茶树令人流连忘返，我们把车停在山腰处，顺着溪流的方向走，在茶林深处遇见一间小庙。庙里的气氛平静温和，有两棵挺拔的银杏，有香火，但没有人的踪迹。我们被一种少见的心情驱使，纷纷抽了签。小象抽的是大吉，我抽的是小吉，群青抽到凶。我想看群青的签上写的是什么，但他已经把那张纸扔进香炉里烧了，说这样菩萨才会帮他解决问题。小象的签上说的是宝塔和星辰，我的签上说的是迁徙的鸟。我们也没有看懂，模棱两可，但都把签留了下来。

我和群青第一晚便已经在网吧搜索了杭州所有制衣厂的地址，在地图上做好标记，规划了路线。第二天出发前群青叫我把现金都拿出来，不要全部放在包里。

"那放在哪里？"我问。

"都分散开来，袜子里，裤腰里都塞一点。"群青回答。

"有这个必要吗，又不是在穷乡恶土。"我虽然不服气，也还是照做了，两只袜筒各塞了一卷钱，其余的钱卷在信封里塞进裤腰，有种郑重闯天下的荒唐感。

接下来的两天，我们循着地图分片扫荡，去了十间工厂，却一无所获。于是第四天，我们抛弃了地图，过复兴大桥以后，沿着钱塘江北上至萧山，眼看就要一路追踪到海边，落日前在临海工业区里找到一间工厂，打听下来有一批日本订单的惠比寿牛仔裤正在加工五金配件。我和群青吸取了之前的教训，装模作样，冷静讲价。这批货的量很小，厂里的人显然没当回事，只想随意将我们打发，给出的要价却低得惊人。我们找机会掏出藏在袜筒和裤腰里的钱，赶在对方反悔之前把货拿下。

然而刚刚返回停车场，便有三四个人大声吆喝着从两个方向走对角线朝我们靠拢。我大脑空白一片，用眼角余光看到群青和小象都朝着车的方向冲刺，于是我也拔腿要跑，却被人从侧面猛踢膝盖和肋骨，滚到地上，下意识地紧紧蜷住身体，以缓冲肩膀和后背受到的重击。好不容易挣脱起身，看见一个人仰在地上，鼻梁歪了，他正茫然地伸手去扶。而群青抢着从后备厢里取出的千斤顶，仿佛青年哪吒。其余几个人见这阵势也颓了下来，垂着手，不再逼近。于是群青举着千斤顶和我一起缓缓后撤，掩护我拾起地上的货，跃进车里。接着群青放开手刹，踩下油门，从未有过地一气呵成，车子剧烈抖动着冲出厂区。

外面暮色降临，空气湿热，群青稳稳地握着方向盘，肩膀笔直，令人平静。小象靠在我身边，手指蜷在我的手心里，像一只休息的鸽子。我们的货都在，一件没少，我们的桑塔纳在关键时刻经受住了考验，自此以后也成为忠诚可靠的老友。我捏了捏小象的手指，想说一句话，但稍稍吸一口气，胸口痛到眼前发黑。

"停车。"我突然剧烈反胃到背脊都汗湿了。

"你别瞎动，要是肋骨断了扎进肺里就完了。"群青说着靠边停车。我原想反驳两句，但打开车门便立刻吐了，吐的时候太痛，只能吐一会儿，休息一会儿，靠在座位上小心翼翼地喘气，再继续吐。群青下车抽烟，见我吐得差不多了，便点了根烟，猛抽两口以后递给我说，"抽几口，会好受点，能镇痛。"我浅浅抽了一口，适应以后又抽了好几口，烟雾进入身体以后，不知是不是心理作用，痛感真的退去一点，至少又能开口说话了。

"刚刚那几个人是怎么回事？"我问。

"不像是厂里的，没准是当地黑社会。"群青说。

"黑社会来弄我们干吗，我们就拿了这么点货。黑社会那么小气啊。"我说。

"我觉得那几个人多半是搞错对象了。"小象说。

"那你说我们都心虚跑什么呢？"群青说。

"任何人碰到这种情况都会想要跑吧！"小象说。

"你在日本没少打架吧。看你刚刚那架势，不是我们美校的做派。"我问群青。

"装装样子，现在虎口还是麻的。"群青说。

"我至少为采访贡献了精彩的结尾。"我说。

"我觉得我们永远也不会知道这个结尾到底是怎么回事了。"小象回答。

"要是按照电影情节的发展，刚刚那个人被群青打死了，我们在这里抛下车告别，各自消失在荒野，永远不会再相见。"我说。

"你别胡扯。那个人不会死的。而且这里是杭州，也不是荒野。"群青说。

"别那么严肃。哪里都可以是荒野。"我说。

"那天你抽到的签到底说了什么？"小象问群青。

"你真的相信这种东西？"群青问。

"就是因为不相信所以才问你啊。"小象说。

"但我也没太看懂，就说了螳螂啊黄雀啊之类的。"群青说。

"螳螂捕蝉，黄雀在后吗？"小象问。

"原话不是这样，但差不多就是这个意思。"群青说。

"真够无聊的。"我说。

"是啊。真够无聊的。"小象说。

"你花了那么多时间在这个采访上到底值得吗？"群青问小象。

"当然值得。你们等着瞧。"小象说。

"这种虚无的事情，你怎么能那么确定。可真羡慕你。"群青说。

"再给我一根烟吧。"我问群青。

"我的烟快没了。"群青说。

"我还有薄荷糖你要吗？"小象问我。

"我们现在在哪里？"我问。

"不知道，但我们一直顺着钱塘江，再往前可能就是入海口。"群青说着拿出地图。我们凑在昏暗的顶灯底下琢磨许久，对照工厂的位置和行驶的方向判断，我们所处的位置在海宁观潮台的对岸，这时天已经彻底暗了下来，没有月亮，也没有潮水。

"我们要是在这里不走，讲不定能看到巨浪。"我说。

"哪来的巨浪？"群青分给我一根烟。

"不知道，潮水是行星之间的引力造成的。"我在胡说八道，我觉得我的脑子摔坏了。

"操，油灯亮了。"群青说。我没搭理他，找出烟盒里最后一根烟。车门全部打开着，但是车一停下来就没有风了，密密麻麻的蜻蜓在低空盘旋，仿佛近处就将有一场风暴。而小象带着她的傻瓜相机跑出很远，闪光灯在黑暗里打出的光晕在我的视网膜上停留了很长时间。

这一趟回来，我断了两根肋骨，轻度脑震荡，有阵子往右侧翻身就会头晕。因为必须在家里静养，吃喝全部依靠父母照顾，持续了一年多的谎言终于说不下去了，意志力也已经瓦解，便干脆从香港公司遣散说起，直到在杭州工厂被打，全部都告诉了家里人，中间一度说得情绪激动，却不敢停下来，怕一旦停下来，那股劲头就消失不见。说完最后后背发凉，等着大闹一场，但好久都没动静，回过神来，发现我妈背转身去，正轻轻擦去眼泪。弄成这样我特别难受，差点也要落泪。

之后老谢不听劝阻非要来探望我。酷暑天，抱着一只西瓜从地铁站走到我家，又爬了几层楼梯，一身臭汗站在我家狭小的客厅里，像退潮以后搁浅的海豹，满身泥沙。我父母本来就怀着对个体户的偏见，不太待见我那些所谓社会上的朋友，老谢横冲直撞的模样无疑印证了他们的疑虑，于是他们冷淡地打过招呼以后就回避了。老谢自己浑然不觉，放下西瓜以后，从包里掏出一套《战争与和平》说是给我解闷。之后他情绪激动，绕着沙发前言不搭后语地说了一堆，概括起来就一个意思，我和群青出名了。

"什么意思？怎么出名了？"我莫名其妙的。

"你们两个堂而皇之闯进外地黑工厂拿货。械斗之后抢了一批牛仔裤回来。"

"是不是群青跑你那里吹牛去了。械斗个屁，就是个乌龙罢了。"

"报纸上登了啊。专题大报道，厚厚一叠。"

"今天出刊了？那你给我带报纸了没？"

"哎。我把这正事给忘了！"

尽快把老谢打发走以后，我缠紧胸托去楼下溜达了一圈，第一间报刊亭说这期是创刊号，送赠品，已经卖脱销了，第二间报刊亭还剩五六份，我只买了一份，我为小象高兴，希望有更多人能买到剩下的。报纸出乎意料地厚，小象的文章是特刊头版，我站在路边迫不及待地翻到那一页，是一张占据了半个版的黑白照片，我们泊在观潮台对岸时小象跑出很远去拍的。画面里没有我和群青，只有车门全部敞开着的桑塔纳，以及我撑着车框，夹着烟的手。天将暗未暗，我们的车像一台搁浅了的飞行器。周围的风景虽然被定格，却仍然给人瞬息万变的印象。这是整篇报道里唯一的照片，而文章本身竟然占据了接下来的整整六个版面，我明白了小象说等着瞧的意思，这几乎是抗洪救灾级别的报道了吧。

回到家里，我平静了一会儿才开始读这篇文章。读完以后又回过头去，把重要段落重读了一遍，反反复复读了好几遍。里面全部的事情都是我和群青经历过的，我们不断移动，在各种交通工具上，从浦西到浦东，从长江流域到华北平原，带着一点点的钱和可有可无的决心，游荡在批发市场铁皮大棚闷热的通道间。

文章的结尾，没有人消失在观潮台对岸的荒野，小象转而描述了之前一个普普通通的凌晨，我们从浦东江边的仓库出来，珍惜春天仅剩的几个夜晚，没有着急回家，反而往纵深处越走越远。周围的一切都是新的，刚刚浇灌的道路甚至还没来得及命名，我们有一搭没一搭地讨论大陆的尽头是什么，便来到了尽头。那里是一个通宵开工的地铁工地，冷光灯像好几枚巨大的人造月亮，不见人影，但是机器全力运转，一根根直径惊人的管道将那里的泥浆源源不断地输送到卡车上，再运送出去。我们无所事事，在吞吐的轰鸣声中看得如痴如醉。直到灯光熄灭，机器一部接一部地停止运行，天快要亮了，从公共绿地里跑出来一大群觅食的猫，轻轻穿过马路。

"这里为什么会有那么多的猫？我问他们。而群青摆摆手说，不是我养的。"

文章至此结束了，最后的署名是——消失的象——就好像我和群青以及作为第一人称叙述者的小象虽然没有消失在荒野，却依然在奇异的氛围中消失在了时代的这一边。我想起在采访持续的这三个月里面，很多个夜晚，我们三个人从地下城走出来，季风潮湿柔和，我们行走在延安路高架桥底下，如同行走在沉默的鱼腹下面。我极其想念小象，回过神来，拨了她的电话。

"你写得真好。你把我们写得像堂吉诃德一样浪漫。哎。"我说。

"那你为什么还在叹气。"小象说。

"因为在所有浪漫的事实中，你还是漏掉了关键性的一项。"

"不可能。你说说。"

"我们会开手动挡，持有货车驾照。是不是大浪漫，还有比这更浪漫的吗？"

"哈哈哈哈。"小象的声音始终确定，无论如何都不会消失。

一个月以后，我胸侧和背后的淤青已经痊愈，老谢帮我挑了一个良辰吉日返工。等我回到地下城才意识到老谢为什么说我和群青出名了，我不得不对着各种人，把事情的经过讲了一遍又一遍，渐渐的那段经历对我来说，便成为了他人的冒险。正逢迪美地下城新一轮扩张，成为时髦大学生和年轻白领的乐园，周末总有记者来这里捕捉浪潮的走向。似乎想要赚钱，便总能找到捷径。这样天时地利人和，我们档口的现货第一次被彻底卖空了。我和群青因此决定把去山东跑货的计划提前。

我们不在档口的时候雇了老谢的远房表弟帮忙。表弟十九岁，蓬勃开朗，前一年高考失利，不想复读，也没有正式去混社会的决心。家里情况不错，于是打算送他出国读书。所以他上午学英语，下午来我们这里，周末晚上去酒吧跑堂，和客人练习英语口语。

出发前我们又和那位跑长途的司机师傅见了一面，带着香烟和白酒，算是感谢和告别。师傅爽快地给我们牵了几条服装厂的线，又兴致勃勃传授了一通在路上找小姐的经验，帮我们调整了离合器，最后以昂贵的价格卖给我们一台从广州带回来的新款导航仪。

第一次去山东正是秋天最好的时候，我们计划从潍坊，到胶州，即墨，最后至崂山和青岛返程。每到一个城市，我们都按照惯例先找网吧歇脚，吃泡面，搜索当地的服装厂和市场，标记在地图上并且规划好路线，为了省钱，轮流在招待所或者网吧或者录像厅过夜。因为吸取了之前的教训，进入厂区的时候我们都小心谨慎，避人耳目，对门卫通通谎称自己是来招工的。最终抵达青岛时，已经过去了十几天。除了导航仪不断导致的方向混乱外，其他一切顺利，约定的货都将在年底前陆续发往上海。返程前，我们去海边看了看，天冷了，海滩浴场一个人都没有，移动更衣间都锁起来了。秋天已经彻底结束。我们踩着湿滑泥泞的沙滩走出很远，死去的海藻被留在砾石里，海面起着湿冷的雾，往陆地移动，流动在植物和楼房之间。

回到上海以后我和群青晨昏颠倒，几乎每天凌晨都去地下城接货。我们和其他几十个人一起，各自等待晨雾中一辆辆来自四面八方的长途货车。天寒地冻的，我们都精神抖擞，如同置身战壕。

十二月底我和群青第二次去山东，走相反的路线，从淄博到济南再到泰安，最终在泰安耽搁了很多天。我们在当地一间小工厂觅到一批日本订单，户外冲锋衣，那个品牌当时还没有进入大陆市场，群青想要把整个厂的货全部买断。这个想法在我看来匪夷所思，我们的策略始终是小批量走货，保持更多选择的自由，也不至于被利益压垮。群青的突然冒进令我感到不安，彼此无法妥协。我认为群青利欲熏心，他认为我随波逐流。

第二天清晨群青便出门了。我醒来发现他的旅行袋不见了，手机关机，我去停车场一看，他把车开走了。我以为他已经一走了之，于是去附近的火车售票处查了一下当晚回上海的火车票，走到半路开始下雪，我冷静下来，回到招待所，意志力也随之消失殆尽。

然而接近傍晚的时候，群青推门进来。

"我去爬泰山了。"他放下旅行袋，拍去身上的雪籽，仿佛远方来客。

"泰山？"这真是出人意料。

"一上山就开始下雪，我坚持了一段，没有要停的意思，见势不妙赶紧折返了。"

"还在下雪吗？"我起身来到窗边。

"好大啊。"群青回答。

"我一直在想拿货的事情。"

"你怎么想的，我觉得你要是实在不同意——"

"不是这样。可以都拿下来。但是想想去年这个时候。"

"我们像野狗一样从一个仓库到下一个仓库。"

"我就问你，你没担心过眼下的一切都会消失吗？"我问他。

"当然都会消失啊，不然呢，建成一座纪念碑吗？"群青头也不回地回答。

晚上我们勉强找到一间没有打烊的饭馆，喝了不少白酒，出来的时候已经是漫天暴雪，我从没见过这样的风景，被强烈震慑，想着纪念碑的事情，又一个人在无序混乱的大寂静中走了很久，才愿意回头。两天以后雪彻底停了，空气清澈寒冷，高速公路重新开放。我们清理了车身的积雪，用热水浇灌冻住的雨刷，离开泰安之前先去了那间工厂，一路沉默，交付了全款订金，拿下整个厂里的货，然后联系老谢，问他临时租用在虹口的仓库。

回程途中，高速公路的积雪已经被清理，堆在护栏两侧，冻成连绵的灰色冰原。一路上看到好几起事故，追尾的，侧翻的，调了个头撞进护栏的，司机们缩着脖子站在外面的积雪里等待救援。我们像极地中的破冰船，筋疲力尽地龟速行驶，精神紧张到不敢打开收音机。直到驶出了积雪的区域，风景瞬间开阔，两旁是冬天的山和冻住的湖。我们的车虽然无法制冷，却能放出十足的暖气，群青突然精神起来，一脚油门踩到底，我们似乎在重力加速度中穿越到了虫洞的另外一侧，周围都是，飞艇的残骸。

回到上海，圣诞节已经结束，于是我和小象说好一起跨年。市区的交通从下午起便瘫痪了，所有人都想在这一天终结旧的事物，我也一样。从一个地方缓慢地移动到下一个地方，经过高架，隧道和桥，电台里播放着冬季的热门金曲，主持人不断接听打进来的热线电话，互相高高兴兴地说着美好的愿望。马路上的年轻人都精心打扮过，穿着靴子，戴着贝雷帽，去和喜欢的人见面。我的心里也不免流动着极为温柔的物质。

到小象办公室的时候，她正挣扎着从行军床上爬起来，毯子还保留着半个人的形状，她嫌碍事地把头发全部绑在头顶，戴着眼镜，套头衫从领口到胸口都是脏的，像是已经在办公室里住了很久。我从没见过比小象和她的同事更疯狂更热爱工作的人，他们的办公室二十四小时都在运作，备着折叠躺椅，睡袋和各种生活必需品，如同夏令营地。

时间还早，小象让我稍等片刻，她要把手里的校对稿看完。她的21世纪浪潮项目还在继续，关于我和群青的采访文章让她在报社获得了年度奖励，也获得了更多支持和自主权，包括可以调用的摄影记者。这段时间她都在追踪一个本地乐队，我因此也跟着她看了好几场演出。乐队还在自我塑性和调整阶段，整体气质摇摆不定，既愤怒炽热，又柔软放浪。成员的数目也说不好，少的时候两个，多的时候五六个。主唱是体育学院的学生，国家一级运动员，不会乐器，但一心想做乐队，想成为帕蒂·史密斯那样的人，在台上的能量和嗓门都很大，跳起舞来像悬崖上的羚羊。小象毕业以后便和她一起合租了一间旧公房，在五角场附近的教师小区里，走路就能去排练房。大开间带阳台，窗边和门边各摆着一张床，中间用桌子和沙发隔开，装着极其吵闹的窗式空调。她俩都不收拾房间，衣服在椅子上堆成小山，地板缝里全是朋友们通宵畅谈留下的烟灰，锅碗瓢盆和唱片书籍一起摆得到处都是，硬币一旦掉在地上，就别想再找到。

但我和群青都挺爱去那里的，每次赚到钱了就从超市买一堆吃的过去找她们涮火锅。配菜都是群青弄的，要不是见他利利索索地切葱花和剁蒜泥，很难想起来他在日本待了好多年。乐队的其他成员也会带朋友过来，多的时候十几个人，都端着碗坐在地上，有的人还得合用一只碗或一双筷子。这样从头到尾吃上好几个小时，电闸跳两三次也影响不了大家的兴致。有一次散场以后，小象在电脑键盘底下找到五百块钱，我们分析下来这笔钱肯定是有人故意留下的，估计是发了笔横财，便想帮助一下这里贫穷的朋友们。

小象递给我一些过期的报纸，于是我坐在行军床上边看边等她，毯子像小动物的窝一样热烘烘的，床脚放着她的法语参考书，厚厚一叠，每本上面都是无数标签和折角。她已经完成了法语考试，我没有问她成绩，但不用说，她可以通过世界上任何一场严苛的考试。我把那些书整理好，挪到一边，胡思乱想着睡着了，被叫醒的时候是晚上九点，小象已经收拾好了东西。她穿着快要拖到地上的大衣，戴着绒线帽。走出门外，像很久没呼吸过新鲜空气的人那样，打了一个寒战。其实天气回暖了，我们开车穿过淮海路，马路上有种纸醉金迷的气氛，巨型的广告牌和霓虹灯全亮着，以至于我们关了车里的暖气，打开车窗。空气又潮湿又暖和，像是春天提前到来，小象把胳膊伸出窗外，来回摆动，轻抚着风，直到开进隧道。

"我在报社做实习生的时候，跟着我师傅做的第一个采访就在这里。"小象说。

"隧道里吗?"这里开始堵车，前面亮着无尽的尾灯。

"是啊，当时还只造到一半，正深入水下。我们戴着安全帽，跟工作人员去过水底的工地。工作人员讲解了盾构法的建造技术，但我没听进去，完全被这里深邃的气氛迷住了，感觉空气的密度和振幅都和外面不同。"

"哪里不同了?"我摇起车窗，外面都是废气。

"现在不行。现在感觉不到了。我也再没感觉到过。"

"到底是什么感觉?"

"那时觉得前方阻断的淤泥被渐渐清除之后，通往的不是江的对岸，而是其他地方。"

"其他什么样的地方?"

"你从来没有考虑过去其他地方吗?"小象问我。

"我不是刚从其他地方回来吗，还遇见了暴风雪。"我没有回答她的问题，更为专心地踩着离合和刹车，向前挪动。我们的头顶究竟是黄浦江的哪一段，我尽力想象其他的地方，想象四壁的混凝土和越来越浑浊的废气外面都是无尽的水和平静的浪。而我们的车已经缓缓沿坡道驶出了隧道，遗憾的是，外面虽然起着雾，楼群的分布一如既往，是我见过无数次的江的对岸。

我和小象去了浦东一间现场酒吧和乐队的朋友们见面，他们在那里做暖场演出。因为在路上堵了很久，到的时候他们已经演完了。那个地方是很早以前的防空洞改造的，一半沉在地下室，要走过一段楼梯和一段又长又曲折的走廊。里面空气浑浊，两面墙上贴满海报和照片，舞台跟前的方寸之地挤满了人，撞来撞去。我们在后台的休息室里找到其他人，他们正好叫了盒饭，于是我们坐下来一起吃了迎接新年的晚餐，互相祝愿新年快乐。

但我们都没能在那里坚持到零点，外面演到一半的时候，消防接到投诉，过来拉掉了电闸，于是所有人都挤在狭窄的楼梯里往外涌，几乎每个人的手里都捏着烟，确实快要烧起来了，但是井然有序，也没有人感到危险。好不容易走到外面，干净清澈的空气一下子涌进肺里，氧气饱和到头晕。门口围着很多人，都不甘心就此散去。在这种地方我总会想起歌友会的老朋友，但其实压根没有相像之处，全变了，过去那种压抑的气氛早就荡然无存，我也不知道那些在学生活动中心门口抽烟的青年后来都去了哪里，来到21世纪以后，他们成为了什么样的人。总之我再也没见过像他们那样郁郁寡欢又彬彬有礼的人了。

晚上主唱要去男友那里过夜，我便和小象一起回到她那里。房间里比外面更冷，我们下载了一部电影来看，但小象在办公室里住了两天，特别累，很快就睡着了。于是我把电脑调成静音，独自看完了下半部。窗外传来庆祝新年的焰火声，像来自远方的炮火。接近清晨的时候，我做了极度混乱的梦，在梦中无声地大哭，继而惊醒，伸手在真实的世界中摸索，小象仍然在我的拥抱中，我抚摸她的脸，却惊慌失措地摸到一手真正的泪水。

新年里我和群青都不打算休息，元旦第一天便去市场找老谢，看见批发大楼门口拉着警戒线，旋涡状的人群正在向外疏散。我以为又是群殴，见到老谢以后才知道，是有人爬到大楼顶上跳了下来。二楼东北帮的，我和群青也有点印象，平时穿得珠光宝气的，专卖韩国衣服，二楼连着好几个档口都是他的。去年开始不做外贸了，直接从韩国拿版过来找工厂做假货，胆子肥了，货都是用火车皮装的。结果有一批货被对手抢版先做了出来，导致他这里大批货物积压，资金链立刻断了，借了高利贷，垮掉的过程有如一场雪崩，没能撑过年底。

"我得去庙里拜拜菩萨，新年第一天怎么那么不吉利。"老谢说。

"你太迷信了啊。"群青说。

"你们完全捕捉不到风向。没听消息说襄阳路的市场要拆了吗?"老谢问我们。

"听说了。但没那么快吧。"我回答。

"事情都会有连锁反应。这里的台费已经翻了两倍不止。你们的档口签了多少年?"老谢又问。

"我们签到北京奥运会，还早着呢。谁知道到时候是什么情况。"我回答。

"是啊。讲不定我们半途就发财了。"群青说。

"你说赚到多少钱算是发财?"我问他。

"一百万?"群青说。老谢嗤之以鼻。

一百万究竟是多少，我和群青心中都没有概念，然而周围的事物正在不可避免地经历一场缓慢的持续的地壳运动，塌陷，挤压，崛起，我们身处其中，不可能察觉不到。租约到期的摊主撤走一批又一批，随即便填补进来新的，从未有过断档。我们眼睁睁地看着造假体系的建立和扩张，乌泱泱的假货带来乌泱泱的人流，每到周末，长途大客车拉来四面八方的旅行团。"以前这里不是这样的"——我和群青都试图向表弟描述地下城的光辉岁月，但其实没什么可说的，那根本称不上是光辉，只是更贫穷，更混乱和更诚实。倒是表弟在这里交到了不少朋友，打烊以后他和他的朋友们一起去滑冰或者去KTV。他还确信自己见到了谢霆锋。

我和群青都不愿在地下城里待着，觉得那里乌烟瘴气，于是等北方的积雪融化得差不多的时候，又或长或短地，跑了好几趟山东。一方面为了拓展货源，寻找新的方向，免得在地下城同流合污。另外一方面的原因主要在我，我以最愚蠢的方法逃避与小象的告别。在外面待的时间最久的一回，我们在菏泽的一间小厂订下一批冬天的防寒风衣后，离开山东边境，前前后后总共游荡了将近三个星期。原本只想沿着黄河往西行驶一段，而水域逐渐开阔，大片大片的水鸟突然从栖息地起飞。我们下了国道，走地图上没有的小路，中间不时停车，撒尿，抽烟，望野。我没提回程的打算，群青便也不问，两肋插刀，一路奉陪。住招待所，找网吧，泡公共澡堂，不知不觉已经来到黄河转角。在那里的水库遇见一群游野泳的老人，送给我们一袋煮好的玉米，又指点我们去附近山里看瀑布。

进山之前，我和群青前后收到表弟发来的短信，两条短信一模一样，"老谢有事，速速回电"。但我们看到的时候手机已经没信号了。是座小山，荒蛮迷人，昆虫齐鸣，穿过几片荆棘以后已经能听见激流和岩石的碰撞声。但我们心神不定，惦记着老谢的情况，决定不再深入山脊的背阴处，转而朝平坦开阔的地方走，寻找手机信号，结果一路走到公路旁边才接通了表弟的电话，表弟在那头颠来倒去地告知，老谢被警察带走整整一个星期，档口也被查封，现在不让联络，具体情况还不清楚。

"什么叫具体情况还不清楚啊。"群青又拨了几次老谢的电话，当然不可能接通。

"别打了。现在就回去。"我打断他。

"你说老谢干什么了？"群青问我。

"他能干什么啊？"

"嫖娼还是吸毒之类的，都不像是他会干的。"

我们瞎琢磨了一阵，回到车上。按照地图和路标指示的方向开上高速公路，开始折返。因为怀着坚定的决心，一刻都没耽误。夜深以后的公路上都是跑长途的重型货车，像梦游的幽灵，彼此拉开很长的距离，远光灯的范围内都是寂静。我和群青在休息站买了几罐红牛，轮流开车，另外一个人也不敢睡着，大声放着最吵闹的音乐，大声交谈，尽量不打扰地穿梭在那些幽灵之间。

"你知道黄河的尽头在哪里吗？"群青问我。

"在哪里？珠穆朗玛的雪峰吗？"

"我也不知道。你就没想过这个问题吗？"

"没想过。我一点也不想去那里。你呢？"

"我想过啊。但我想的是，我们的终点无论如何也不会在那里。"

十几个小时以后，我们从内环转到延安路高架，清晨，下着雨，空空荡荡，展览中心尖顶那颗黯淡的红色五角星出现时，便预示着下一个岔道口我们即将返回的现实。

我们刚出菏泽没多久的时候，老谢便出事了，被扣在拘留所审着，一审审好多天，像个要犯似的。后来弄清楚事情原委，是有个浙江帮的小子背后插刀，那段时期全市批发市场都在打假整治，那小子趁此形势举报老谢走私。老谢稀里糊涂被人盯了一个月，两车渠道不明的货栽在警察手里。警察顺着老谢的线索，端掉了一整条运输链，牵连不少人。

老谢十五天以后被放了出来，但意志消沉，不愿见人，不接电话，也不回复任何短信。从表弟那里辗转传过来的消息说，家里托了很多关系找到一个被追债的人替他顶罪。到了老谢这里已经算是运输链的最末端，轻轻判了八年。说好的价格是一年十万，但对方家里有小孩和老人，于是老谢送去了全部积蓄，我们都不清楚那一共是多少钱。我和群青去批发市场找过他几次，他的档口始终贴着封条，不出一个月再去看，便易主了。浙江帮那个小子我们都认识，是一个面容苍白，尖嘴猴腮的青年，在防火楼梯抽烟时碰见，还聊过两句。应该也是一个棋子罢了。老谢出事以后，他在市场里也待不下去，突然间销声匿迹。

之后表弟的父母也不敢再让他晃在社会上，把他送进全日制的英语补习学校，着急送他出国。我和群青在这种形势下当然没有挽留，除了结算清楚他的工资之外，还额外给了他一个红包。之后如果他真的要出国，足够他买一张价格合适的往返机票去任何地方。这一年地下城有人一夜暴富，就有人一夜退场，金钱的味道不再是比喻和想象。我所认识的时代冲浪手都已经不知不觉地消失在了白色泡沫里，而我和群青没有被席卷而走，不是出于我们的头脑或者野心，只是因为尚存一些好运。

等到老谢终于露面，天已经凉了。这期间我和群青奔波于仓库、批发市场和地下城，一天都没休息过。所以老谢来找我们，我们决定无论如何要一醉方休。

我在延安路高架下面一路小跑，大老远便看到老谢站在涮肉店门口。寒流突袭，他穿着皮夹克，戴着帽子，面容严肃，像个保安。我想起来我从没见过他严肃的样子，但他严肃起来也一点都不威严，甚至有点可笑，还有点可怜。因为太久没有见过他，我们彼此都挺不好意思的。涮肉店门口摆着烧热的炭，火星一阵一阵地无序飞舞。老谢不知怎么的伸出手来，于是我们郑重地握了握手，他的手干燥有力。我这才看到他的脸上，我以为是灰尘，其实是纹了一颗空心的小小泪珠——"真浪漫。牛逼啊老谢。"我说。

我们三个人都怀着没有明天的决心喝酒，喝得地上都是啤酒瓶和黄酒瓶，被炭火的热气熏得神志不清，频频举杯共饮，愿世间所有的卑鄙者，所有的白痴暴徒胆小鬼，所有的杂碎恶棍匪徒废物混蛋无赖，愿他们万劫不复，愿他们自食其果，愿他们坠入深渊。

"我要去结婚了，祝福我吧。"老谢突然像要去赴死一样地告诉我们。

"别闹了。"我说。

"说真的。我要结婚了，我要离开这里，再也不会回来。"老谢说。

"你什么时候有对象了？"群青问。

"我们在eBay上认识的。我把我那些宝贝都卖了。"老谢说。

"都21世纪了你竟然还玩网恋。"群青说。

"你把那些衣服都卖了？"我问老谢。

"卖了。阁楼里面那些衣服全都卖了，但你放心，杂志和碟片我都为你留着，全部转移到你们在用的那个仓库里。仓库那边我预付过租金，现在还剩下几个月，到时候你们可以续租，要是不想再租了，我的东西卖了也好，留着也好，随意处置就行。"老谢说着说着真的严肃起来。

"发疯了。你不打算再回来了吗？"我问。

"我做这行十几年，没有回头路。既然想好要走，就不会再回来了。"老谢说。

"你要去哪里？"群青问。

"我对象在悉尼。"老谢说。

"你会说英语？"我问。

"操。"老谢说。

"无论如何你的东西我们都会给你留着的。"我说。

"不用了。我不会再碰那些东西了。我的前半生，都在幻觉中。"老谢缓缓说。

"谁不是呢。你能确定你的后半生就能摆脱幻觉吗？"我想到那些衣服心都要碎了。

"我本来想不辞而别的，再也不见任何一个老朋友。但我还是不够酷。"老谢说。

"我们能找到那个杭州小子。"群青说。

"都到这个地步了。找不找都不重要。"老谢说。

"你这个人啊，还说什么幻觉，你真是一个大傻子你知道吗。"群青说。

"哈哈哈。行吧。我是一个大傻子。"老谢说。然而他前一秒还在笑，后一秒便泪流满面，"那我们在世界上的其他地方再见吧！不见也行。"

"那好。"群青说。

"不见也行。"我说，说完便转身吐了。

恢复意识以后我已经身处医院的输液室，第二袋生理盐水快滴完了。我努力回想几个小时前的事情，老谢的眼泪，我们的交谈，最后我一屁股坐在树下，不愿再站起来，留下手掌的挫伤和额头的乌青，无论如何，记忆的一小片区域已经埋入泥沼，不会再现。然而输液室里暖气十足，护士不见踪影，群青和老谢却都没有离开，在旁边的长凳上睡得四仰八叉，轻轻打呼。我找不到手机，也不清楚时间过去多久，但我一点也不想叫醒他们。我仔细想着老谢和我们告别的话，那些话啊，我一个字都不会去相信。但我知道他要去解决自己的问题了，今天过后，我再也不会见到他。

老谢具体是哪天走的没有告诉我们，之后我和群青去整理仓库，把他留下的东西都封箱保存了起来。而去年从泰安厂里订回来的那批冲锋衣原封没动在仓库里放了将近一年，终于赶上应季的销售时间。由于数量庞大，群青顺势提出，我们可以趁此机会在淘宝上试水。我对网络销售向来提不起兴致，觉得不够老派，也不够古惑仔。但是群青两年前便已经注册好了账号，早已有了跃跃欲试的启用打算。

网店的事情上，我们尽力而为，却没有怀着任何期望，然而经历了缓慢的销量爬坡之后，竟然每天最少也能卖出去三十来件，巅峰时能达到一百件，远远超过在档口的零售。我们总结下来，一是出于季节需要，二是我们前前后后在美校和广告公司学会的东西用在页面设计上绰绰有余，三是我们赶上了网络销售的第一波红利。两个月以后，账上总共多出十万块，以前摸爬滚打得到的任何一笔收入都比不上。这个数字过于不真实，以至于我和群青都感到必须庆祝一下，才能克服强烈的虚无感。

然而我们从来没有庆祝过，我和群青的人生中似乎都从未出现过任何值得庆祝的事物。在过去的三年里更是已经习惯了最低能耗的日常生活，像是一场漫长的锻炼，在物质与精神上始终保持着相对贫穷的状态。我们不知道该如何庆祝，也不知道该去哪里庆祝。

星期五晚上我们叫上了小象和主唱，一起去了外滩江畔的楼顶酒吧。谁都没去过，是从购物指南杂志上找到的。因为要去好地方，每个人都穿上了自己喜欢的衣服。置身于陌生的昂贵的事物之中，来自地下城的风格格格不入，但我们自由自在的，并没有因为自己和其他人不一样而感到拘束。酒吧有宽阔的露台，正对江面，刮着料峭的春风，很冷，但是烧着一盏盏的煤气灯，大家都围坐在蓝色的火苗底下，脸被烧得又烫又红，喝了一轮又一轮的酒。这大半年来我狼奔豕突的，忙得跟狗一样，而小象申请好了法国的学校。我们因此很少再单独见面，两个人都克服着自己的脆弱，将情感的需求奋力限制在友情范畴之内。小象剪了很短的头发，像是在做非常具体的出征前的准备。我总能被她心里常存的坚定所打动，此刻变得更为强烈。

"我们打算春天去北京。"主唱说。

"又去演出吗？"我问她。

"这次不是演出，是搬去北京。这一年里去全国各地参加了好几次音乐节，认识了不少乐队的朋友，大家都想往北京跑，都说好了，也都鼓励我过去。北京的能量场真的特别厉害，每次从那里回到上海，都像是做了一场春秋大梦。"主唱说。

"那是下了很大的决心啊。"我说。

"都打算好了吗？"群青问。

"打算好了。有朋友在通县乡下租了一个大院子，还空了两间平房。我在那里住过，他们吃住排练都在一起。我打算先在那里住一段时间。"主唱说。

"你男朋友呢，和你一起去吗？"群青问她。

"分手了。你们没看出来我很痛苦吗？但我不能被这种东西打败了。"主唱说。

"到北京了再另找，鼓楼东大街上遍地都是玩乐队的男孩。"我说。

"小象也和我一起去啊。你没告诉他们吗？"主唱拍拍小象。

"我还没说。之前不是一直没能决定时间吗。"小象说。

"去北京？"我的血液瞬间涌向大脑，手脚发麻。

"你去北京干吗，你也组乐队？"群青问小象。

"报社的师傅调去了北京的新闻杂志，我决定跟他。我一直想当调查记者，北京的杂志辐射面更广一些，可能有更多伸展的空间。"

"你不去法国了？"我打断了她。

"不去了。"小象回答。

"不是都申请好学校了吗？"我不自觉地提高了声音。

"申请好了。但我决定放弃了。"小象尽量平静地回答，仿佛在安慰我，而我分不清自己是混乱还是难过。

"你们两个真太突然了。北京有那么大吸引力吗？"群青说。

"你们不也去过北京吗，那里有种公社的气氛，在这里永远也不会有。"主唱说。

"我理解。在这里永远也不会有。"我说。

后来对岸楼群的霓虹在一瞬间熄灭，但轮船仍然缓缓行驶于黑暗的江面。酒吧里的驻唱乐队已经开始收拾设备，主唱跑去和他们交谈了两句，接过麦克风朝着我们清唱起来——"天下没有不散的宴席，你的眼泪，欢笑，全都会失去"——大家这时候都已经喝多了，变得极其伤感，但我看着小象，她的眼睛闪闪发光。我才缓缓意识到，我的心脏所遭受的重击不是痛苦，而是极其难得的喜悦。我为小象感到高兴，她不再是年轻的女孩，她在自己的世界实践中成为了年轻的女人。这让我羡慕极了。我们都为主唱拍手，露台上零零星星剩下的几位客人也都在拍手，不是热烈的掌声，但持续了很久很久。

酒吧打烊以后，我们穿过马路，来到清晨的防波堤，庞大的货轮从晨雾中驶来，每个人的身上都罩着薄薄一层水汽。我们像是身处无边无际的梦，轮流传递着剩下的最后一根烟，小象递给我，我珍惜地抽了一口，又递了下去，轮了两圈。星星在冷冷的光线里逐渐消失，出租车在我们身后排队等待着，而司机都站在外面抽烟，一点也不着急，任由我们继续待着，什么都不做，连烟都抽完了。

"抱歉我没有事先告诉你。"小象坐在我身边。

"别这么说，我没那么小气。"我安慰她。

"当时你从北京坐火车回来，在车上，我们打了一晚电话。"小象说。

"下车我就去见你了。这是我做过最浪漫的事了，以我的智商，只能做到那样了。"

"等我坐火车经过长江和华北平原的时候会告诉你。"

"可别忘了。"

"我的决定没错吧。真不知道啊。我以后讲不定会后悔至极。"小象说。

我想说那你随时都能回来，但没有说出来，我并不希望她真的回来。当时我们身处的世界里连一件大事都还没有真正发生过，但我知道在之后漫长的时间里总会发生，到那时，小象只会步入世界震荡的深处，越去越远。要说我感到难过，那是因为我们即将告别，却并没有真的在一起。而此刻，对岸的天空笼罩着水雾和早春粉红色的光。小象坐在我身边，一如既往地清晰，确凿，尚未消失不见。

我们的庆祝才刚刚结束不久，外贸市场便发生第二次巨震，襄阳路市场确定了整体拆迁的时间并且发出公告，随之产生的连锁效应导致地下城档口租金再次急剧上涨，相比三年前翻了四倍不止。从襄阳路涌入一批实力雄厚的摊主接手了半边地下城，抹去了这里最后一些浪漫和无序的气象，行业内不正当竞争白热化，从此成为真正的角斗场。我们的档口处于激流中如一粒小小顽石，所幸我们还剩下的两年合约，以及几条长期且稳定的货源。因此收到租约到期通知时，我和群青理所当然都认为是搞错了，完全没有放在心上。

直到台主本人找上门来，一看，根本不是当初和我们签合同的那个人。一番交涉以后才弄明白，三年前将档口签给我们的是二道贩子，如今租金水涨船高，而且随着地下城的版图不断扩张，我们的位置竟然在格局的迁移中渐渐占据了中心地带一隅，导致附近板块几个制假的帮派都在打着吞并的主意。台主是温州人，看似是客客气气和我们商量，实际已经和接盘的下家有了协议，完全没有给我们留下余地。

我们负隅顽抗了一阵，然而这期间卷帘门两次被撬，货物没有失窃，却遭损坏。管理员置若罔闻，二道贩子联络不上。我尚且怀有鱼死网破的傻逼决心，但第二次恶行发生之后，群青联络了台主，谈拢了价格。一周过后，台主约我们在附近银行见面，现取了十万块钱给我们，算是违约赔偿。事情的发展过分迅疾，令人来不及做出任何情绪上的反应。

　　从地下城撤走的当天，气象预报挂了热带风暴预警，外面飞沙走石的，地下城里却仍然挤满放暑假的学生。暴雨在午后降临，滞留的人只能等待风暴转弱或者过境，好几个档口放着粤语怀旧金曲，竟然涌现出些许昨日重现的伤感气氛。但排水系统很快就不堪重负，地底开始渗水上来，于是大家又从无所事事的状态中纷纷惊醒，恢复了各自为战的面貌，从漫起来的大水中抢救货物。

　　然而没有任何东西值得我和群青去抢救的，我们留在这里的大部分货物，连带着情感，本来就已经毁坏了。于是我们坐在浸水的纸箱上面，无动于衷，看着其他人众志成城，用防火沙袋徒劳地阻拦正从地底泛起的浪。而群青当着管理员的面，点了一根烟。

　　暴雨在傍晚终结，档口整片整片陷落，大家停下手里的动作，停留在水里发呆和叹息。外面的马路也被淹了，车困在漩涡里，没有交警，于是司机们自己下车疏散，有几个还穿着睡衣，流浪的狗湿漉漉的，都像从一场梦游中醒来。一年里白昼最长的日子已经过去，接下来，暮色将一天比一天提早降临。但是空气干净，流动着深邃的泥土清香，折断的大树横倒在地上，树叶和断枝堵塞了下水口。我和群青光着脚，蹚水走出地下城，原本想带走的东西一样都没有拿，自此与这里告别。我们在这里听过不少都市传说，自己却一样都没有遇见。没有见过窦唯，没有见过谢霆锋。我们也结交了一些朋友，却很遗憾，没能在他们消失前发展出任何坚固的友谊。

　　失去档口使得大部分事情暂时停摆，而我和群青终于得以度过一个暑假。于是群青三年里第一次回贵州看望父母，杳无音讯，直到八月底才返回上海。他已经还清了家里全部的欠款，因此心情轻松，而且在贵州的时候每天爬山，晒得漆黑，精神抖擞。

　　我们的心情都发生了变化，说不上是沮丧或者消极，但确实有种类似及时行乐的愿望。既不想返回地下城，也不愿入驻批发市场，于是除了保持网店运转之外，干脆打起游击战，每天都装着货物去市场里挨个兜售。要是好运，跑一个上午就全部清空了。而我们两个人仿佛游戏界面里的宝物小贩，行踪不定，无足轻重，不会影响任何一条叙事线的发展，却给他人带去惊喜，同时也收获劳动的喜悦。

年底平凡的一天，我们从仓库出来，去熟识的修车师傅那里给车做保养，顺便把脱落很久的保险杠复原回去，修车铺就在批发市场旁边，于是我们把车放在那里，顺道去市场里面看看行情。刚刚从地下层出来，便看到外面的人仿佛管道里的污水一般，从天桥的方向往市场里涌。我和群青本能闪开，知道又是一场群架。去年开始，每隔一段时间楼顶和天桥就有人往下跳，还有人跑去更远一点的河边。恶性械斗也或大或小地发生过好几场。楼里不相关的摊主都司空见惯，利落地拉起自己的卷帘门。

我和群青从未见识过规模如此庞大的斗殴，手持钢管的人乌泱泱往里涌，大部分不是市场里的，也分不清到底哪边是哪边，两方面的人进来以后一时都很茫然，盲目地示威。直到赶来的警车警笛齐鸣，仿佛突然吹响的开场哨，两边的人随之自然分出一道空地，对峙片刻以后分成两股洪流，从防火楼梯和电梯往二楼跑，一路打砸。我和群青跟随一小撮群众往外面走，而大楼两头出口都已经被警察封锁住了，不让进出。我们只好回头，找到安全的角落待着，等待风头过去。

"你看那个人。"群青压低声音捅我，我顺着他指的方向，看到消防通道入口站着一个穿着皮夹克的青年，面容苍白，尖嘴猴腮，从自己人的队伍中失散了，握着一把警用手电，倒退着环顾四周。

"没看错吧？"我确认了一遍。

"不会错。肯定是今天被他们那伙人叫回来充人数的。"群青说着已经跟了过去，我也紧随其后。我们各自从被捣毁的残骸里捡起一截角铁，握在手里又冷又锐利。

那个人步入消防通道以后，停住脚步，背对着我们，似乎也在彷徨。如果要动手，现在是最好的机会。但我肌肉紧绷，精神崩溃，心脏的噪音让大脑混乱涣散。直到眼睁睁地看着那个人，下了很大决心似的迈出步子往上走，打破了刚刚寂静的平衡。我在意识中已经伸出手去，他却突然大叫一声，往后踩空一步，继而像被子弹打中的大鸟，滚下半截楼梯坐在地上，发出蜂鸣般的呜咽。两个抢着三轮车铁把式的人自上而下，从他身上踩过，冲下楼去。留下那个人，额角到耳朵被抢开了，像一页翻开的书。

眼前的场景过分古怪和阴暗，我一步也不愿继续靠近。无论刚才在我心中燃烧着的是什么样的火焰，都已经彻底熄灭。我和群青远远扔开手中的角铁，发出哐当巨响，那个人竟然回头看我们，像是求助，又像是示好。

不出半个小时，整栋大楼已经哀鸿遍野，特警入场，拉网兜人。封锁打开以后，我们穿过废墟，和其他群众排队等待放行，出示和登记了身份证以后，得以离开大楼。外面飘着细小的雪籽，刚刚清过场，四处都不见人影。我和群青走到修车摊，师傅问里面的情况，我们还处于惊愕中，什么都说不上来。师傅递了烟给我们，说我们的车不行了，随时都要报废，别再折腾了，补点润滑油，再凑合帮我们把保险杠复原回去，等过段时间彻底坏了再找他换辆别的——"吉普行吗?"他问我们。我们都不吭声，抽着烟，站在门口等他把车开出来。

"刚刚你有没有动过一丝那种念头?"我缓过来以后问群青。

"嗯。"他回答。

"我们没动手是对的，你说呢。"

"不知道。但我当时想好了，万一我俩真的动了手，不管是谁，都算在我头上。"

"算在你头上是什么意思?"

"作为感谢。"

"感谢什么?"我懵了。

"我打算走了。他们不会再找到我的，不管出什么事，我都算是畏罪潜逃了。"

"你去哪里啊?"

"我托关系搞定了签证的事情。"

"不是说回不去日本了吗?"

"不回日本，我要去加拿大。彬彬家里人没有回来的希望了，事情已经定局了。但是她考上了加拿大的学校，所以我打算先过去以后再想其他办法。无论如何，到了那里，我和她就都自由了。"

"你确定那是自由吗?"

"不确定。但我现在是这样想的。"群青回答。

批发大楼周围的路障还没有解除，缴械投降的伤者陆陆续续从里面出来，七倒八歪地排成一排，一直排到了大楼拐角，都松了口气似的，大口大口吐着烟。师傅把我们的车开了出来，保险杠用好几层封箱带给重新粘了回去，绑得结结实实。这车早已过了说好的两年期限，但它体体面面，和我们珍惜的每件东西一样，保持着尊严。师傅打开车门说:"你们听说里面的消息没? 又打死一个人。据说几个核心成员当场抽的生死签去认的罪。我在这里十几年了，这种阵势前所未有，门口那些人处理到现在还没处理完。我告诉你们啊，我们今天在这里也算是见证一个时代的落幕了，自此往后，里面所有的人都要重新考虑接下来的打算。"这话说得挺牛逼的，我端端正正敬他一根烟。

我和群青也重新考虑了接下来的打算。我们中断了进货，计划在他离开之前将仓库里的存货清空。至于那以后，群青让我早做打算，但他不会再参与其中。我一如既往地接受和应允，心里却一片空白。回想起来，那一段时间里，我仿佛置身于一场被动的梦，而这场梦早在我意识到之前便已开始，起点在哪里，自然无法追溯。我并没有因此而感到困扰或者沮丧，相反，我精神百倍，每天在仓库和市场间摸爬滚打。直到告别的前一晚，我们在仓库里彻夜结算账务，做完的时候也差不多该出发去机场了。路上天慢慢亮起来，广播里通宵的音乐节目正要说再见，我想着这些年里，一起见证过四季的清晨，不由有些激动。而群青歪在旁边睡着了，头枕着玻璃，在颠簸中发出轻轻的咚咚声。因为时间还早，我把车停在机场高架的岔道口，摇下车窗抽了一根烟。冷风灌进来，群青醒来打了一个寒战，茫然四顾，问我，"到哪里了?"

"到机场了。"我告诉他。

"我梦见我们在高速上，出口全封了，我们经过一个又一个山洞。"

"这像是现实，不像是一个梦。"我说。

"嗯，这像是一场历险。"群青说。

将群青送走以后，我回到家里关起门来，大睡一场。醒来以后翻出老谢当年大老远跑来送给我的《战争与和平》，发现这套书竟然是他看过的，不仅看过，书页被翻得柔软，还留下不少折角和画线，想必是真的很喜欢才送给我，我不禁有些感动，随之再次感到羞愧和懊恼。我在家里不分晨昏地看书，忘乎所以地置身于书中多雨的旷野，与几支纵队一起行走在浓雾里。在老谢重重画下粗线的段落里，士兵们几乎都处于中场休息，他们刚刚结束了一场战役，吃饱了，还喝了酒，在篝火旁边烧得暖烘烘，虽然失去行动和精神的自由，却被有规则的东西限制和引导着，战场之外的世界荡然无存，反而感觉无忧无虑。对此，我感同身受。等我终于从书里缓过神来，已经过去了十来天，正好是战地医院里一个伤员能下床呼口新鲜空气的周期。

我从家里出来以后做的第一件事情，是去医院补好了门牙。然后我锁了仓库，并从银行里取出三年来的全部存款，交给我妈，作为交换，却不知道自己要交换的到底是什么。我妈看着我的牙，又看着我的钱，百感交集，又气急败坏，大哭一场。第二天钱原封不动地放回了我的抽屉里。我才意识到这真的是很大一笔钱，我不知为何赶上了一次浪潮，清醒过来的时候，却已经搁浅在了岸边。

之后我从邮箱里找出主唱发给我的一条音乐网站的招聘，职位要求写得很模糊，只强调对于20世纪后半叶的流行音乐具有热情。我按地址写过去一封邮件，立刻得到回复，约好去面试。对方是一个知识分子打扮的青年，比我略略年长。他坐在会议桌的尽头，看起来却比我更羞怯和紧张。我为了缓和气氛，说了一些十年前歌友会的逸事。他不好意思地说，他当年也曾参加过不少活动，还因此在电台做了一年实习生。但千禧年还没到来的时候，他便出国念书了。如今刚刚回国，想要参与互联网文化的发展。他说这里的工资微薄，但我们会共同见证新事物的诞生。这样的话无法打动我，而且我负责的具体工作是条目输入，每天对着同样的表格页面输入唱片信息，如同流水线的工人。

无论如何这都不是我的打算，我对新事物的诞生毫无兴趣，我只是失去了无所事事的勇气，并且还在等待旧梦的彻底终结。于是我按时上班，专心致志，丝毫不感觉枯燥。在工作的第一个星期过后，我在网站试运营的内部论坛里看到魔岩三杰的演出消息，他们要在连云港的海边游乐场里举办一场迎接北京奥运会的义演。时间是七月最后一个周末的晚上。

　　三周以后的星期六，我按照巡厂的习惯，清晨从仓库出发，七点前便开上了高速公路。两边都是熟悉的夏日风景，距离我和群青上一次开在这条公路上，已经过去了整整一年。打开音响，还是伍佰，《夏夜晚风》，是一个演唱会的翻录版本，伍佰唱到一半说，"我来过这里好多次，好干净哦。和我住的地方很像，我们那边也下雨，也一样炎热"。

　　我反正已经习惯了高速公路的酷暑，汗在椅背留下身体的形状，柏油路面的反光像一个又一个的水洼。中途遇见一段暴雨，我在漫长的水幕中同时开着远光灯和雾灯，于无穷无尽的寂静里突然钻出乌云，看到右侧山坡上连绵的白色风车，缓缓转动。

　　下了高速以后我去麦当劳里大吃了一顿，吹了空调，活动了身体，傍晚出发去往海边。顺着公路驶离市区，大海便在身侧，有时错觉自己正行驶于海面。太阳没有落山，月亮已经升起，同时散发着浅浅的温柔的光。一个小时以后我来到地图上指示的位置，却没有任何游乐场的迹象，远处的沙滩空空荡荡，突兀地立着几根被海风腐蚀的罗马柱。

　　我一度以为弄错了日期或者地点，但门票确认无误。于是我尽量朝着海岸线的方向行驶，直到被植物和堤坝阻拦，只能下车继续步行。没有舞台，没有白色的光柱，没有人。我在粗糙如砾石的沙滩上奋力往海边走，经过无人使用的沙滩排球网，天迅速暗下来，粉色的光消失殆尽以后，一座巨大的建筑物凭空矗立在我跟前，是沙滩上的金字塔，我叹息着抬头，尖顶旁边出现了一颗明亮的星星。

　　太牛逼了。这是我见过的第二座金字塔。美校的第二年暑假我和群青一起去西安，通宵硬座，下火车以后便直接从游客集散中心坐车去看兵马俑。上了一辆破破烂烂的小巴，只有我们两个人，一上车便睡着了，醒来时置身于荒漠，眼前是一个简陋庞大的铁皮棚，像废弃已久的竞技场。我们虽然心怀疑虑，但在高音喇叭的循环下，被下了迷药似的购买了昂贵的门票。里面竟然也分成一号、二号和三号坑，中间用小火车连接。小火车是免费的，直接跳上去就行。我们坐火车转了两圈，仿佛游览月球陨石坑的旅人。一号坑很大，厚厚的土里稀稀落落放着几个兵马俑，探照灯的强光把空气里的灰尘照得一清二楚。二号坑和一号坑一模一样，尺寸稍小。三号坑是露天的，还在建造中，没有兵马俑，却矗立着一座金字塔，巨大，压抑。火车会从金字塔的内部穿过去，里面什么都没有，只有一段长长的干燥的黑暗和一些风的回声。

我用手机拍下了海边的金字塔，想用电子邮件给群青传送一张照片，但信号时断时续。于是我沿着沙滩一路往前走，将手机举过头顶，尽力收集来自虚空的回响。前面的沙滩上出现了一小堆一小堆聚拢在一起的人，搭着帐篷，烧着炭火，伴着音箱放的歌轻声合唱。我走到他们中间，像走入一段回忆，仿佛那些郁郁寡欢的年轻人自学生活动中心门口失散以后，便始终被困在这片沙滩上。

"朋友，你也是受害者吗?"有一个人大声问我。

"我吗?"我停下脚步环顾四周。那个人朝我走来，他穿着一件解放军空军夹克，看样子是那种或许能成为朋友的人。

"你也是来看演唱会的吗?"他问我。

"我可能弄错了，我没找到游乐场。"我回答。

"你没弄错，我们也一样，我们都是被骗的。没有演唱会，也没有游乐场，都是虚构的。这里只有大海。"他大声叹息。

"都是虚构的啊。"我却放下心来。

"你要加入我们吗? 都是朋友，来都来了，我们在讨论怎么维权。"他指指身后。

"不了。我的朋友也在等我。"我指指前面，感谢了他，和他告别，继续沿着沙滩往前走。我不再怀着寻找任何事物的决心和愿望，反而感到轻松和自由。没有浪，海面漆黑宁静，与天空连接在一起，泛起薄薄的雾。我的手机突然亮了一下，提示我邮件发送了出去，黑暗中金字塔的照片，咻的一声，在某一个瞬间，便穿越了雾的防火墙。

（原载《钟山》2020年第3期）

骑白马者

◎孙　频

1

我骑着摩托车沿山路盘旋而上。

正是五月，黄刺玫漫山遍野，横扫其他植物，凭着气势竟跻身为山中一霸，几欲要把半条山路都吞噬掉。走着走着前面忽然就没有路了，嬉笑打闹的黄刺玫挡住了去路。在阳光下看上去，这些浅黄色的野花忽明忽暗，像一些鬼魅之眼睁开了又闭上了，忽然间又睁开了。发酵过的花香肥腻殷实，在山风中静静飘着，让人恍惚觉得前面一定隐藏着什么。等到摩托车碾过去，却发现，什么都没有，花妖后面仍然只是一条寂静的山路。

在没有人的地方，树木、石头、山谷看上去都明艳异常，还有些凶猛，随时会扑面而来。

沿山路盘旋而上的时候，会看到这巨大的山体里镶嵌着贝壳类的海洋生物化石，还能在断崖上看到里面清晰的岩层，花岗岩、片麻岩、辉绿岩、石英岩、角闪岩，一层一层，如那些早已长眠的时间。曾经的海洋、鱼群和火山如今静静埋葬于这大山深处。在山中行走，常有沧海桑田之感忽然迎面袭来。

走着走着，路的前方猛地跳出一个半山坡，林中一片开阔的空地上现出一座孤零零的小木屋，这是护林员住的房子。我一直骑到离木屋很近的地方才停住，熄灭油门，从摩托车上下来，顺便把挂在车把上的一个塑料饭盒摘下来。屋门口正蹲着的一个男人始终没有回头看我一眼。我走过去，站在他身后，发现他正给一只小狗挠痒痒。另外两只大狗躺在旁边晒太阳，它们过于安静了，已经不再像狗，好像已经过渡成了另外一种陌生的兽类。听到我的脚步声，它们没发出任何一点声音，其中一只微微睁开眼瞟了我一眼，便又闭上了。那只小狗大概刚出生不久，巴掌大，正张开细嫩的四肢，露着肚皮，任凭主人给它挠痒痒。我站在他身后，咳了一声，说，这小狗是刚抱来的吧？以前没见过。

他还是没有回头，只背对着我说话，声音听起来嗡嗡的装满回音，刚生下没两天，是那对母子生的。说着他指了指那两只晒太阳的大狗。那两只狗看上去年龄个头都差不多，分不出哪个是母亲，哪个是儿子，都纹丝不动地晒着太阳。

他继续摆弄那只小狗，我则继续站在他身后看他摆弄狗。深山里的光阴夹杂着虫鸣鸟叫和草木的清香，缓缓从我们身上踩过去，脚步迟缓犹疑，似乎只要我一伸手，就能抓住它。木屋前的一块菜地是他自己开垦出来的，主要种土豆。土豆是山民们的主要食物，几乎顿顿不离土豆。一般来说，早晨是土豆小米稀饭，中午是烩土豆或焖土豆，晚上是土豆泥，拌上盐，再喷上一勺葱油。地头干裂的黄土里像牙齿一样长出了一排参差不齐的青菜，还有几棵剑拔弩张的大葱，各自在头顶举着一朵毛茸茸的大花，引来了一群蜜蜂。

此外便是无边无际的山林。这木屋和菜地像是从山林手里好不容易抢出来的，一不小心就会被夺回去。我看到木屋边上已经包了一圈瘦小的毛榛和栎树。山林是会自己走路的。有时候猛一回头，却发现它已经跟在你身后了。

四周山林如海，木屋如沉在井底，站在屋前就能听见阴森的山风在密林深处徘徊低吼，伴着红角鸮哀哀的叫声，一种长着两只大耳朵的鸟。不过当有阳光照下来的时候，山林看起来忽然就璀璨极了。站在这半山腰上看下去，山林绚烂夺目，绿色的是油松和侧柏，白色的是山梨花或杏花，红色的是花楸或山杨，黄色的多半是黄刺玫。等到秋天的时候，黄刺玫的果实可以采来磨成面粉，做馒头或者是烙饼吃，有一种奇异的清甜。

蹲在地上的护林员终于站了起来，矮个儿，穿着一身洗得发白的旧迷彩服，表情呆滞地看了我一眼，又偷偷看了一眼我手中提的饭盒，目光缓缓驶到别处，说，过来了？我在这山里第一次遇见他的时候，他就是这样，穿着这身旧迷彩服，眼睛一旦盯住什么就半天不动，像压路机一样死命在上面碾压。有时候，他分明已经不再看你了，但出于庞大的惯性，他一时还不能把自己的目光及时拖走，只好任由那些空心笨重的目光粘在你身上。因为一个人独自待久了，他的语言能力已经明显退化，经常要过半天才能找到下一句话，这使他的每一句话听起来都是残疾的。

第一次见到他的时候，他牢牢盯住我看了大半天，我被看得毛骨悚然，他才终于说了一句，过来了？我说，一个人巡山怕不怕？他呆望着远处，极慢地眨了两下眼睛，半天才丢出一句，谁说不怕？我问，一个月给你多少钱？他转过身去用慢动作喂狗，那时候还只有那一只母狗，等狗都吃得差不多了，他才丢出一句，八百块。这时他慢慢扭头看了我一眼，磕磕绊绊地补充道，额也是挣过大钱的人，早几年，在山下的，厂子里，看门，一个月还给额，三千块……三千块呢。后来，厂子，不景气，关门啦，额上山也是图，图挣人家，两个钱。

我明白了，他也是逆流上山的人。这几年山民纷纷从山上搬下去，搬到平原的县城里，多半都是因为打工和孩子的上学问题。山民们大规模迁徙下山使得平原上人口剧增，一时房租上涨，有几个新小区的房子几乎都变成了山民聚居区。山民们下山之后把山上的土豆和伞头秧歌也带到了平原上，以至于晚上的广场舞里突然嫁接了好几条扭秧歌的伞队，花红柳绿的。大山里则更加空荡幽静了，鸟兽和树木纷纷住进了废弃的山村。但也有少数人会逆流而上，从平原回到山里。比如这护林员，比如我。

我也住在这样一间小木屋里，在阳关山更深的八道沟里。我在木屋墙上挂了一张巨大的地图，无聊的时候就站在地图前看地图。我从小就是个喜欢琢磨事情的人，我慢慢在地图里看出了一些门道。地图上有三条大通道，一条是蒙古高原和东部平原之间的长城，一条是青藏高原和南部平原之间的茶马古道，还有一条是从古长安出发途经大漠一直向西的丝绸之路。这三条大通道把平原和高原、沙漠和绿洲、游牧区和农耕区都连了起来。移民们千百年来在这些通道上迁徙流动，远离故土，走西口、闯关东、下南洋。

就像这阳关山，全是密密麻麻的原始森林，古时候的人们大概是为了躲避战乱，从平原来到深山里，很多年后又因为子女的教育问题迁徙到平原。有的山村学校，原来有一百多个学生，后来到几十个，十几个，到最后只剩下了一个学生。我已经分不太清楚，对于人们来说，这种迁徙是一个必然要到来的进化过程，还是一个不可抗拒的衰败过程。对于我来说，前半生是跟着欲望走的，后半生，我只想跟着心走。

我把手里的饭盒递给护林员，刚炸的油糕，皮还脆着，给你送几个过来。他站在那里没动，只拿眼珠偷偷扫了饭盒一眼，半天才敢问一句，甜的咸的？我说，石榴形状的是咸的，半月亮形状的是甜的。他仍不肯接饭盒，笨重的目光碾压过黄土和大葱，不知道要落到哪里，嘴里却说，额自小，好吃甜的，就是，甜的吃多了，这不，牙也快掉没了。我硬把饭盒塞给他，他这才接住了，也并不急着打开，就那么用两只手矜持地抱在胸前，好像并不想要。嘴里还在向我拼命解释着，额不是，很爱吃，油糕，不太好消化，额不急着吃，等，等放到晚夕（傍晚）再吃。

对于他来说，吃一顿油糕就等于过节。我隔三岔五来给他送点吃的，几乎每次都这样，他表示他不是很爱吃，也并不急着吃，要先放一放再吃，然后等我转身离开的一瞬间就会把它们吃光。我再次骑上摩托车准备拧油门的时候，他双手紧紧抱着那只饭盒忽然大声对我说，夜来，有一只花豹，敲额的门，额用强光手电，一直照它，照它，它就在门口，蹲了一黑夜，天明才走掉，额一夜，没睡。我说，晚上记得把门从里面关好。然后拧了一把油门。他手捧饭盒小跑两步又追上来，有些绝望地对我喊道，你没见，好大，一只花豹，就在额门口，守着。

他张开的嘴里果然没几颗牙，看着有些荒凉，像个黢黑的山洞。我知道他不想让我走。但我还是拧了一把油门，骑着摩托车重新上了山路。

这条山路是沿着文谷河修的，河拐弯的地方，路也跟着拐弯，像河的影子。文谷河从阳关山最高峰出来之后，自西向东，流经几座大山几道大沟，最终流入盆地，汇入汾河。河流的两岸孕育出不少小村庄，珍珠一样被河流串成一串。所以只要跟着河流就能出山。在我小的时候，木材厂砍下的圆木都是放进河里，顺流而下带出山的，放排人站在木排上点着竹竿。那时候，我经常会骑在一截圆木上跟着河流漂一段再爬上岸，在岸边看着那些滚圆笔直的木头在河道里熙熙攘攘地拥挤着，谈笑着，结伴出山而去。冬天，河道结冰，白色巨蟒一般蜿蜒在山间，那些圆木则一路滑着冰，照样呼啸着出山。

河流在视野里若隐若现，即使钻进了河柳丛里踪迹全无，仍然可以听到哗哗的流水声就在咫尺。走着走着，河流冷不丁又冒了出来，活泼泼地在阳光下闪着金光，河流两边青草夹岸，蒲公英携伞飞行。偶见有白色的巨石挡在河道中间，河流也是欢快地侧身而过，并不上前挑衅。

几道巨大的山沟像神将一般守在河流两侧，八道沟、八水沟、大背沟、大沙沟、小沙沟、未后沟、西塔沟。在每个沟口都驻守着大力士一般的山风，它们终日呼啸着守在那里，逡巡、比武，力大无穷，可以轻易把一辆汽车掀上天。

走着走着忽然看到河边的山坡上着了一树白花，山梨花开得太多太稠，好像整棵树都燃烧起来了。这棵树像支火把一样站在山坡上，竟把周围一圈都照亮了。我站在树下，花瓣像雪一样落在我脸上。又往前走了一段路，河滩上出现了养蜂人的帐篷和蜂箱。我停下摩托车，向他走过去。在回到山中的这两年时间里，只要在山里见到陌生人，我都会试图过去搭讪几句。我试图在找寻一个人。我相信这个人其实还在这深山里。

养蜂人头上戴着斗笠，斗笠下罩着烟雾一样的面纱，看不清眉眼。我走过去的时候，他隔着一层面纱打量着我，并不言语。我看着那层面纱，心里忽然就一紧，但还是和他打了个招呼，忙着呢？蜜蜂在这里采的是什么蜜啊？他隔着面纱吐出三个字，百花蜜。一阵山风拂过，烟雾一样的面纱荡漾起来，露出了他的一只嘴角，那只嘴角看起来坚硬神秘。

我抬头看了看天，群山之上已经开始出现幽暗的暝色，一只苍鹰张开巨大的双翅，正在暮云里无声滑翔。我用手指关节敲了敲蜂箱，对他说，给我打一斤蜂蜜，不会掺假吧。

他二话不说，噌地揭开一只蜂箱，里面设着隔断，像小公寓房一样，无数只蜜蜂正栖息在里面，猛一看，简直让人有点眩晕。有几只蜜蜂从箱子里飞了出来，我吓得往后一躲，他使劲向我招手，怕什么，蜜蜂要怕你才是，蜇了人它就没刺了，少了刺的蜜蜂是不会回家的，反正是要死的，它们情愿死在外面。死在里面的尸体也很快会被其他蜜蜂清理出去，你看看这蜂箱里多干净，啧啧，比我住的棚子都干净，蜜蜂可比人爱干净多了。

他说着抽出一块隔板，上面粘满蜂蜜和蜜蜂，他用指头蘸了蜂蜜放在自己嘴里吮吸着，边招呼我，来嘛，过来吃，你吃吃看嘛，看到底是真的还是假的。说着又从木板上掰下一块胶状物递给我，再吃吃这个，蜂胶，卖得死贵，好东西，和人参一样。

我嚼着那块难以下咽的蜂胶搭话道，一只箱子里住这么多蜜蜂，就一个蜂王？他放下隔板，小心盖上箱子说，原先一只箱子里就一只蜂王，不过现在蜜蜂与时俱进，改革了，有的箱子里能住两只蜂王。蜂王也不容易，一天到晚坐着不动，就干两件事，吃蜂王浆和生孩子，一辈子吃了生，生了吃，一只蜂王一天要生三百只蜜蜂呢。

我指了指箱子旁边的蜜蜂尸体说，这些蜜蜂怎么就死了？都是丢了刺的？他捡起一只死蜜蜂给我看，死掉的蜜蜂轻飘飘的，像个空壳，他说，因为它是只雄蜂嘛，这就是它的命，雄蜂的婚礼和葬礼是在同一天举行的，结婚的那天就是它的死期。人各有命嘛，蜜蜂也一样。

山中的光线正无声而迅速地向西撤退，地上的灌木和河流渐渐失去颜色，褪变成枯瘦的黑白。只有长着松树的山顶还在夕阳里闪闪发光，如同银色的雪山。我看了看河滩四周，只有密林和灌木丛，还有这条日夜不息的河流。我问他，你一个人就在这河滩里过夜，不怕吗？他嘎嘎大笑着把斗笠摘掉，方才的那只神秘的嘴角消失了，变成一个圆圆的大脑袋，眼睛和嘴巴都比别人大一个号，整张脸看上去有一种辽阔感。这样一张脸，在黄昏的光线里看着竟有几分明媚。不像是我要找的人。不过也说不定，人的面相是可以随环境变化的。

我下意识地看了看周围，确实，那个暗处的人可以幻化做无数种面孔出现。因为，我根本没有见过他。

他用手指指蜂箱，说，有这么多小朋友陪着我，我还怕啥嘛。我们养蜂人就是跟着花期走，一路上都在打听哪里的花刚开了，哪里的花快要开了，哪里开花去哪里，像不像采花大盗？前几天听人说方山的枣花开了，明天就准备赶过去呢。和你说，有一次我在野地里搭帐篷，旁边就是个老坟墓，不管它，反正我也不认识谁在里面，里面的人也不认识我，无冤无仇，总不至于半夜出来吓我。要是里面是自己认识的人，那就有点麻烦了，为啥？因为你能想见它的样子嘛，你要敢闭上眼，它就在你眼前晃啊晃，晃啊晃，你就觉得它真的从里面走出来了，你说是该和它喝酒呢还是和它聊天呢。所以不认识的死人也就不用怕嘛。停顿片刻之后，他瞪着两只铜铃大眼补充了一句，伙计，蜂蜜你到底要还是不要？

我买了一罐蜂蜜，挂在摩托车把上，沿着山路继续往前。走着走着，连山顶上金色的夕照也消失了，夕阳沉没，鸦青色的群山愈发肃穆寂静。我经过了大沙沟、八水沟，走到八道沟的时候，天色已经完全暗下来了。山路两边的森林已经变成了没有任何缝隙与光亮的黑森林，阴森翁郁，有几棵大松树的枝杈狰狞地举向夜空。森林和崎岖的山路完全连成了一体，已经看不到河流在哪里，但水声还挂在耳边，愈发清脆。光听着这流水声，会觉得这条河正在黑暗中变结实变强壮，似乎马上就要从地上站起来了。渐渐地，连我自己也被这夜色完全融化了，我伸出手来竟看不到自己的五指，我消失了。

等到眼睛完全适应了这大海一般的黑暗，就会发现这样辽阔的黑暗也是分层次的，深深浅浅的黑暗杂糅在一起，如同剪影。进了八道沟就是苍儿会，路边出现了一个岔路口，我略一犹豫，还是拐进那条岔路。几分钟之后，一座空无一人的山庄阴森森地出现在了我面前。

我把摩托车停到一边，坐在一块石头上，点了一根烟慢慢抽上了。夜空里已经出现了星星，深山里的星空分外澄净，那些闪着寒光的星星看上去就在头顶，伸手就能摘下来。此刻我的头顶上方正悬着一把巨大的勺子，北斗七星横亘于荒野之上。一年当中的二十四个节气里，北斗星的勺子把都会指向不同的方向。几千年里，山民们都习惯以北斗星来判断时令。

星空下的山庄默无声息，没有半点灯光，看上去鬼影幢幢。这座度假山庄已经被废弃在这深山里好几年了，门口大石头上刻着四个字"听泉山庄"。进了山庄的大门先是一片山杨林，一大片建筑在树林里若隐若现，有宾馆、餐厅、会议室、活动室。在宾馆的后面还有几个巨大的园子，有一个江南园，花园里种下了不少茂林修竹，按照江南景致设下了四景：杏花烟、梨花月、孤山梅、梧桐雨。又在园内引水造湖，湖边建有亭台楼阁，一座水榭叫"夕月楼"，一处凉亭叫"苍霭亭"，轩为"听雨轩"，还仿照网师园建了一扇月宫满月门。湖上架有石拱桥，可在桥上垂钓观鱼。假山叠成数道绝壁，一条瀑布从山顶飞泻而下，假山边种了红枫、牡丹与黑松。秋日霜染枫叶，冬日，还可以出来一种青松伴崖石的生趣。

再往前走是一个世界园，园子里都是一些微缩版的世界著名建筑，金字塔、埃菲尔铁塔、比萨斜塔、凯旋门、自由女神像、希腊神庙，还有一座小型天安门。这些微缩建筑像侏儒一样挤在一起，相互取暖。再往前走是一个史前动物园，林立着各种用水泥做的史前怪兽，除了各种各样的恐龙，还有鱼龙、长颈龙、沧龙、械齿鲸、帝鳄等怪兽，还有些叫不上名字的奇怪动物，很多已经缺胳膊少腿。最后一个园子是个花花绿绿的游乐园，废弃的过山车如巨蟒一般盘旋在杂草之中，旋转木马下面挂着几匹颜色剥落的木马，首尾相追，一动不动。当年山庄还没有建完就停工了。

如今，山庄门口早已荒草没顶，在夜色中看过去，似是狐妖鬼怪们住的荒冢。

2

抽完一根烟，我站起来，抬头看着夜空。这星光下的废墟早已脱尽了肉身，骨骼林立。所有过往留下的残垣断壁，与这原始森林交错生长在一起，在荒野中散发出一种奇异的美。其实我早就发现了，就是那种一切变成废墟之后奇异而无法言说的美。

最初的焦虑在山林的星移斗转中渐渐消失。每次当我在月光或星空下驻足，悄悄打量这座废墟，都会觉得，在这样的深山老林里留下这样一处梦境般的废墟，也许并不是全无意义。我好像暗暗捡到了一个被遗留在深山中的谜语，却无法告诉任何人。

大山与夜空的交界处闪过一颗流星，拖着大尾巴，转瞬即逝，脚下的大戟和青蒿散发着冷香。在这样寂静的山林里能听见时间层层剥落之后，掉在地上的扑簌声，如落叶一般。

听泉山庄里面包裹着的是曾经的阳关山木材厂。1956年建成，1998年消失。

我就是在那座木材厂里出生长大的，父母都是厂里的工人。小的时候，我和厂里的发小周龙，在春天的时候去山里捡柴挖野菜，卷耳、鹅肠菜、小苜蓿、歪头菜、野葵都是可以吃的，金露梅和银露梅的嫩叶采了可以当茶喝。野杏花折几枝，插在罐头瓶子里可以开好几天。春天的大山里，花香熏得人昏昏欲睡，每到中午，厂里的大喇叭就开始广播评书，家家户户听着评书吃午饭，就着野葱和腊八蒜。然后在花香里小睡片刻。

夏天的时候，我们去山里采木耳、挖草药。我熟悉这山中的每一种药材，蛇苔可以治蛇毒，木贼止血明目，翠雀可以治牙痛，蝇子草治肠胃炎，小花草玉梅可治肝炎，梅花草清热退烧。黄昏的时候，我和周龙经常躲在木材厂对面河里的大石头上偷偷观察别人，我们对厂里每个人下班后做了什么都看得一清二楚，竟慢慢掌握了每个人的生活规律。那时候全厂只有一台黑白电视机，信号还不好，到了晚上，便有人抱着电视，有人拖着电线，有人裹着床单，一群人前呼后拥地抱到山顶上去看。我和周龙则在天完全黑下来之后，躺在尚有余温的大石头上，沐着月光，听着身下哗哗的流水声。萤火虫在我们身边飞来飞去，星星点点的，有时候还会落在我们额头上、胳膊上。

秋天我们去山里捡蘑菇采野果。蛇莓、山桃、覆盆子都熟了，毛榛的种子可以做肥皂，野酒花可以酿啤酒，刺梨和毛樱桃可以酿果酒，五铃花的根可以熬糖，野玫瑰可以做玫瑰酱。工人们把砍下的树木放到窑里熏干，再把干木料垛成一堆一堆的四方形，一眼看过去，简直无边无际，如兵营扎寨。那时候人们盖房子都得用木料，为买到木料还得走后门，所以木材厂的工人们都以自己的这份工作为骄傲。

冬天的时候我们进山打猎。大雪足有半腿深，山腰上挂着雪白的冰瀑，晶莹剔透，往返的时光都凝固下来，文谷河已结成冰河，在冰面上滑着冰就可以一直滑出山去。山中冬夜漫漫，工人们没有什么娱乐，有时候便以听房为乐。有人在熄灯之后，裹着大衣穿着棉鞋，蹑手蹑脚走到人家门口，坐下来，把耳朵趴在门上听房。有时候听着听着就靠在门上睡着了，结果早晨人家一开门，他扑通一声摔到了人家家里的地上。还有的时候，竖着耳朵听了半天却什么都听不到，忽然有人把手搭在他肩膀上拍了拍，我都还没回家呢你听什么？快回去洗洗睡吧。

我十二岁那年才第一次出山，第一次见到了坐落在平原上的县城。那天晚上我坐着厂里的运木料的卡车，跟随父亲进了趟县城。我正在车厢里睡得迷迷糊糊的，忽然被叫醒，猛然看到前面跳出一大片灯火。我从没有见过那么多灯光，那么多商店，街上有那么多人。有些被吓住了，竟说不出一句话来。后来跟着父亲进了一个商店，我吓得连头都不敢抬，里面摆的好东西实在太多太多了，我却根本不敢多看一眼，就一直低着头。没想到世界上竟有这么多好东西，简直像来到了天上的街市。

我是1997年参加的高考。高考完之后我就已经有预感，可能要与心仪已久的大学失之交臂了。高考完的那个傍晚，我一个人在山里溜达，不觉走进了八道沟。这种大沟的两面都是高山耸立，沟中间一条河川，河川的名字多简单粗暴，依顺序分别叫作头道川、二道川、三道川。出沟后都汇入文谷河，随河水出山。高山之间的一道天空渐渐暗下去了，有住在山顶的苍鹰偶尔从头顶滑过，姿态静谧悠远。

我不想回厂里，也不知道该干点什么，有一种无边无际的巨大虚空，于是就那么沿着河川一直往前走，往前走。走着走着天就黑透了，高山和夜空之间生出一道柔和的界线，再走，半轮明月就爬上来了。月光照着山谷，河流闪着银光，我脑子里想了很多很多，像是把自己的一生都在这个晚上想完了，却又像是什么都不敢去想。

我一边胡思乱想一边沿着河流往前走，泉水叮咚，微云淡月，晚风里尽是草木的清香，走夜路的野兽也会躲开我，它们都怕人。我就那么走啊走，后来走着走着忽然发现天已经开始亮了，月落乌啼，东方出现了青白色的天光。我竟然在山谷里走了整整一夜。

高考成绩出来了，我果然只考上了一所普通大学，又因为四年的学费问题，我最终做出了决定，放弃上大学，去城里打工。那时候我便暗暗发誓，即使是打工，有一天我也要让所有的人都看看。

在我离开厂里的第二年，因为木材逐渐被钢筋水泥代替，商品房开始代替自建房，木材已难有销路，木材厂完成了它的历史使命。大部分工人只好下山，到平原的县城里租间房子，自谋生路。还有的工人去了更远的河北、山东打工。我的父母也跟着工人们去了平原上的县城里，开始了四处打零工的生活。

1999年的秋天，我独自一人进了阳关山，回了一趟深山里的木材厂。让我惊讶的是，已经停电停水的厂里居然还住着十来个工人，他们已经在废弃的工厂里住了一年多了，其中居然还有周龙和他的母亲。

秋天是山里最美的季节，层林尽染，秋阳点亮了山中的每一片树叶，好像每一片树叶上都站着一支蜡烛。松树下的银盘巨大如伞，大片橙色的沙棘如火焰燃烧，山鹊争相啄食刺李，松鼠用石头打磨着橡果。我和周龙在山里慢慢转了一天，我问他这一年多是怎么生活的。他说，其实也好办，喝山里的泉水，吃山里的野果蘑菇，砍柴生火，自己再种点土豆，也就够吃了，在山里哪有活不下去的？我说，晚上没电你们做什么。他说，晚上就点着蜡烛聊天。我说，就你们十来个人天天在一起，还有什么可聊的？他嘴角微微一笑，目光很柔软地亮了一下，可聊的多着呢，我们想说的话说都说不完。我沉默了一会儿才说，为什么不下山去？他的目光垂下去，看着脚下的一株草芍药，说，觉得在山里自由，也不知道出去了能干什么。

晚上，我们在他破败的宿舍里，点着蜡烛，喝着用地榆嫩叶泡的茶继续聊天，过了十二点了，我们还在聊，过了半夜两点了，我们还在聊。我们坐在昏暗的烛光里，守着彼此巨大的影子，都毫无睡意，似乎真的有说不完的话，却又不知道自己到底说了些什么。就这样，我们一直相守着坐到了天亮。东方既白，他吹灭烛头，在一缕青烟里对我微微笑着说，你看，有没有可聊的？

又过了几年，我父亲去世，我按他的临终交代把他葬在了大山里。山里的坟墓就像山里的人家一样，都孤零零地游荡在大山的褶皱里，很少有墓碑的，无名无姓，只是每座坟墓上都种着一棵柳树。有的柳树已经很老很老了，得两个人才能抱得过来，树皮漆黑皲裂，像是真的来自阴森的地下。柳树下的坟墓则小如馒头，几乎要缩回到地底下去了，这必定是座年龄很老的野坟。

埋葬好父亲之后，我又回了趟厂里。走到厂门口的时候吓了一跳，原来的木材厂和厂里一望无际的木料垛都不见了，取而代之的是一座修了一半的度假山庄。门口镇压着一块巨大的石头，上面刻了四个字，用红油漆描了：听泉山庄。

这山庄好像是从天外飞过来的，铁门上挂着一把生锈的大铁锁，我在门口往里张望了半天，正准备翻墙进去，忽觉得背上有些异样，一扭头，正好和一个坐在树下的老头四目相对。那老头坐在大树的阴影里，正饶有兴趣地看着我。我向他走过去，他戴着草帽，指缝里别着一根筷子那么长的手卷纸烟，放在嘴角品了一口，眯着眼睛，有些高兴地对我说，翻啊，继续翻啊，额看着你翻，怎么不翻了？

额，是山民们独有的一个发音，一到了十几里之外的平原上就会自行消失。很多年里，我走在城市的街上，在人群里偶尔听到这个发音，都会觉得像被什么东西狠狠咬了一下，连忙在人群里到处寻找。那个代词却已经同它的主人一起消失在了人海里。

我忙说，老伯，木材厂呢？你知道这里原来有个木材厂不？

老头坐在树下，把一条腿抬到另一条腿上，抖着腿说，兀来大（那么大）个厂子，额能不晓得？小子，你是来买木料的还是来耍游乐园的？

我一愣，说，老伯，我家就是这厂里的啊。

老头也愣了一下，继续抖着腿说，你看着兀来小，衣裳穿得时兴，也是这厂里头的人？你不晓得？木材厂倒塌以后，有个老板看中了这个地方，真是个偶人（坏人），看见有山有水风景好，就把厂子租下来，还租了额们四百亩地，一亩地一年给四百块钱，说是要盖个度假村搞旅游开发。说现在种几亩地又挣不了钱，让额们都给他打工，他给额们发工资。不少人家的小子在外头打工，都给叫回来了，说家门口就有钱挣。现在彩礼要的太重，不少小子都吃（娶）不起婆姨，就都回山里来了。结果那偶人盖度假村盖了一半就跑了，估计是没钱了。把额们都要笑了一遍，真是个偶人，租下的地也毁了，庄稼都不能长了。跟前的两个村，苍儿会和岭底，因为抢度假村的工程还打了起来。

我问，那老板后来去哪了？

老头站起来，顶着大草帽，拍了拍屁股上的两片土，上下打量着我说，早跑毬了，不晓得去哪里了。有人说他为了盖度假村欠了一屁股债，还不起钱躲起来了，有人说他跑到南方做买卖去了，又挣了大钱。反正是找不见了，听说这偶人也是从阳关山里出去的，不晓得是哪条沟里生出来的。原先日捣（骗）额们说，要搞旅游开发，旅游能带动跟前几条沟致富，村里几家靠路的都赶紧借钱开了农家乐，俺行（家）也开了，结果呢，连个鬼都不上门吃饭。

我使劲朝铁门里张望着，说，那厂里留下的十来个工人去哪了？

老头把烟叼在嘴角，从身上摸出一把青铜色的大钥匙，走过去把铁门哗啦啦打开，说，那就不晓得了，额守在这里本来是要收门票的，里头有恐龙嘛，好看着呢，不过你原先就是厂里头的人，就不收你的钱了。

我在废墟一般的度假山庄里游荡了半日，仿佛在梦游。我曾经熟悉的宿舍、厂房、熏窑、食堂，连一点痕迹都没有留下，好像它们只是我的一个梦境，从来就不曾真实存在过。但分明地，我每踩下去一脚，都有一种心惊胆战的感觉，好像踩在了它们的尸骨上面，我走得步履蹒跚，像一场战争之后唯一剩下的幸存者。

我在宾馆后面忽然看到了那片荒芜破败的江南景致，它们出现在这北方的深山里，看起来有一点侵略性，有一点胆怯，还有一点滑稽。因为长期无人打理，那一点江南的情致早已变形，疯长成一种自暴自弃的匪气。继续往前，我来到世界园里，看到了那些侏儒般的小型建筑，有的只建了一半，我感觉自己像个误闯进来的巨人，它们个头矮小，拥挤而诡异地站在一起，又像是正在卖力地服役，拼命要告诉人们，这就是世界，世界其实就是这个样子的。然后，继续往前，我看到了那些用水泥做成的恐龙和怪兽，很是魔幻。风吹日晒，恐龙身上涂的颜料已经褪掉大半，露出了里面的水泥。我错愕地从一个微缩世界里一步跨进了史前，看着这个马戏班一样笨拙的史前园，竟觉得有些心酸，不忍多看。以为这就该走到头了，没料到，一个五颜六色的游乐园猛地蹿了出来，立在我面前。设备已经生锈，盘旋的过山车看上去摇摇欲坠，木马呆呆立在眼前。

更令我惊奇的是，就在这游乐园里，竟然还有一块整齐干净的莜麦地，边缘清晰，像一块突然飞过来的绿毯子铺在那里。莜麦地里连棵杂草都看不见，说明这地是有人经常来照料的。

我在这片废墟里站立了很久。天色渐渐暗了下来，山林拖着自己巨大的阴影静立在四周，腕龙伸出的长脖子变成了一道蛇形的黑影，似在空中拼命探寻什么。那些矮小建筑的屋顶在昏暗中看过去，像一片阴森的墓碑。在那一瞬间，我有一种感觉，我觉得修建这山庄的人根本不是来赚钱的，他像是跑到这深山老林里来搞一场盛大的行为艺术。他用这种魔幻而天真的组合方式把这些建筑叠加起来，最后竟让它们在深山里叠加成了一种梦境，古怪而神秘。他更像一个艺术家。

我走出山庄大门的时候，那个老头还等在那里。看见我出来了，便又把铁门锁上。我说，老伯，你们村不是开了农家乐吗，太晚了，我今晚不下山了，要不去你们村住一晚？他攥着那把大钥匙，似乎在黑暗中犹豫了一番，最后还是点点头，对我说，俺行就有，跟额走吧。

老头姓井。去他家的路上，我问，农家乐平时有生意吗？他摇头晃脑地说，不是和你说了嘛，平日连个鬼都不上门。当初要是不给人们念想，人们也不会想着甚开农家乐挣钱，靠甚旅游挣钱，额们在山里本来也活得好好的，有吃有喝，就是钱少点。跑回来的小子们后来又下山打工去了，得挣钱吃婆姨啊，不然这辈子就等着打光棍吧。现今村里的光棍汉是越来越多了，女子们如今都不愿留在山里，都想嫁到城里，要楼房要小汽车。额们是老了，不想动了。

我说，那个开发度假村的老板是个什么样的人，你见过吗？

他说，怎么能没见过？烧成灰也认得他。那个偶人，个头中不溜秋，平常人长相，横看竖看都不像个兔头（厉害）。

我笑笑，说，这人其实挺有意思。

他忽然扭头看了我一眼，我们在黑暗中短暂地四目相对了一下，他说，你认识这人？

我在黑暗中都感觉到了他的目光，微微一愣，说，没有没有，就是随便说说。

黑暗的森林从四面八方包围着我们，我能听见森林里传出的白骨顶苍老的叫声。老井的影子已经消失在了黑暗中，模糊一团，他看上去就像一个透明的魂魄在我前面游荡。走着走着，前面的密林里忽然渗出一点灯光。是一个小山村。

3

这个山村叫山水卷。在这深山里，时常散落着一些古老而优美的村名，像什么柳树底、木瓜会、佛罗汉、杏坛、青岸。

村里不过十来户人家，十几盏灯火撒在漆黑的山谷里，萤火虫一般微弱。刚一走进村口，忽听见一片犬吠声袭来，此起彼伏，划破夜空，有几盏灯火在犬吠声中次第熄灭下去。还亮着的几盏愈显孤寂和寒凉，似乎只要用手轻轻一碰，也会转瞬熄灭，隐遁于黑暗。山村背后黑色的山峰看上去巍峨阴森，高耸入夜空。

一进村我就感觉到了，这个村子里有一种奇怪的紧张，好像空气里到处飞舞着密密麻麻的神经末梢，不小心碰到一根，其他就会哗哗响成一片。我跟着老井进到他家的院子里，东面三间房，西面三间房，六间房里只有东面最里面的那间亮着灯，其他几间都黑黢黢地沉着。那间房里亮着一盏昏暗的灯泡，灯光枯瘦，整间房看上去像一颗黑暗中长出来的牙齿。院子中间有一棵枣树，树下有张石桌，桌子上还歪歪扭扭刻着棋盘。

老井让我在树下坐会儿，他去给我做晚饭。我问，你老伴呢？他指指屋里，躺着呢，是个瘫子。我正坐在树下抽烟，忽听见院子里什么地方有轻微的脚步声，脚步声在我背后忽然停住，我猛一回头，看到我背后站着一个男人。一个四十岁左右的男人，光着膀子站在那里，一只手里夹着一根烟，烟头一明一灭。另一只胳膊只剩下三分之一，创口已经被新长出来的肉包起来，包成一只稚小的胳膊，看上去像是刚刚从身体里长出来的肉蕾。男人盯着我，慢慢举起左手吸了口烟，烟头一闪，脸上倏地亮了一下，目光阴沉凶悍。

这时候，老井把晚饭端出来了，一笼山药丸子，一锅小米稀饭，一碟炒酸菜，还有一口杯高粱酒。他对男人低声喝道，连个衣裳都不晓得穿，快进去。男人并不理他，又游弋到了我对面，继续挑衅地盯着我看。他走路的时候，那只小胳膊在他身上甩来甩去，像个随身携带的玩具。老井又给我捧出一碗血红的西红柿酱，说，这是额家小子，早二十年前就下山打工去了，那时候还没什么人下山打工的。他在山下受了不少苦，有阵子还挣了不少钱，后来做买卖又全赔进去了，在山下活不下去了就又回山里来了，回来的时候就成这模样了，少了只胳膊，婆姨也跑了。

男人不耐烦地喝了一句，少说几句不行？老井闭了嘴，拿围裙反复擦了擦手，待了一待，进屋去了。一阵晚风拂过，树上的小青枣像下雨一样噼里啪啦落了一地，我走过去给男人递了一根烟。他就着窗户里暗黄的灯光，冷飕飕地打量着我身上穿的衣服，脚上的鞋子，又对着我的鞋子冷笑了一声，说，你脚上的耐克是真的假的？我没说话，递烟的手也没收回来。他犹豫了一下，还是接住了那根烟，又就着灯光仔细辨认了一下是什么烟。最后才叼在嘴角，啪一声，用火机点着了。

抽了口烟，他炫耀地抖了抖右侧的那只小胳膊，好像随时要打开窝着的翅膀飞走，然后又用标准的普通话问了我一句，你来山里干吗？我说，我们木材厂的人早都下山了，我就是回来看看。他眯起眼睛盯着我，回来看看？看什么？有什么好看的？我说，木材厂什么时候变成度假山庄我都不知道，这是什么时候的事？他一边抽烟，一边鹰隼般地在我面前盘旋着，说，奇怪吗？时代发展的必然结果，现在都买楼房住了，你家还用木料盖房子？

我不言语，坐到树下开始吃饭，小青枣像棋子一样敲打着石桌，不时落到我碗里一颗。吃到一半忽听见他又问我，你在山下做什么？我含糊地说，做点小生意。他冷笑两声，小生意？能抽起这么好的烟？

我没再说话，蘸着西红柿酱大口吃完了那笼山药丸子，那杯酒我一口没动，这个地方让我感到不安。山中的夜晚凉气逼人，他不穿上衣是故意的。显然，展览残肢能带给他某种快感。

我小的时候，没事就在这些山村里玩，对这些山村太了解了。因为闭塞，山村里的人近亲结婚的比较多，所以生下来的孩子要么是傻子要么就特别聪明。又因为在大山里长大，从小受的禁锢很少，山野的广袤无际使山民性格里有一种无拘无束的东西。一旦下山，之前物质和眼界的匮乏，就会导致他们充满掠夺性，每到一个地方就多一层欲望，很像当年的蒙古族骑兵。我之所以这么了解他们，是因为，我自己就是这样一个山民。

我掏出烟盒，自己点上一根，又给他递过去一根。这次他不接，因为没有了右手，那只左手看起来极长极大，关节突出，有些可怖地挂在那里。我伸出去的手只好又缩了回来。山里温差大，晚上还挺冷，他站在那里似乎打了个冷战，那只小胳膊挂在那里，像金属一样闪着寒光。我不再看他，只管低头抽烟。

然后我看到了他的两只脚，光脚穿着塑料拖鞋，又移到了我对面。只听他说，这杯酒，你为什么不喝？嫌这酒不好？我笑了笑，说，不会喝酒。他用左手端起酒杯晃了晃，又逼过来一句，为什么不喝这酒？怕有毒？我环顾了一下四周，村庄两边都是黢黑幽寂的高山，一轮金色的残月刚爬上山顶，坐在院子里也能听到来自山谷里的流水声。我看着他的眼睛慢慢又说了一遍，真不会喝。

他也盯着我看了几秒钟，忽然一翻手，把一杯酒都倒进喉咙里去了，然后使劲把杯子往桌上一蹾，继续盯着我说，看清楚了吗，有毒没？

我说，兄弟，哪有这样喝酒的。他像匹马一样喷着刚硬的酒气，目光开始变钝变笨重，坦克一样缓缓向我碾压过来，他盯着我说，你骗谁？做生意的还有不会喝酒的？我当年下山就是这么喝过来的，一开始给人打工，后来一步一步做到经理，后来我自己创业，为了拉客户差点把胃都喝烂，在山下那么多年，我能不知道？你倒是给我说清楚，这酒你为什么不喝？

我目光落在他那只肉蕾一样的小胳膊上，我盯住那里看了几秒钟，笑着说，这胳膊怎么没的？欠人钱了还不起？

他手里还捏着那只空酒杯，死死盯着我，并不说话。我把一只手伸进裤子口袋里，慢慢摸索着，他的眼睛又盯着我那只手，一眨不眨。我们之间的空气变得很脆很硬，玻璃一般。夜更深了，山谷里的流水声愈发清晰，近在耳侧，似乎我们此时正漂流在一条大河之上。我那只手终于从口袋里掏了出来，握着半包揉皱的香烟，我把那半包烟扔在了石桌上。

我们谁都没去动那半包烟。这时候，老井戴着围裙过来收拾碗筷，闻到男人身上的酒味，忽然，他伸手就在男人的后脖子上扇了一巴掌，嘴里说，又喝酒，甚也干不了还老想喝酒。男人没有还手，直直扛着脖子，一边翻起眼睛瞪着老井，那只小胳膊来回晃荡着。僵持了一会儿，他扛着的脑袋慢慢垂了下去，然后，也没和我打声招呼，就趿着两只拖鞋走开了。

老井在很慢很慢地收拾碗筷，并不抬头看我。我站起身来，又点了一根烟，说，由着他多说几句，少了条胳膊，谁心情都不会好。老井头也不抬地说，他觉得自己也风光过，他不甘心落下这个下场。我半天无语，抽完一根烟之后才说，刚吃过饭，我出去转转，消化消化。

说完我才忽然注意到，不知什么时候，院门已经从里面锁上了。院子里摆着一只洗衣服用的大铝盆，储了一盆水，月亮正卧在里面，像一只安静的贝壳。

老井把碗筷哗啦抱进铝盆里，月亮碎了一盆。他一边用丝瓜瓤刷碗，一边说，早些去西房里歇息吧，黑天半夜的去哪里转，山上有麻虎（狼）。

这时候我已经敢肯定，这个村庄是有秘密的。不过，在这大山里，每道褶皱里都可能隐藏着一个秘密。有的秘密如林间草木一样，从长大、凋零到腐朽，都不会有人知道它们曾经存在过。有的秘密如山间蛰伏的猛兽，即使离得很远，你也能从空气中嗅到它们身上的气味。

我想起我九岁那年，有一次来了一支测矿的队伍，在山里到处放炮炸石头，折腾了几天无功而返。那天，我一个人在山上玩，忽然碰到一个妖怪一样的老人，头发和胡子长得都快拖到地上了，指甲太长了，已经卷了回去，卷成了蜗牛壳的形状，身上披着麻袋一样的破布。我吓得半死，不敢哭，连路都走不了了，却听见老人忽然结结巴巴地问了我一句，小儿，是不是……日本人投……投降了？前两天……我听见打炮了，是哪个……部队……打的炮？原来，这是一个解放前藏在了山洞里的老兵，当年他们那支部队和日本人在这山里打仗，除了他之外全军覆没，他怕被日本人抓到，躲起来就再不敢下山，一躲就躲了几十年。

我又想起小时候在山上玩耍的时候，只要下过雨，山坡上就会露出很多白骨，还有很多龇牙咧嘴的骷髅，朝天瞪着两个黑洞。胆子大的小孩会把骷髅当皮球一样踢来踢去地玩。据说这里曾是秦朝的一个古战场。

我又想起岭底村那个面目和善的老头，据说他的老婆早就跟人跑了，下山去了。很多年里，就只有他和他唯一的女儿相依为命，那女儿长大之后也没有嫁人，三十大几快四十岁的时候，还和父亲生活在一起，寸步不离，无论种地还是赶集，都是一起来再一起走。

我又想起这大山里有一种古老的风俗，拉偏套，从前几乎每个山村里都有拉偏套的女人。就是一个女人可以有很多相好的男人，相好的来登门，没有空手来的，都讲究一个义字。要么带钱，要么带吃的，还要帮助女人家里种地。这样一来，女人就靠着拉偏套养活了一家人，给丈夫买酒，供养孩子们上学。

那次下山之后我又是好久没再上山去，等到再上山的时候，已经是五六年之后了。这次，我拎着简单的行李只身上了山，雇了几个人，在离听泉山庄不远处的山谷里，建了两间木屋。后来又从附近的村民手里买来一辆二手摩托车。

我再一次站在了听泉山庄的门口。大门紧锁，锈迹斑斑，门口的荒草已经没过人头。我想起了曾经在木材厂生活的种种片段，记忆如落在雪地上的爆竹碎片，使眼前的废墟看起来竟有些触目惊心。它看起来仍然不像是真的。我从小长大的木材厂就埋葬在它的下面，可是那木材厂的下面还埋葬着几百万年前的岩层，岩层的下面又埋葬着曾经的海底，几亿年前，这里遨游的是鱼虾和海兽，各种水草交缠嬉戏，贝壳伸出柔软的手脚在海底走路。那时我只要双脚腾空，就可以在这海底游来游去。

时间静静地埋葬了一切。

周围一片死寂，看不到一个人影，我于是翻墙进去了。宾馆和餐厅的玻璃都已经碎掉，一扇扇窗户张着黑洞洞的嘴巴，山风如蛇一样穿梭而过，呼啸于其中。宾馆大堂里的桌椅都还在，蒙着厚厚的灰尘，墙上挂着巨大的蛛网，只是没有一个人影。我穿过去，来到了后面的园子里，那几个园子更加破败，都已经被荒草吞没，蝮蛇在草丛间游过。那些侏儒般的建筑隐隐藏匿其中，偶尔露出一角诡异的飞檐，看上去像一片年久失修的乱坟岗。怪兽身上爬满绿色的藤蔓，在死寂中竟生出一种奇异无声的暴烈。一辆手推车扔在墙角，上面爬满了牵牛花，从车轮到车把，将那辆破手推车严严实实地缝在了里面，粉色的紫色的牵牛花盛开在冰凉的金属上。更令我惊奇的是，那块莜麦地居然还在，平整干净，傲气逼人，竟长得生机勃勃。

从山庄出来之后，我向老井住的那个村庄走去。走到村口的时候，太阳刚刚开始落山，金色的山顶闪着光，而黑暗已经开始从无边的森林深处升起。这次我看清楚了，村口有一座破旧的山神庙，庙前有一棵几人抱不拢的老槐树。三个老人并排坐在树下的大石头上，一个模子里拓出来的动作和表情，袖着两只手，目光僵硬迟缓地盯着我看。我走过去很远了，他们的目光还粘在我身上。山村里就这样，谁家如果来了一个亲戚，全村人都要跑过去围观好半天，好像是全村人的亲戚，所以我并不奇怪。

村子不大，我很快就把整个村子绕了一圈。

山村枯寂，鲜有人声，只有叮咚的流水绕村而过，竟有回声，一时让我怀疑这村子早已经变成空心的了。全村竟然没看到一个小孩，我记得小的时候我去那些山村里玩，村口的大树上经常爬满了小孩，那些小孩看起来就像是从树上刚长出来的。现在，山村里只剩下了几个石像一样的老人，他们坐在门口的石墩上，颓败的屋檐下，飘着灰白的头发，灰蒙蒙的眼珠子可以盯住人一看大半天。

我坐在河边的大石头上慢慢抽了两根烟，看着河水在我脚下一点一点变暗变浑浊，黑色的河水陡然比白天变得狰狞，流水声脱离开河水，游荡于四野。天黑下来了，一轮明月爬了上来。河边是一片古老的松树林，有一棵松树还站到了水中，倒影瑟瑟。松树高大疏朗，树下铺着厚厚的松针，踩上去柔软异常，让人的脚步声都有了兽类的警觉与轻盈。有的松树下还长着雪白的银盘和姬松茸，在月光下闪着银光。我起身走进松林，松涛阵阵，清亮洁净的月光从枝叶间筛进松林，使地上看起来像匹华美的豹子。

我行走的时候，月亮穿过树枝也跟着我无声行走，一切都寂静极了。

居然没有犬吠声。我忽然就感觉到，那个秘密可能已经被这个村庄消化掉或吐出去了。现在，这就只是一个与世隔绝的小山村，安静、苍老、弱小，被时代遗弃，随时都可能消失在大山深处。我在松林里隐约看到，村子里的几盏灯火次第亮在了山谷里。

老井家的院子开着门，我走了进去。院子里空荡荡的，地上铺着一层月光，一个老头坐在枣树下，正趴在石桌上独自下棋。枣树下吊着一盏昏暗的灯泡，在黑暗中挖出一束光柱，光柱里像雪花一样飞舞着无数只小飞蛾。我走近那束光柱仔细辨认了一下，正是老井。他埋着头，看起来很忙，一个人既下红棋，又下黑棋，刚飞出去一匹红马，又跳出来一只黑炮。我在他对面坐下，我们两个人被罩在灯光里，如同乘坐着一艘孤单的宇宙飞船，周围皆是茫茫太空。

我说，老井。他抬起头盯着我看了半天，目光由虚变实再变虚，重新低头看棋，嘴里喃喃招呼了一句，上来了？手里又跳了一个红车。他下棋，我看棋，沉默半天，我忽然像想起了什么，问道，你老伴呢？他没有抬头，说，没了，都说瘫子不好死，还不是死了，谁都要死的。我又问，那你儿子呢？怎么没见你儿子。他还是没抬头，好像也没听见我说什么，只专心看着棋盘，忽然，他用很大的力气杀出黑炮，啪一声吃了红车。吃完之后，手里摩挲着两只死掉的棋子，慢吞吞地问了我一句，你从哪边过来的？走松树林没有？在松林里没看见额家那小子？

我看了看不远处黢黑的松树林，疑惑地说，你儿子在松树林里干吗？他又捡起一只黑卒走了一步，说，他就埋在那林子里，没看见？我浑身一哆嗦，吃惊地看着他，你说什么？他把黑卒推过河，眼看着它送了死，这才慢慢抬起头，看着我说，他都走了五年多快六年了，你上次来额家，你走了没几天他也走了，也不晓得去了哪里，也不晓得是死是活，连个电话都没打过。额就在林子里给他立了个衣冠冢，额要是哪天死了，等他的鬼魂找回来的时候，好歹也有个去处。

我惊呆了，半天才问出一句，他为什么要走？他把那些黑色的棋子纷纷推进河里，目送着它们纷纷被淹死，只留下孤零零的老将和两个孱弱的士兵遥遥守在故地。他把那些棋子全部推下河之后，突然就暴怒地说，你说为甚，他好歹也是见过世面的人，也是挣过大钱的人，别人都不敢下山的时候他就下山打工去了，他在山下什么没见过？你穿的好鞋吃的好烟让他看，你说是为甚了？不是你刺激了他？他还是想活出个人样给额看，就他一个残疾人。

我忽然不知道该说什么，便沉默下来。月光像霜一样在院子里铺了一层，寒光闪闪。他已经重新开始摆棋，很认真很用力地把一个个棋子摆好，还觉得不够端正，搅乱又摆。他的声音却逐渐变小变弱，好像不知道自己在和谁说话，你说额家那小子要是当年不下山，就在山上放放牛，种种地，是不是也过得不赖？空闲时候还能和额一起下下棋。他下山的那些年，额老盼着他能回来，回来看看额们，可等他真的回到山上了，额又觉得他不该回来，觉得他还是在外面好。出去了的就再回不来了。

我沉默不语。

他又说了一遍，出去了的就再回不来了。

棋摆好了，他呆呆看着两队人马，看了许久许久，好像在等对方先走。对方不动，他便终于替对方先走了一步当头炮，这才像想起了什么，忽然问了我一句，你又回山上干甚来？我说，还是山上好，自在。他冷笑一声，说，现今山上的人差不多都下山去了，山上的学校都没了，人们都觉得山下好，热闹，你倒回来干甚？我又沉默片刻，说，山里清净。他笑了一声，头都没抬。

一时无话，他又寂寞地走了两步棋。犹豫了一下，我终于问道，听泉山庄那老板后来一直没回来？他忽然抬头盯着我，说，你打听田利生想干甚？我说，田利生是谁？他说，你不是想打听山庄的老板吗？就是这人。我说，没什么，就是忽然想起来问问，这人其实挺有意思。

他手里摸着一枚棋子，试探着问我，田利生是不是也欠了你钱？

我说，没。

他胡乱把那枚棋子敲下去，慢慢说，听说这偶人……盖山庄借了不少钱，还占了额们的地，现今是旅游开发没搞成，地也不能种。要能把这偶人找见就好了。

说到这里，他用眼角的余光偷偷瞟了我一眼。

我说，找见他又有什么用？

他说，怎么没用？有用，让他把这盖了一半的山庄盖完，搞旅游。

我说，你上次不是说，这人要么躲起来了，要么就是跑到南方挣大钱去了。

他忽然抬起脸来看着我，声音平平静静，真要挣了大钱额都给他放鞭炮，起码能让山庄那个烂摊子开业了。

一阵山风吹过，挂在枣树下的灯泡猛地摇曳起来，昏黄的灯光披头散发地晃动着，他的那张脸一明一灭，时而跳进光影里，时而又躲在阴影里。我能感觉到，有什么东西正从黑暗的心脏里缓缓地一步一步地走出来。

被风吹下的枣树叶纷纷扬扬地旋转于我们的头顶，好像我们正端坐在一场大雪之中。我替他推出一个红车，说，中国这么大，谁知道他去了哪里，怎么可能找得到？他手里捂着一枚棋子，并不放下，眼睛盯着棋盘说，你要是欠了债，会往哪里躲？

说罢他抬头缓缓看了我一眼。我微微一哆嗦，没吭声。

他继续道，你想那田利生自小就是在这山里头长大的，他对哪里最熟？他要在这大山里躲起来，还能被外人寻见？怕一辈子也寻不见吧？他盖这山庄把自己的钱都砸进去了，你说他要是真的在南面挣了大钱，能不回来收拾他这烂摊子？

我又替他敲了一枚棋子，看着棋谱说，你的意思是，这个人其实一直就躲在这山里？他没有言语，只从腰间摸出一张纸撕成两半，又摸出一包烟叶，卷了两根纸烟，伸出舌头舔了舔，把口封上了，递给我一根。我抽了两口，说，这人找到找不到和我也没什么关系，我就是随便问问，人家又没欠我的钱。他干笑两声，继续抽烟，一根烟快抽完了，他才半笑着说，看你这么上心，额还以为那偶人也欠了你的钱，欠了钱就把狗日的找出来，问他要钱嘛，你要说没欠那就没欠。

我已经敢断定，这些村民也在寻找那个叫田利生的人。

确实，我也想找到他，但我对他的寻找并不像真实的，更像网络中一种虚拟的游戏。

那个晚上，到很晚我才告别老井，一个人沿着河流，朝山谷里的木屋走去。月亮大极了，近在头顶，月光照亮河流，河水闪着水银似的碎光，银盘和白桦都在月光里闪着银光，夜归之路看上去光华夺目。红纹腹小鸮的哀鸣幽深地回荡在山林里，当地人管它们叫呱呱油，它们多住在坟墓或枯树上，叫声也比别的鸟枯冷，在深夜里很容易分辨出来。一只青鼬无声无息地在我前面踱步，我停下，让它先过去。一只大花鼠攀着树枝从我头顶跃了过去，毛茸茸的尾巴在月光下甩过一道优美的弧线。

我伫立月下，看着自己被月光投在地上的影子。这影子像时间的阴面，我可以看到它，而时间的阳面，我是无法看到也无法触摸到的。它的源头也许在那些镶嵌在山体中的海洋化石里，也许在山中那些千年古树的年轮里。不知道这时间的阴面和阳面之间，是否有着一道神秘的阀门，可以随意出入往返。回到山中的这段时间，我住在木屋里，只有两身衣服来回替换，却觉得已经足够了。一双已辨不出颜色的旧耐克鞋，袜子破了洞，仍旧穿在脚上。喝山里的泉水，每日吃两顿饭，也多是土豆莜面，或是山里采来的蘑菇和野菜。除此之外，我竟什么都不需要了。曾经那些缤纷绚烂的欲望一层层褪去，如今竟有一种水落石出的枯瘦和洁净。

我抬头看了看月亮，月光像雪一样落在了我脸上。它似乎可以把一切照出原形，让一切无处隐遁。没有人知道，我其实根本不缺钱，在我随身带的那张银行卡里静静蛰伏着一笔庞大的存款。然而我发现，我对钱的概念渐渐模糊下去了。如我所料，重新回到山里之后，每日的生活几乎都不需要钱。那张银行卡终日藏匿在我贴身的衣服里，我没有一次想到过要用它。它的功能正渐渐退化，正变得与一块石头一张纸无异。有时候忽然想起它，又觉得它像一个时刻栖息在我身上的庞然大物，诡异可怖。

月光倾盆而下，整个山林如沉在很深的水底，黢黑的树影成了摇曳的水草，夜行的动物和鸟儿姿态轻盈逍遥，如水底的游鱼，连山间的石头都变成了珍奇的贝类。脚下的山路似凌空铺设而成，能一直通到月亮里去。我跟着流水声慢慢往前走，并不在意到底走到了哪里，就像多年前我高考完的那个夜晚，我沿着山沟一直往前走，往前走。那个晚上，我在心里规划好了我的一生，我决定一旦走出这大山就永不再回来，无论吃多少苦。后来，走着走着，山与天的交界处就出现了一层青色的光芒，然后，那点光芒慢慢蜕变成了玫瑰色、橙色、血色、金色。我知道，天就要亮了。

这么多年里，我时常做梦，却永远只能梦到十八岁时候的自己，我梦见自己终于去上大学了，走进教室却发现教室里空无一人，走廊里有我高中同学的背影，我拼命追过去，但怎么都看不到他的那张脸。这二十年的时间里，我渴望能追上所有的人。

现在，我只渴望被所有的人忘记。

4

山中岁月虚静，一日便长于千年。我骑着那辆二手摩托车漫山遍野地溜达，从一道沟到另一道沟，从一个村庄到另一个村庄地找人喝酒。一来是为了打发孤独，二来是为了打听一些关于田利生的消息。

找人喝酒之前，我一般要先去岭底村买点酒肉。岭底村的村口有棵大槐树，一千多岁了，快老成了妖精。树下有个小卖部，极矮小的一间房，门窗都不过巴掌大，黑乎乎的，像只螺蛳壳蹲在那里。门上终年挂着门帘，夏天是竹帘，冬天是棉布帘，棉布帘是用五颜六色的布头拼起来的，喜气洋洋的，在冬天尤其是下雪天十分扎眼。

这么小一间店，一掀帘子进去，就会被里面凶悍的香气迎头一击，像大棍袭来一般。这家小卖部常年卖自家煮的猪头肉，也不知道是用什么办法煮的，皮肉通红烂熟，异香扑鼻。有时候去得早些，便能看到一只金红色的猪头完整地摆在案上微笑，鼻子、耳朵都完好无损。他家也卖猪尾巴和猪蹄，但口感上稍逊于猪头肉。

这天，我掀帘子进去，店主戴着两只油腻的蓝套袖，正坐在猪头后面抽烟。见我进来，叼着烟挥起刀，在案板上哗哗刮两下，拍拍猪头问，要哪边？我略一端详，说，要鼻子，再要一只耳朵。话音刚落就见刀光一闪，猪鼻子和猪耳朵给我砍下装了袋。我又要了一瓶八两醉，付了钱，还递给店主一根烟。在山里，见人就递烟是一种礼仪。

我拎着酒肉，骑着摩托车晃到了葫芦村。听说这村里有个人和田利生比较

161

熟。我知道老井和那些债主可能也在寻找田利生。与他们相比，我像一个潜在水底的人，在水波的光影里，在明暗的交替中蛰伏着，我抬起头就可以看到他们从水面上游过去的影子。斜射的阳光落入水中，穿过波纹，忽然照亮了水底的某个秘密。

我也问过自己，为什么要寻找这个与自己无关的陌生人。显然，我和老井和那些债主们找他的目的是完全不同的，老井是想让他把山庄建完，债主们是为了问他要钱。可是对于我来说，每次在月光下去看望那片废墟的时候，总觉得那坟墓般的废墟里面埋葬着一种奇特的生机。天真而骄傲，像一个少年写在日记本里的稚拙理想。

但我和老井有一点认识倒是不谋而合，那就是，这个人很有可能还在这山里。

走进葫芦村，我刚想问人打听有没有一个叫刘天龙的人，忽然就见一面墙上用石灰赫然刷了三个大字，天龙街。气势轩昂，大字后面还有一个箭头朝里指示方向。一种沙漠客栈里才有的杀气从这三个大字里溢出来。我沿着这条天龙街往里走，却不知道哪家是刘天龙的家。有锣鼓声在街上欢天喜地地穿梭回荡，好像大夏天就在准备过年一样。我循着锣鼓声来到一个敞开的院子门口，只见院子里有一圈人围着一只大鼓，大鼓很大，像个小房子，里面能住好几个人。三条壮汉裸着上身，正扎着马步，围成三角形隆隆打鼓。其中一个像是怕裤子掉了，不时空出一只手来提提裤子。

旁边还围着两个拍大镲的壮汉，金黄的大镲上系着红绳，在阳光下鲜艳夺目，大镲一开一合，状如闪电。两个壮汉如雷神一般威风。外围还围着几个妇女，一边嗑瓜子，一边盯着大鼓微笑着，也不知道在笑什么。还有一个圆鼓鼓的女人坐在地上看打鼓，一边看一边拍手，她看起来怎么也有五十多岁了，居然还扎着两只羊角辫，像个大号的儿童，但目光呆滞，看起来多半是个傻子。因为近亲结婚多，山村里经常能见到各种傻子，倒也不稀奇。

终于热火朝天地敲完一个段落，几个人满头大汗地歇下来喝水，一边喝一边用鼓槌敲对方的脑袋玩。我凑过去问，现在不过年不过节的，你们怎么想起来大夏天敲鼓？那个提裤子的打量了我一眼，喝了两口水才说，歇着没事情做嘛，种地本来就不挣钱，现在地也没了，被田利生租走搞旅游开发了。在外头打工一个月挣两千块钱，还不包吃住，没毬意思，还不如回山里舒坦，反正也饿不死，给人打什么工嘛。额们几个凑钱买了个鼓，没事就打鼓玩嘛，清早打，晚夕打，自家给自家寻点高兴事。

山里人喜欢打鼓倒是真的，他们对鼓有各种打法，丰收鼓、花庆鼓、牙鼓、求雨鼓。我摸摸那口大鼓，像一只温顺沉默的大动物，我小心翼翼地问道，你说的那个田利生，现在跑哪去了？一个女人灵巧地吐出两片瓜子皮，差点吐到我脸上去，只听她说了一句，鬼晓得那狗日的躲到哪去了。我只好又问，你们村有没有一个叫刘天龙的，他家住哪？一个长着一口黄牙的男人笑了，一个指头朝街上比画了一下，往里头走，要一直往里，最后一家，看仔细，就那独门独户的一家啊，就是他家。

我只好顺着天龙街一直往里走。很快一条街就走到头了，房子一家挨着一家，并没有见到黄牙男人所说的独门独户。我正在街尽头来回打转，忽然看到不远处的山坡上孤零零地坐着三间砖头房子。那三间房看起来又瘦又小，游民一般孤单又羡慕地望着村庄。我知道黄牙男人说的谜底了，最后一家啊，就是这家。

走到房前，只见屋檐下挂着一条横幅，红底白字"农民大学"，横幅在风中猎猎飘摇。门口停着一辆破旧的电动三轮车，在旧脸盆和破瓦罐里种着几株指甲花和鸡冠花，还把空鸡蛋壳扣在上面，以增加花的营养。我正猫着腰看花，竹帘一挑，从中间屋里出来一个矮个子男人。因为个子矮，看人的时候习惯性地仰着脸，好像时刻在寻找太阳的方位，向日葵一般。他问我，你寻谁？我说，我找刘天龙。他很干脆很自豪地说，额就是。我晃了晃手里的猪头肉和八两醉，说，过来找你喝酒。

他狐疑地看了我一眼，用很聪明的口气说，怕是找额有什么事吧。然后他反手挑起帘子，另一只手做了个邀请的姿势，请，屋里坐下再说。

屋里简直可以用家徒四壁来形容，一张土炕，炕上卷着两卷寒瘦的被褥。一张木桌，两把木椅，一只破板凳，墙角还卧着两只鼓鼓囊囊的大麻袋，不知道里面装着什么。我忍不住好奇还是问了一句，这麻袋里装的是什么？他朗声说，猪饲料。

他去给我倒水切猪头肉，我在屋子里到处闲逛。屋里还有个歪歪扭扭的破书架，书架上摆着几本满是灰尘的书，有《论语》《奇门遁甲》《黄帝内经》《处世谋略》《孙子兵法》《中毒与急救》《丰田车》。一只水泥板柜像棺材一样一声不吭地蹲着，大概是用来装粮食的。板柜上摆着一张照片，他和一个女人的合影，刘天龙站着，那女人坐着，女人看起来年龄比他大好多，像是他妈。再仔细一看，我忽然发现，照片里的女人正是那个扎着两个羊角辫看打鼓的傻子。

我一边思忖一边抬起头，正看到墙上贴着一张发黄的纸，最上面用挺拔的钢笔字写着"天龙报第十期"，下面的标题是"您我共同走一起，脱贫定会大风起"，再下面是密密麻麻的四字真经，我看到最后一句"谦虚互友，百川乃大"，再下面还有落款"一个想和大家一起走上精神与经济共同脱贫的农民"。还盖了一个红色的大印章"农民大学"。

这时，刘天龙把切好的猪头肉端上来了，酒杯也取来了，还在一只古董般的陶瓷茶缸里给我沏了一杯银露梅茶。我说，你自己还办了一份天龙报？厉害呀。他把两只手搭在胸前，像个导游一样向我介绍道，办农民大学总得有份自家的报纸嘛，天龙报额已经办了十期了，内容都是额一个人编一个人写，额相信再多办几期，效果就会出来，你看这句，肚中无食，身上无力，心无理念，如人无心。还是能说到点子上吧？

我点点头，编得不错。

他又移步到书架前，拿起那本《丰田车》，用手掸掸灰，拍着书对我说，额把这本书研究了最少十几遍，人家丰田车的理念是什么？就是先造人再造车，掌握丰田的生产方式，必须懂得丰田怎么培养人才，怎么造就丰田文化，你看看人才在这社会里多重要？额和村里人说，他们不听，不听额也没办法嘛，额和他们本来就没法子交流。

我指着那本《奇门遁甲》说，你还研究这个？里面是不是有穿墙术和隐身术？你学会了没？他像没听见，伸出手把那几本书上的灰尘挨个掸了掸，一一摆放整齐，有些倨傲地向我介绍道，你看额还研究中医和哲学。额得了病从来不去看医生，都是自家给自家治病，山里头什么草药都能采到，额还能给额老婆治病，还给额二叔治好过肺结核。你有没有肺结核？额可是知道一个治肺结核的秘方，还是悄悄告诉你吧，捉一只癞蛤蟆，活的，往蛤蟆嘴里塞三个生鸡蛋，用泥把蛤蟆糊住，放到灶洞里烤熟，再把蛤蟆肚里的熟鸡蛋取出来吃下去，吃了几次就把他的肺结核给治好了。额也喜欢看哲学，额认为农民脱贫是需要有哲学思想的，不然能脱了个贫？额说什么他们都不信。你看看这《孙子兵法》，额认为农民养猪一定要先看看孙子兵法，养猪靠什么？一是道，二是天，三是地，四是将，五是法，阴阳、寒暑、远近、死生都决定了你能不能养得好猪。

说到这里他又做了个邀请的姿势，请我参观他的另一间屋子。门上也挂着门帘，我一挑门帘进去，猛地看到屋里正卧着三头大白猪，不知是什么品种，身材魁梧，鼻子很长，头很小。原来这间屋子是专门用来养猪的。我说，你在屋里养猪啊，猪的待遇不错。他微微点点头，垂下的一只手翘着兰花指，这使他整个人看起来忽然有几分奇怪的轻盈。他说，外面风吹日晒，冬天把人都冻成活鬼，猪也能冻死，三间房额和额老婆又住不过来，就让出一间给猪住嘛，谁住不一样？

我说，给猪住也挺好，挺好。

这时门帘一挑，忽然飘进来一个人，说是飘进来的，是因为此人居然没有脚步声，忽然就出现在了我们身后。我扭头一看，吓了一跳，是个圆滚滚的女人。再一看，这不是刚才看打鼓的那个傻子嘛。她体型笨重肥大，但走起路来居然没有任何声音，影子一般就飘了过来。她扎着两只羊角辫，头发上刚插了几枝蒲公英花，盯着我呆呆看了几秒钟，忽然咧开嘴，无声地对我笑了笑。然后又拉住了刘天龙的一只手不放。

刘天龙拍拍她的头，你这是又耍得饿了吧？然后转头向我介绍道，这是额老婆。我想起他俩那张母子般的合照，心里不免暗暗吃惊。只见刘天龙似乎犹豫了一下，但他好像很快就下了什么大决心，他抬起一只手拍着女人的肩膀，那只手上的兰花指还翘着，他的眼睛躲开我，看着我身后的三头猪，郑重地对猪说，额老婆叫花花，是额从山里头捡回来的，她一个人在山里转悠迷了路，额碰见她的时候，她都快要饿死了。和你说实话吧，她脑子有点问题，还是个哑巴，也不知道是从哪道沟跑过来的，她也讲不出来。额就把她领回家里来了，额也是一个人过，她也是一个人，俩人一起搭伴过日子总比一个人好吧。别看她有点傻，可是会认人，也能认下回家的路，每天跑出去耍，耍累了就自己找回来了，都丢不了。

我摸出两根烟，递给他一根，他说，出去抽，这里有猪，别呛着它们。我们走出去，就那么站在房前抽了会儿烟，一根烟抽完，他不似刚才那么郑重紧张，我们都仰起脸来看着天上快步奔跑的云。大山里的天空经常是一种剔透的蓝色，像一面汪洋大湖悬在我们头顶。我找话道，确实，两个人过怎么也比一个人要好，一个人还是太孤单了。

他继续仰脸看云，我注意到他那只翘起的兰花指始终没有放下。认真看了半天云，像是累了，他终于垂下头，说，你这人不赖，走，伙计，回屋喝酒去。

我俩围着桌子开始一杯一杯地喝酒，那女人抱着一只塑料碗坐在我们前面的那只小板凳上，碗里放了几块猪头肉。她拿勺子吃肉，每吃一块，就抬起头对着我使劲地笑。刘天龙起身给她碗里倒了点醋，说，晓得吧，蘸着醋吃肉不腻。又坐下，眯着眼睛，把一杯酒哗啦倒进嘴里。几杯酒连着下去，自己并不吃肉，却又忙着给女人碗里添了几块肉。

他忽然一声叹息，你算说对了，两个人怎么也比一个人要好，就是和一个傻子一起过，也比一个人要好。她怎么也是个人啊，她是个伴儿啊，大黑夜里，只要身边躺的是个活人，心里头就觉得踏实。你看额这老婆，是个傻子，还不会说话，只会哭和笑，高兴了就笑，不高兴了就哭。有时候额去山里采草药采木耳，她就四处找额，额要是晚上住在山里没回来，她能哭一个晚上。你看她心里明白不明白，谁对她好，她都明白着呢，就是说不出来。额每天给她扎辫子给她做饭，还给她看病给她洗衣服，都是额伺候她，没人伺候额，可是能有个伴儿额就知足了。

我说，人是得有个伴，起码心里头就不空了。我们又干了一杯，我把烟盒放在桌上，他假装看不见，直到我递给他一根，他迟疑了一下，才默默接住。抽了一口烟，他徐徐喷出一缕青烟，拿烟的那只手还是翘着兰花指。他忽然有些伤感地说，额无儿无女，一个人过成什么样就是什么样了，额要是死了，也只有额这傻老婆会哭额，会到处去找额。额也算有点头脑的人，就是生错了地方，这个没办法，额认命。额现在就想给村民们办个农民大学，额当校长，带领全村人致富，从物质到精神上的致富。脚踏大地，手撑春天。怎么样？也是额写出来的。

我像忽然想起来什么，随口说了一句，你让我想起一个人，叫田利生，你认识这人不？我觉得你俩不知道什么地方有点像。

刘天龙放下杯子使劲一拍大腿，说，额要是不认识他谁还认识他，额在他那里打工的时候，他觉得额能写会画，很赏识额，就让额给他写山庄的宣传语，深山明珠，华北宝藏，这句宣传语听过没？就是额写的啊。

我装作恍然大悟的样子，说，原来就是你写的啊。

他神情变得肃穆庄严，个头好像忽然间也膨大了一倍，他郑重点点头，的确是额写的，盖度假山庄的时候，额可帮他写过不少东西。他还请额喝过酒，就额们两个喝，一直喝一直喝一直喝到半夜。

他指了指我的杯子，又指了指他的杯子，有些焦灼地来回比画着，试图给我解释，就是这样坐着喝，喝了两瓶好酒，就着腌狍子肉和麻油拌苦菜。他能看得起额，他是真能看得起额呀。

说到这里他忽然哽住，说不出话来，便又独自喝下去一杯酒，之后用手指抹了抹两只嘴角，定了定神才说，额知道，村里人都看不起额，额也不在乎他们看不起额，额活得很知足，有吃有穿有老婆，还有书看，还想怎样？人一辈子还不就是这样，到终了人人都一样。额知道田利生的不少事，喝了点酒，就告诉你吧，其实田利生和额一模一样，也是山沟里长大的穷小子，要甚没甚，可是人家比额有本事，挣了钱，又回山里盖度假山庄，钱不够，还能把别人的钱借来用。后来他就跑了，孙子兵法里的瞒天过海嘛。

他忽然吊起两只醉眼看着我，额早先问过他，你打包票这度假山庄能挣了钱？你猜怎么？他光是笑了笑，甚也没说，你说他这是甚意思？

我默默不语地抽着烟。

他这时候伸出一根指头慢慢朝我晃了晃，又使劲指着自己，那根指头在微微发抖，指了自己好半天才说出话来，额刘天龙一辈子就这样了，额认了。可有的人就不像额这样认命，你晓得田利生的本事有多大，他喝多了自己告诉额的，他当年下山的时候，身上就装着几块钱，晚上就睡在桥洞下面，在城里给人到处打工，什么营生都干过，连死人都抬过，后来赚了点钱还被人骗过，可是他后来还是挣到了大钱。他可是有本事的人哪。

这时候傻女人端着空碗蹭到了刘天龙身边，一边对我怯怯地傻笑一边看着盘子里的肉，见我看她便躲到了刘天龙身后，又探出一角脑袋来偷偷看我。刘天龙夹了两块肉放到她碗里，她高兴得手舞足蹈，又坐回板凳上去吃起来。我给他和我各倒了一杯酒，一口喝干，我说，连你老婆的辫子都是你给她扎的，不容易啊。

他拍着胸脯说，自己的老婆嘛，刚来了额家的时候，她瘦得像只毛猴，你看这会儿，吃胖了最少也有五六十斤。额就盼着额能比她多活几天，要是额先死了，怕她一天也活不了啊。

我想起了我的妻子，但我不愿对任何人提起她，我只愿把她埋在自己心里。我第一次见到她的时候，我刚去省城打工不久。我在城中村里租了间最便宜的房子，我开始四处找工作，一边找工作一边去大学里蹭课。城中村藏污纳垢，楼下是烟雾缭绕的麻将馆和粉色灯光的小发廊，还有肮脏的小诊所，门口挂着灰扑扑的白帘子，帘子上印着个红十字。栖息在城中村的除了村民，就是落魄的本地人和刚进城的外地人。

那晚，我一个人在楼下的小面馆里要了一碗面，一个女孩坐到了我对面。长头发长脖子，小眼睛，高颧骨，穿条短裤，光脚穿着拖鞋。她的右胳膊上有青色的文身。她也要了一碗面，然后递给我一根烟，自己也点上一根，老练地抽了一口，朝我喷出两个烟圈，嘴角半笑不笑，说，老见你在这吃面，外地人吧？我停下吃面，看着她，说，是。她说，在外面混不容易吧。我忽然就无来由地愤怒起来，说，你管我。她撇了撇嘴角，说了句，傻×。然后朝昏昏欲睡的服务员打了个响指，给我来四个啤酒。

两瓶啤酒喝完，我问她，你是做什么的？她握着瓶脖子说，我是本地人。我说，本地人怎么了，了不起？她把酒瓶往桌上使劲一蹾，用一个手指指着我的鼻子，说，傻×，你敢再说一遍。我扔下筷子，手中握了一个空瓶子，看着她说，你到底想干吗？她呆了片刻，小眼睛里忽然泛着光，半笑着对我说，你知道不，你和别人真不大一样，我早就注意到你了，我看你快连碗面都吃不起了吧。我倒喜欢看你在那想事情，也不知道在想什么，哎，你说说，你倒是想出什么来了？

我手里还抓着酒瓶子，我很想告诉她，其实我考上了大学，只是我没去上，录取通知书就在我身上。但我什么都没说。

只听她又说，哎，要不咱俩处对象吧，在一起租房子能省下一个人的房租，还能一起做做饭，一个人的饭，真是不好做，剩个饭还得再买个电冰箱？再说了，这里的房租马上又要涨了，还不能月付，最少押一付三。

我说，你为什么不回家？她撇撇嘴，我自己跑出来的。我久久看着她胳膊上青色的文身，说，你多大岁数就跑出来了？她又招手要来两瓶啤酒，我们一人一瓶，瓶盖飞出去，她咣咣猛灌几口，嘴角挂着白沫，她也不擦一下，只咧开嘴，笑着说，十六，下雪天穿着秋裤光脚跑出来的，牛逼不？

我们在城中村合租了一间出租屋，她有台旧电视机，还有炒瓢电饭锅碗筷等一套现成家什。她在出租屋的电灯开关上，门把手上，窗户上，都贴上了彩色的纸蝴蝶，还在桌子上摆了两个坐在一起的木偶人。在一起住了半年她都没回过一次家，也从没有给家里打过一次电话。

住了半年之后我提出要离开。那个晚上，她洗了头发，换了件干净睡衣，关好门窗，悄悄打开了煤气阀才在我身边睡下。我半夜被尿憋醒，只觉得头晕恶心，想喊人，却已经说不出话来，浑身像团棉花，我滚下床，挣扎着爬到门口把门打开，我俩才勉强捡回两条命来。此后她便没收了我的钥匙，把我关在出租屋里看电视，每天下班带饭菜回来给我吃，无论我去哪里她都寸步不离地跟着。我说，你觉得这样有意思吗？她说，你别想走，你就在家里躺着看电视，我什么苦都能吃，我也能挣到钱，我养你。

又过了一段时间，一个周末，她让我陪她一起去逛街。那天她特意扎了个高高的马尾辫，显得人很精神，中指上戴着一个几十块钱给自己买的戒指，她说戴戒指就表示自己快要结婚了。她一路上都拉着我的手。逛街的时候，我借口到公共厕所里上厕所，然后，赤手空拳地从她身边逃走了。

我对坐在板凳上的胖女人笑了笑，她像一个稚童一样盯着我，然后也无声地笑了起来。

这时候我转移了话题，我说，田利生这么赏识你，也没告诉你一声他去了哪？

他的目光似乎在我脸上停留了一下，并没有聚焦起来，又很快移到了猪头肉上。他看着那半盘肉问，他也借了你的钱？

我一惊，忙说，没，我根本不认识他，我就是觉得这个人挺有意思的。

他忽然语速很快地说，怎么个有意思了？甚就叫有意思？实话告诉你吧，你想找他，额比你还想找他呢，他跑了，额的工作也没了，额那工作成天写写画画，多好。

我说，那你去找过他吗？

他点点头，说，额倒是去山水卷找过他，前几年的事，当时山水卷的村民把他藏起来了，怕他被那些要债的人收拾了。他要是死了，他们的地也没了，旅游开发的事也泡汤了，他们肯定要保护他。结果额去了也没找到他。估计是他后来又从山水卷跑了。

我说，他自己跑了？为什么？

他说，山庄盖了一半，他不得想办法弄钱？不知道跑哪去了，后来也没见他再回来，估计是没弄到钱。

我说，现在地也不能种了，度假山庄又成了个烂摊子，说句实话，像他这样的人，你们恨不恨？

他看着我慢慢地笑了，露出了一嘴炫目的黄牙，他说，说句实话吧，一亩地四百块钱，人们还是愿意把地承包给田利生，为甚呢？因为现在种地根本不挣钱，不如包给别人还有两个租金。你说下山打工吧，额就不愿意去，租个人家的破房子，山下的人也看不起你，在自己家起码心里舒坦。现在这社会，人人都想着怎么致富，额村里的人本来还等着靠他的旅游开发挣钱呢，他倒跑了。不过田利生这个人其实并不爱钱，你是不知道，他平时连件好衣裳都不舍得给自己买，抽的也尽是赖烟，吃饭就吃一碗面，你说他要钱有甚用？所以嘛，他把挣下的钱都投到度假山庄里打水漂了。依额看，钱对他来说就是过过手，他自己都不留，恨他做甚？

我忽然就有些失态，刚倒的一杯酒居然就洒出去一半，我连声说，对，钱其实就是过过手，还不知道最后流到哪里。

我们又一连喝了好几杯，直到把一瓶酒都喝光。他趴在桌子上睡着了，发出一串轻微的鼾声。坐在板凳上的女人捧着那只空空的塑料碗，像小女孩一样看着我，我朝她看的时候，她便使劲对我笑。我指了指趴在桌上的刘天龙，试着对她说，他睡着了。她像是没有听懂，还是咧嘴对着我笑，嘴角垂下一道口水，一直滴到了手上。我摇摇晃晃地起身，走了出去。走到屋门口忽然听到后面有呜呜的声音，回头一看，却见她已经不在凳子上了，她过去抱住刘天龙，嘴里正发出呜呜的哭声。她又胖又大,刘天龙又瘦又小,看起来她像只柜子一样,能把刘天龙整个装进去。我想过去帮忙,又一想,终究还是没进去。

我离开卧在这山坡上的三间小屋,朝着自己的摩托车走去。在这山林里,即使醉酒摔倒也无妨,大不了就地在路边的草丛里睡一觉。这是我在山外渴望了多年的自在。

晚上,我举着一支蜡烛站在那张巨大的地图前。上高中的时候,我最喜欢学地理,尤其喜欢背那些花花绿绿的地图。再长的河流,落到地图上也不过是一条细细的蓝线,就像被施了魔法的龙,一直变小变小,直到最后变成了一只虫子。那时候看地图对我来说是一种享受,我会觉得自己获得了无限的自由,如大鸟一般,可以随意在那些高山大川之间往返。

事实上,在离开大山之后,我也确实流浪过很多地方,我每到一个地方,都遇到过自称是从洪洞大槐树迁徙出来的移民后代。我在广州做服装批发生意的时候,曾在一个村里见过一座王氏祠堂,祠堂里详细记载着这户王姓家族的迁徙过程,他们的祖宗是明朝洪武年间从山西洪洞迁徙过来的。

我在成都时曾经认识了一个女人,东北口音,她却说她家祖上是清朝时候从山西移民到东北的。她说她还是山西人,又问我打听关于山西的种种,说她一直想去趟山西,尤其想去五台山烧香许愿,她特别想有个自己的孩子,听说五台山许愿很灵。又说他们那个地方的人,不是移民就是流民,要么就是被派过去戍边的,没有几个是本地人。她在成都开一家按摩店,手里有几个花枝招展的姑娘。她自己四十大几了还没有结婚,无儿无女。后来她认了个十八九岁的干女儿,认亲的时候隆重摆了酒席,还邀请我去参加。那干女儿当场叫了声妈,领了一个六万块的红包。她对她干女儿说,只要你听话,肯为我养老送终,我死了以后财产都是你的。酒席上她喝醉了,抱着她的干女儿痛哭,一边哭一边不停地说,以后你把我当亲妈,我把你当亲闺女,你把我当亲妈,我把你当亲闺女。

过了没多久,她的干女儿就偷了她的全部积蓄逃走了。她反倒一滴泪都没有了,她笑着对我说,怕什么,当初老娘出来闯荡的时候也就这样,手里一分钱没有,晚上直接睡马路,不就是绕来绕去又绕回去了,地球还是圆的呢。再后来,她就消失了,不知道去了哪里。

我还曾在开封的一条老街上见到过一个卖馄饨的人，他长着一张外国人的脸，深目高鼻，却说着一口流利的河南话。我问他是哪个国家的人，他用围裙擦擦手，说，师傅，俺就是河南人，俺爷爷就是在这开封长大的，他的爷爷是北宋时候就来到开封的犹太人，来了就再没走。我说，你真不觉得自己是犹太人？他长长的睫毛在阳光下像鸟一样扑闪着，我发现他的眼珠是蓝色的，但他还是认真透顶地说，俺就是河南人，以前有人也回去过，后来又回来了，犹太人根本不认我们。

流浪的地方越来越多之后，我从大山里带出来的口音渐渐消失了，没人能听得出我到底是哪里人。我有时候会说自己是东北人，有时候说自己是山东人，还有时候会说自己是湖北人。我孤独地北伐、南征，事实上，我已无法向别人讲述我究竟来自哪里。在我看来，我出生的大山与任何地理上的划定都没有关系，它是隐藏在空间里的空间，是存在之外的存在，古老、坚固、缥缈。有时候我远远想起它的时候，都忍不住会怀疑它到底是不是真的。如果它并不是真的存在，那我便也不是一种真正的存在。那我所有的欲望和不甘也只不过是一种幻象。

夜已经很深了，还是睡不着。我披衣出门，沿着山路慢慢往前溜达。黑串在不远处发出甜润的叫声，dear，dear。一大片山林在晚风中摇摆，发出低低的呼啸声。满天都是星星，夜空就在头顶，那些星星似乎随时都能掉下来。我借着星光，不觉走到了听泉山庄的门口。那片废墟在黑暗中静默着，我隐约还能听到它的呼吸声，它看起来像极了我在城市里反复做过的那些梦境。

我坐在门口的石头上抽了根烟。山庄的梦幻感让我再次想到了那个叫田利生的男人。我能感觉得到，他一定还在这大山里，甚至，他可能就躲在离我不远的地方，一边抽烟一边默默地观察着我。想到这里，我不禁打了个冷战，起身朝四下里看去，只有寂静黢黑的山林，我却仿佛看到这无边的山林里浮出一张人脸来，这人脸越来越清晰，发着光亮，像灯笼一般飘到了我面前。他似有千言万语要和我说，却只和我默默对视片刻，便又消失了。

我打听到了，听泉山庄里那块霸气的莜麦地是属于兄弟俩的。这对兄弟都是老光棍，住在几里地之外的杏坛村，相依为命。我买了一块猪头肉，买了一壶八两醉，看那家店里卖的五香豆腐干也不错，便又称了二斤豆腐干，一起拎着上了摩托车。

据说这兄弟俩住的院子是全杏坛村最破的院子，所以很好找，我一进村就毫不费力地看到了这个院子。土坯墙塌了一半，院门是用细树枝扎起来的，我刚一进去，忽然有一只皮球那么大的小狗滚到我脚下，细声细气地冲着我叫起来，一边叫一边不停往后退。院子里有两间正房坐北朝南，西面搭了一间小棚子做厨房，房前种了几棵树，还种了一排黄瓜，有根黄瓜很老了也没人摘，大头朝下耷拉着。有个老人正抡着镐头在树下刨坑。听见狗叫便停下来，一手挂着镐头，一手搭起凉棚朝我这边张望。

我有些看不出他的年龄，只见他一头白发，脸上有一只很大的红鼻子，十分夺目，大概是因为酒糟鼻的缘故，鼻头通红，在阳光下看上去像只草莓。两只小眼睛因为害了眼病，不停流泪，只是很勉强地睁着一条缝。他驼着背，穿着一条很长的灰色涤纶裤，裤腰提得极高极高，一直提到了胳肢窝那里，又用红裤带使劲绑上，这使他看起来只有下半身没有上半身，好像两条腿直接就和脑袋连在了一起。

我心想，不知道这是哥哥还是弟弟。一边想一边朝他走去，那只小狗划着四只小短腿，一边倒退一边还不忘朝我叫几声，叫得有点敷衍，它看起来简直比一只老鼠大不了多少。我走到老人面前，他两只手紧紧扶住镐头，小眼睛十分警惕地盯着我。我对他晃了晃手里的酒肉，说，老伯，我也是这山里的，就是过来坐坐，找你们喝酒。在大山里，从一个村到另一个村串门喝酒是常事。他还是用两只手牢牢抓着镐头，沉默了片刻，忽然就语速极快极暴躁地冲我嚷了一句，额不认得你，回你行（家）去。

我正站在那里不知所措，右边那间黑洞洞的正房里忽然吐出一个人来。又是一个老人。这个老人看起来更高更瘦，挂着一支拐杖立在门口。他身上穿着一件很古老的旧军装，把扣子一直扣到最上面一颗，箍着皱巴巴的细脖子。他眯起眼睛打量了我好半天，然后朝我招手道，进锅舍（屋子里）坐坐来。

院子里刨坑的老人跳着脚喊道，你认得这人？瘸腿老人不耐烦地朝他做了个赶鸡的动作，不认得就不能说话了？快做你的活吧，管得真宽。说着，挂着拐杖把我带进了他屋子里。一进屋我感觉像掉进了山洞，周围黑咕隆咚，需要待立片刻，眼睛慢慢适应了这黑暗，才大致看到了屋里的陈设。地上凹凸不平，有一张土炕，炕上连着冷灶，一只板柜和一只立柜一胖一瘦地站在一起，地上还有张破木桌，一高一矮两只凳子。我环顾了一下四周，发现屋里光线暗主要是因为窗户外面罩着一层牛皮纸，大概是冬天的时候怕冷，起保温作用，结果到夏天也懒得拆了，反正到了冬天还要用。

我把酒和肉放在小木桌上，说，老伯，能喝点酒不？他先看了我一眼，又盯着酒肉看了半天，好像在辨别它们的真假，然后冲着门外喊了一声，燕红啊。不一会儿，一个二十七八岁的姑娘走了进来，借着屋外的光线，我看到这姑娘长得倒眉清目秀，烫着卷发，穿一条绷得紧紧的牛仔裤。她进来看了我一眼，叫了一声，爸，咋了？他指指猪头肉，说，把肉切了，额们喝点酒。她有点不高兴地说，说不喝了不喝了又喝。但还是拿着肉去了厨房。

他坐在高凳子上，让我坐在矮凳子上，这样使他看起来有点居高临下。他指了指自己的腿，意思是那条腿不能打弯，只能坐得高高的。我说，是你闺女？他很得意地说，是额当年从垃圾堆上捡回来的，她刚生下几天就被爹妈扔到垃圾堆上了，额把她捡回来把她养大成人，还供她念完了初中，你晓得她现今在哪不？在广东，可挣钱了。

这时候我听见那姑娘对院子里刨坑的老人说，爸，你快歇歇吧，日头这么大。我心想，原来她管两个老人都叫爸爸，看来是被这兄弟俩一起养大的。别的小孩从小都是一个爸爸一个妈妈，她倒好，从小两个爸爸。这么想着，心里忽然就一阵难过。只听院子里的老人高声吼道，干不完歇什么歇？去哪儿歇荫凉？歇下来怎么活？歇下来吃甚？

过了一会儿，她把切好的猪头肉端了进来，切得薄薄的，拌了黄瓜丝，浇了醋，拿来两双筷子。我招呼她一起吃，她对我笑了笑，我给你们做面去。说罢又出去了，两条细长的腿挺好看，我心想，这姑娘在广东不知道干什么工作。

这时候地上忽然大摇大摆地走过去一只大老鼠，并不怕人，好像是按时出来散步的，倒把我吓了一跳。他却很镇定地说，额当是什么，一只毛姑姑嘛，家养的毛姑，和家里人一样。这时候我发现那筷子上面都是一层厚厚的油腻，好像几百年没有洗过的样子。他倒了两杯酒，催促我，吃嘛。我畏惧地看着那筷子，迟迟不敢动手。他慢悠悠地自己先喝了一杯，又往嘴里送了块猪头肉，嚼了，斜着眼睛看着我说，你不吃是嫌额脏，怕额下毒毒死你吧？

我忙说，怎么可能，我是不饿，早饭吃多了。他又给自己倒了一杯酒，像蜜蜂一样凑过去闻了闻，又小口喝了半杯，咂咂嘴，说，你不用和额犟，人总得动脑子吧，人不用脑子能行？人不用脑子那就是猪。你真不用和额犟，额是参加过二万五千里长征的人，参加过敌后武工队，额能不晓得？

我心里正想着他的年龄不大可能参加过长征，忽听见他使劲敲着筷子又说，你不用和额犟，怕额下毒毒死你是吧？你动个筷子不行？死不了，吃吧。我只好横下心来，拿起油腻腻的筷子夹了一块猪头肉送进嘴里。我俩碰了一杯酒，他有些高兴地说，你看，没把你毒死吧，你怕个甚？你真不用和额犟，额甚没见过？毛主席，周总理，额保证完成任务，额是民兵队长，小分队，跟额走，拿绳子捆了狗日的，这阵子就去村西头集合，快跟上额。

他脸上出现了一层梦幻般的迷狂色彩，他好像迷路了，又好像急于要靠近某种沉睡，一种古怪的沉睡绑架了他。在那么一两个瞬间里，他满是皱纹的脸上真的浮现出了几缕四十年前才有的光华，那种年轻璀璨的光华从很深的皱纹里忽然浮了出来，又在瞬间凋敝、消失。我明白了，这人可能脑子已经有点不清楚了，他已经分不清四十年之前和四十年之后的时间了。这些时间对他来说，已经如雨林里的藤萝交缠，永远地共生为一体。他甚至分不清楚自己到底是二十岁还是六十岁。

我给他满上酒，敬了他一杯，他神情恍惚地喝掉酒，嘴里又开始咕哝，你真不用和额犟，额什么都知道。

我说，我不和你犟，给我讲讲，你这腿是怎么瘸的？

他审视地盯着我看了好半天，才犹疑地说，你是上面来的干部？

我说，不是，我就是随便问问。

他有些微微的失望，但还是开口道，这腿，拐了好多年了，额在街上本来走得好好的，就被一辆车撞倒了，额可不是那种讹人的赖皮，额对那司机说，没你的事，走吧。那车就走了，结果额的腿就落了个残废。残废是残废了，不过一年能有一万块钱的残疾补贴，额和额大大（哥哥）就靠这一年的一万块钱过生活。你想想，一万块钱啊，这么多的钱还不够额和额大大花？额俩花都花不完。所以告诉你吧，不要以为额没有钱，额的钱多的是，额满足得很，一个正常人一年也挣不下一万块钱吧。额可是民兵队长，村里的民兵都得听额的，一个民兵跑过来告诉额，鬼子又进村了，额得拿枪，枪放哪了？你等着，额去问问额妈，她就躺在那张炕上，她老是病着，下不了炕，就一直在那炕上躺着，等一下，额要给她去送饭。

我下意识地扭过脸朝那张炕上看了看，炕上铺着一张墨绿色的油毡，油毡上面只有一卷油乎乎的被褥和一卷卫生纸。并没有一个人影。我忍不住打了个寒战。

5

那姑娘送进来两碗手擀面，刀工了得，面条切得如银丝一般，上面撒了黄瓜丝浇了西红柿卤头。然后就坐在一边看着我们，自己也不吃饭。我用叔叔对小女孩的口气问她，燕红啊，两个爸爸你觉得哪个更亲？她没说话，倒是老人喷着一嘴浓烈的酒气，用筷子敲着桌子说，哪个亲？额和他是一辈子合不来，他那脾气，见谁骂谁，连额也骂，要不是老子残废了一条腿每年能挣一万块钱，额俩吃什么喝什么？喝西北风？早把两张嘴吊起来了。

这时候忽听见有人在窗根下用极快的语速回骂了过来，一万块钱怎么了，没你的一万块钱还不活了？每天三顿饭是谁做？每天是谁去种地？是谁割的莜麦？老子每天给你做饭伺候你十来年了，你说甚说？

那姑娘朝我摆摆手，小声说，他们就这样，每天就在这院子里转圈，也不敢出门，也不和邻居交往，每天都要吵架，不过一会儿就忘了，他俩其实谁也离不了谁，少了一个另一个也没法活，就靠在一起相依为命呢。

屋里的老人不敢再大声骂回去，只是小声嘟囔着，告诉你，不要和额犟，人都是长脑子的，对不对？他抬起头看着我，又问了一遍，人都是长脑子的对不对？我说，对。他滋溜又喝下去一杯，然后又一杯。我说，老伯，你每天都怎么过的？他用手抓起一块豆腐干，咬了一口，细细嚼了，说，怎么活？慢慢活。

然后他低头看了看我碗里的面，说，快吃吧，里面没下毒。我端起碗往嘴里划了两口面，他见我吃了面，便笑眯眯地又问我，看你身上穿的衣裳不赖，你每天花五十块钱够不够？额看你不够。额还不知道，这社会，你肯定不止一个老婆，你说吧，你到底有几个女朋友？别以为额甚都不知道，额不会看电视？电视里演的额都记得清清楚楚，一个男的找了好几个老婆，说是女朋友。人总得动脑子的，对吧？额还是个民兵队长。

我又吃了一口面，说，我现在就一个人。他快乐地用筷子敲着桌子，你看，你看，额就说嘛，你一天花五十块钱肯定不够，你老婆和你离婚了？是嫌你女朋友多吧？好几个女朋友，一天花五十块钱怎么够？我看他挺高兴，便说，老伯，你呢，怎么一直没成家？他慢慢搬动了一下自己的那条瘸腿，就像在搬动一件笨重的旧家具，然后，他把脸慢慢扭向那张黑黢黢的炕上，他的声音听起来忽然有些悲伤，他说，额妈就躺在那张炕上，她病着，起不来，她一直就躺在那张炕上，她问额，二强，是你回来了？外面是不是下雪了？穿厚点，不要冻着了。

这时候那姑娘把酒瓶子抱走了，她说，不能再喝了，一天三顿要喝酒，都是喝最便宜的酒，四斤酒十五块钱，有一次喝得爬都爬不起来，躺了一段时间，就那段时间没喝酒，一下地就又开始喝。他哀求地看着她，闺女，再喝一杯，就一杯啊。她便又给他倒了一杯，顺便给我也倒了一杯。然后抱着酒瓶子出去了。

我俩把这杯酒也干得一滴不剩，我才问道，老伯，听泉山庄的游乐园里有一块莜麦地，可是你家的地？他昂着脖子，很得意地说，除了额家的还能是谁家的地？田利生那个偶人，一亩地四百块钱就要租额们的地，人都是长脑子的，对不对？四百块钱能花几天？花完了钱额们到哪里找人要钱去？只要还有地就不怕饿着，粮食才是额们的大事，以为额真没脑子？额是民兵队长，手下管着十几号人，毛主席，周总理，额都和他们老人家保证过的。

我说，那田利生也同意把你们的地留在游乐园里继续种？

他的眼睛看起来像是浸泡在酒精里的，通红通红，却越来越浑浊。他盯着我说，那偶人敢不同意？他不同意试试，额可是民兵队长。忽然，他趴在我耳边小声说了一句，额手里可是有枪的，谁不怕额？然后又抓起一块豆腐干扔进了嘴里，慢慢地慢慢地嚼着。

我说，那块地在游乐园里，那你们怎么进去种啊？

他有些不屑地看着我，怎么也不用脑子想想，人都是有脑子的嘛，肯定是有后门的，那后门的钥匙就归额保管。

这时候，从门外忽然跳进一个人来，冲着我们用极快的语速嚷道，你说钥匙归你保管？天天去种地的是额，钥匙在额身上，甚时候轮到你保管了？

我一看，是那个在外面刨坑的哥哥，此刻他驼着背跳到我们面前，两条腿上直接连着一个白花花的脑袋。我忙说，老伯，快歇下来吃口饭吧。他狠狠瞪了我一眼，额的活干不完就不吃饭，不像你们这些闲驴瘦马，甚也不干也敢吃饭？！粮食从地里长出来就是随便让你们吃的？你说，你打听田利生到底想干甚？

我吓一跳，忙站起来说，不想干吗，就是进去玩的时候看到你家的地还在游乐园里，种得还不赖，一年能打多少斤莜麦啊？

他吼道，地是额的，谁也别想租走，盖金龙宝殿也不行，给额金元宝也不行。

我说，没人要动你们那块地，田利生都没动，我就是想问问你们，那田利生后来到底去哪了？

他举起脸，气冲冲地对我又吼，额们不晓得，额们和他没关系，他开发他的旅游，额们种额们的莜麦。那偶人还想租额们的地？他小子试试。额现在还天每（每天）去种地，秋天就能打莜麦吃，别人家哪还有地种？现今这全村就额还有地，谁也不能动了额的地。

我被他的气势吓得后退几步，顺手拿起放在板柜上的一把扫帚端详起来，我找话说，这么软和，是不是拿马尾巴做的？他驼着背向我冲过来，一把抢过扫帚，吼道，不要动额家里的东西，甚也不要动。然后又冲着坐在凳子上的弟弟吼道，她燕红不要以为拿回来五万块钱就能吞掉额们的财产，财产是额们俩的，不能给别人，谁都不能给。回来了不就是吃额的喝额的，将来结了婚生了娃，再带回来一个小的吃额的喝额的。

弟弟瘸着一条腿，站不起来，只好使劲翻起眼睛看着哥哥说，额说藏在板柜里保险，你说会被毛姑姑咬，非要埋到地里头，埋到地里头就不会被人发现？等额们睡着了，人家偷偷进来就把钱挖走了，埋在院子里，一挖就挖到了。

哥哥又大吼，额把兀来大个坑都挖好了，棺材都能埋进去，还埋不下五万块钱？

弟弟说，人总得有点脑子吧，你到底有没有脑子？埋在院子里，黑夜被人挖走了怎么办？

哥哥咆哮着，那你倒是说，到底放到哪里保险？不埋到地里埋到你的骷髅里？

弟弟拄着拐杖拼命站了起来，哥哥驼着背冲上去，两个老人扭做一团，像动画片里的熊大熊二抱在一起嬉戏打闹。

趁他们打闹，我把口袋里的五百块钱放在板柜上，悄悄出了屋子。出门一看，那姑娘正无声无息地守在门口。她在阳光下对我笑了笑，笑容很是好看，她总让我觉得她不像是在这个家里长大的，好像和这个家里一点关系都没有。她说，从小就这样，我早就习惯了。顿了顿她又说，他们说的财产就是这两间破房。你不要怪他们，他们只是太没有安全感了，因为他们太可怜太不容易了，所以他们的任何东西都不允许别人动一下，他们怕自己仅有的一点东西都被人抢走。

我点点头，说，两个老人能养活了自己已经不容易了，能活在自己的世界里其实也挺好。她皮肤苍白，鼻子挺拔，从侧面看，下巴尖尖的，从她脸上隐约能看出她亲生父母的模样。我想，她小时候会不会奇怪，为什么别人都是一个爸爸一个妈妈，而她却是两个爸爸。只是心里想想，到底没说出口。

她看着地里刚刨出的那个坑，忽然有些疲倦地说，他们总怕被人骗了，其实就两间破房，哪有什么东西可被骗的。我这几年在广东打工，这次给他们带回来五万块钱，想让他们修修房子，可他们不愿意，一定要把这钱存起来，又不肯存到银行，说银行不安全。两人每天商量着把五万块钱保存到哪里，都商量了有十来天了，天天吵架，还是没个结果。过两天我也要回去上班了。在南方的时候，我总想回来看看，可一回来又想赶紧走掉。

我想应该对她说点什么，但终究没有再开口。

她把我送到门口，忽然说，你找田利生？早两年我就听村里人说过，田利生可能跑回他老家躲起来了，他老家那个村叫花前村，过了西塔沟，都快到老蜜沟了。这个人，我见过一次，有一次我爸爸带我去那游乐园里种荞麦，园子里没什么人，正好碰到他了，他一个人坐在木马上抽烟，见了我们还过来帮我们种地，其实人还挺和善。

这天，我骑着摩托车到镇上寄信。我每月给妻子写一封信，我从不留自己的地址，因为她根本不可能给我回信。不过这并不重要，重要的是，我一直在给她写信。

离开她之后，我辗转过好几个城市，干过各种活，又试着交过几个女朋友，却都无法长久。我仍然渴望成功，舍得用一个月的工资买一张成功学讲座的门票。我从不和过去的同学联系，也不想知道关于他们的任何消息。几年之后，我却还是在某一天回到那个城中村，四处打听她的下落，她居然还在那个城中村里租着原来的房子，当时那城中村已经被列入拆迁范围。再后来，我结婚了，我妻子就是她。结婚后我才发现，她其实比谁都适合做妻子，她喜欢默默守在我身边，喜欢做饭喜欢做家务，尤其喜欢蒸馒头。蒸馒头的时候，她总是独自待在厨房里，久久看着锅里冒出的白雾笼罩一切，她整个人会变得极其静谧安详。

庞水镇上有一个小邮局，邮局里常年只有一个男人上班。我每次去的时候，都见他穿着墨绿色的制服，像棵植物一样长在柜台后面盖邮戳。我会趴在柜台上久久看他盖邮戳，怀疑他晚上睡觉是不是也在这柜台后面，因为他看起来永远都一模一样，从不曾挪动过。他并不主动和我搭话，好像他根本就不需要和人说话，他只是埋着头盖那些黑色的邮戳。

寄完信走出邮局，阳光正从一朵巨大的云里钻出来，整个世界忽然陷入了一种意外的明亮，好像到处都是崭新的，到处都在闪闪发光。我坐在台阶上抽了一根烟，那邮局里的职员竟然也走出来了，坐在我身边问我要了一根烟。他居然有腿，并且会走路，我吃了一惊。我们俩坐在那满是灰尘的台阶上各自抽了一根烟，相互没说一句话。

邮局旁边是个破旧的小诊所，诊所里有个白胡子白眉毛的老中医，看起来至少有一百岁了。诊所门口常年立着一块木牌子，上面写着几句话，"东方曰星，其时曰春，其气曰风，风生木与骨。南方曰日，其时曰夏，其气曰阳，阳生火与气，阴生金与甲，寒生水与血。"抽完烟，我骑着摩托车走了，他依然坐在阳光里，默然目送我远去。

庞水这个名字就是大水的意思，听起来颇为富丽堂皇，因为这个镇子是在三条河流汇聚处长起来的，最不缺水。新中国成立后在这里建了一个文谷河水库，那水库在冬天的时候会结成一面洁白的冰湖，大镜子一般，明晃晃地落在群山之间。冰湖上一马平川，开阔辽远，山峰隐匿，世界忽然变得浩荡洁净，大卡车都能轰隆隆驶过去。冰湖极大极璀璨，便衬得那镇子瘦小羸弱，瑟瑟地偎依在冰湖旁边。

前几年不知从哪里传过来旅游开发这几个字，全镇的人都在摩拳擦掌，做了不少小木船在水库上漂着，但深山里鲜有人至。到了冬天，这些小木船便一起被冻进了冰湖，像琥珀里的小虫子尸体。原先的相貌还在，只是不能动了，这种沉寂会在某个瞬间里忽然给人一种无来由的阴森感。

每次经过这镇子的时候，我都会想，田利生会不会就藏在这镇子里，就在这些来来往往的人群里，每一个擦肩而过的陌生人都可能是他。他的衣角倏忽闪过，出现在月夜的山林里、湖中的倒影里，出现在山鹛的叫声中。只是，我一直无法看清那张脸。在那么一两个瞬间里，他从人群中猛地回过头来，我却忽然看到了一张和自己一模一样的脸。我惊骇地发现，我已经变成了他，或者，是他变成了我。

他像我的一个梦境，我觉得我必须得找到他。

我决定去一趟花前村。从我这里到花前村，要翻过几座大山，经过几条大沟，八道沟、大沙沟、小沙沟、未后沟、西塔沟。再往前走就是老蜜沟，已经进入了原始森林的最核心地带。那里的植被基本都成了针叶林，到处是高大疏朗的落叶松，只夹杂着少许青杆和白杆。因为海拔高，那里只坐落着极少的几个村庄。

早晨起来，带了两个凉馒头我便骑着摩托车上路了。路过一片白桦林的时候，我听到有啄木鸟在林子里，笃笃笃，有条不紊地敲打着树干。山民们把啄木鸟叫作花牵树得木，听起来更俏皮更明艳。白桦林的旁边还有一片红桦林，一白一红，唱戏似的。红桦的树皮不像白桦那么紧致结实，看起来颇有些衣衫褴褛的感觉，但那些红色的树皮在清早的阳光里鲜艳夺目，几近于要燃烧起来了。在我小时候，就用过红桦树皮做的帽子和书包。

每翻过一座山，经过一个大沟的时候，便能听到有很远很空旷的风声从深不可测的地方奔跑而来，衣服被吹得鼓起来，像只气球，似乎连人带摩托车都能被轻轻托起来，御风而行。所以每经过一道大沟的时候，尽管被山风吹得七歪八扭，我心里却十分喜悦，感觉自己马上就要飞起来了，连笨重的摩托车都在瞬间变得轻如羽毛。

越走海拔越高，山路两边的植物从花楸、糙苏、蛇床、舞鹤草渐渐过渡到亚高山灌丛草甸带，随处可见地榆、花锚、金莲花、木贼。鸟儿也从啄木鸟、褐马鸡、斑鸠过渡到了云雀、金雕、红嘴山鸦。走着走着，便见前方群山之间，天高云淡处飞过一只大金雕，两只巨大的翅膀稳稳托着流云，睥睨一切，迎着阳光悠扬骄傲地滑翔。我久久目送着那只金雕远去的背影。

已是正午时分，腹中开始感到饥饿，我停下摩托车，把两个凉馒头吃完，趴到河边喝了几口水。河边的草地上长满了眼睛一样的紫地丁，好像遍地都是柔软的目光。吃完我继续赶路，沿着河流又走了一段路，忽然看见河边栖息着一大群羊，一个放羊的老汉孤零零地坐在河边的石头上。看见我过来他急忙向我招手，我停下摩托问他怎么了。他手里握着一支赶羊铲，脸上紫黑色的大嘴唇，笑起来的时候，嘴巴可以一直豁到耳根处。他笑着说，伙计，着急不着急走？不着急的话就跟额说几句话吧，好些天没人和额说过话了，憋死了，这羊又不会说话，羊要能说话额早就和羊捣歇（聊天）去了。

我看了看四周，除了他和一群白花花的羊，就是山林和草甸。我想了想，便放好摩托车，问他，这羊是不是都在午睡？他连忙点点头，说，它们刚吃了草舔了盐，晌午要歇两个钟头，头羊不动，大羊就不动，大羊不动，小羊就跟着不敢动。

头羊是一只威风凛凛的黑山羊，长着两盘大角，管理着一群温顺的白绵羊，白绵羊都蜷成一个团，看上去像一块块岩石。我掏出烟盒，递给他一根，自己也点了一根。我俩对着河水抽了会烟，他问我，去哪尕？我说，花前。他抬头看看天，那不远了，再翻过两座山就是。

他们放羊的一天动辄要走十几里路，所以看哪里都觉得近。一只小羊不愿再佯装睡觉，想偷偷溜走，老汉见状，并不起身追赶，只用羊铲射过去一颗石子，小羊便又乖乖躺下，继续装睡。两根烟抽完，我们到底也没说上几句话，我觉得有点对不住他，但还是决定继续上路。他也打算继续上路，便叫醒了头羊，那只威风凛凛的黑山羊亮着两只大角站了起来，于是，所有的绵羊都跟着站了起来，简直像一支训练有素的部队。山羊沿着河流往前走，后面跟着浩浩荡荡的绵羊部队。我骑着摩托车也慢慢向前走。

羊群准备过河了，这儿的河流从一片河柳里冷不丁拐出来，带着些野气左顾右盼，脚步湍急匆忙。那只山羊带头过河，走到河中央的时候，脚下一打滑，居然掉进了河里。后面的绵羊见头羊掉进河里了，纷纷跟着跳进河里，最后面的小羊们犹豫了一下，也跟着跳进了河里。顿时，一条河像煮饺子一样，漂满了大大小小的绵羊。绵羊不会游泳，只好一边挣扎着一边咩咩叫着，一边被流水冲走。

我见状，赶紧扔下摩托车过来帮着捞绵羊，老汉快要哭了，一边跳脚一边大叫，不要跳了不要跳了，你们怎么就不能长一点脑子。说罢扑通一声跳进了河里，手忙脚乱地扛起一只绵羊，再扛起一只，绵羊在他肩膀上哀哀地哭叫着，自己跳进去的，也不知道在哭什么。我们折腾了半天，最后还是淹死了好几只绵羊。老汉守着一堆绵羊的尸体，好像农民在秋天刚刚收成的棉花。

村里人要开着拖拉机过来接他和羊，而我打算继续赶路，他为了表示对我的感谢，送给了我一只刚刚淹死的小羊，说羊羔肉最是鲜嫩。我看看天色，已经下午光景了，西行的阳光开始迟钝下去，不敢再逗留，我便把死去的小羊绑在摩托车的后架上。它摸上去四肢柔软，好像还活着一样。

6

因为海拔的原因，能感觉到山林里的凉意越来越重，脚下的泥土也渐渐变成了深色的黑毡土。两边的油松和冷杉变得越来越高大粗壮，高高的树冠连得遮天蔽日，连一丝阳光都透不进来。林子里的很多地方还残留着去年冬天的积雪，这些积雪可能终年都化不掉。山林的深处隐隐能听到大鸶的叫声，阴森凄厉。

太阳已经开始落山，苍鹰的身影飞进夕阳里，接着，那最后的金色光线也一点一点消失了。即使是在日落之后行走在这样的原始森林里，我仍然没有感觉到任何恐惧，我真正的恐惧，其实都在人群里了。在我最充满征服欲的那些时候，其实也是我最恐惧的时候。我做过搬运工，洗碗工，做过服装批发，做过调料推销员，开过小超市，开过小饭店，再到酒店，再到金店。那些往事像用玻璃垒起来的,垒到一定程度的时候,却发现一切竟是透明的,就像不曾存在过一样。那是我创造出来的一个乌托邦。

一弯冷月从山林间升了起来,云朵流动得很快,看起来像是月亮正在云层后面奔跑。山林间的积雪反射着冰凉的月光,高大的冷杉像剑一样刺向夜空。走着走着就看到,前面隐隐出现了几点微弱的灯光,那是个隐藏在森林里的村庄。

果然是花前村。我有些纳闷,这样一个原始森林深处的小村庄,终年有积雪不化,为何给自己取名为花前。村里只有七八户人家,最边上一户人家的大门洞开着,门上还挂着一盏红灯笼。山风呼啸而过,红灯笼在风中左右摇曳,血红色的灯光溅了一地。

我扛着那只死羊进了院子,院子里又是狗叫又是鸡叫,还有猪在什么地方哼哼,听起来像进了动物园。我打量了一下这院子,借着月光能看到院子里坐着三间房,奇怪的是,只有两间的上面盖了二层,而且二层比一层瘦小一圈,看上去像小孩子过家家把积木随便搭了上去。

其中一间房里亮着昏黄的灯光,我推门进去。屋里有一男一女,男的坐在自制土沙发上,很瘦小,剃着个光头,小眼睛,留着两撇八字胡,八字胡下面有两颗巨大的门牙,他正像只大兔子一样一边剥着吃花生一边喝酒。女的则很丰满,黑色紧身衣绷在身上,到处波浪起伏,一只眼睛稍微有点斜视,头发染成栗色还烫了,挂着一头卷儿,她一手端着酒杯喝酒一手往铁皮炉里扔柴。这森林最深处的村庄一年四季都得生炉子驱寒驱潮。

我说,我来这里找人结果迷路了,能不能借宿一晚上?我可以出钱。我又指了指那只死羊,说,这羊羔是今天刚死的,淹死的,不是毒死的,也送给你们吃肉。男人用小眼睛盯着我看了几分钟,又盯着死羊看了几分钟,忽然咧开嘴笑了一下,一嘴黄牙,招呼我道,伙计,来找人的?尽管住下,来,先过来喝杯酒再说。又对炉前的女人说,老婆,快去拿根猪尾巴来。然后,他又笑嘻嘻地看着我说,额可保存着好几条猪尾巴呢,自家舍不得吃,都给切人(客人)留着呢。本来还保存着个猪鼻子,一直没切人来,额就自己吃了,早知道就给你留着嘛,是不是?

女人把一条粗大的猪尾巴端了上来,还添了一个酒杯。他给我倒了杯酒,我一看，酒装在一只大葫芦里，有点仙气，喝了一口，好烈的高粱酒，感觉和喝酒精差不多。他给我抓了一把花生，说，尝尝，这是额自己种的。我剥了一个花生，扔到嘴里，生的，很涩，像是刚从地里挖出来的。我说，吃着不赖，你还会自己种花生？他抿了一口酒，有些不屑地晃晃光头，种花生？小看额了吧，你看看这锅舍（屋里）的家具，每一件都是额自己做的，柜子是额自己打的，这沙发是额自己包的，还有这房子这院子，都是额自己盖的。他又拎起一段猪尾巴朝我晃了晃，这猪也是额自己养的，额养猪，从来不喂什么乱七八糟的泔水，额就喂它粮食和土豆，吃的和人一样好，额养的猪那都是无公害猪。你去附近几道沟里打听打听额田中柱是什么人物？额不骗你，额还真是个人物。

说罢，他骄傲地和我碰了一下杯，一饮而尽，然后，剥出一粒花生，高高抛起来，用嘴稳稳地接住了。

我打量了一下周围，房间里的家具倒真不少，有床有立柜有平柜有茶几有沙发，还有两只花凳，上面摆着两盆呆头呆脑的万年青。柜子上地上还摆着很多根雕和葫芦，天花板上也挂着大大小小的葫芦，挤眉弄眼地看着我，最大的一个简直有半个人那么大，老态龙钟，像个葫芦爷爷，我好像不小心闯进了葫芦的老穴。所有的家具上都落着一层厚厚的灰，看起来已经有几千年没有打扫过了，出土文物一般。

我说，难道这根雕也是你自己做的？他不解地看了我一眼，好像我的问题着实羞辱了他，他反问我道，不是额做的是你做的？连这吃饭的木碗，看到没，都是额自己做的。这葫芦也是额自己种的，上面都刻了画的，三打白骨精，猪八戒背媳妇，要什么有什么，你要不要买几个？这花凳也卖，价钱嘛，你看着随便给，反正都是额亲手做的，几百不嫌多，几十不嫌少。

我喝了一口杯中的酒，呛得嗓子疼，但猪尾巴卤得真不错，绵软入味。我啃完一截猪尾巴，说，看不出你还这么心灵手巧。他又往嘴里扔了一颗花生米，把两只手得意地叉在胸前，我注意到他的右手上少了半根指头，使那只手看起来像某种武器一样可怕。他冷笑一声说，你以为？额当年技校毕业的时候也是个人物，额从小练过武术，会缩骨功。有一次打架被关起来了，额就用缩骨功跑了出来，再抓老子，老子还用缩骨功跑出来，看谁还敢抓老子。额还会电工，额可是一个好电工啊，所有的电路问题，不管大大小小，额都能解决。

你也不去打听打听，额田中柱是谁？告诉你吧，额真是个人物，年轻的时候有人让额去国家安全局上班，只要交一万块钱就进去了，可是额不愿意，守着老婆过小日子多好。额不喜欢受人约束，不喜欢成天坐在办公室里上班，额要是愿意，早就在国家安全局上班了。额这个人就是喜欢自由快活，啊，喜欢自在散漫。额也不愿意跟他们出去打工挣那几个辛苦钱，在山里多好，守着老婆，能种地，还能上山打猎。你不知道额枪法有多准，额年轻的时候进山打猎，跟着野兽一跟就是七八天，也不睡觉，什么花豹狗熊野猪，都打到过。对了，那副花凳你到底要不要？便宜卖给你。还有那只最大的葫芦也便宜给你，上面刻着寿星佬儿。

我咳嗽了一嗓子，有些不好意思地说，我骑着摩托车，不好带啊，以后再说吧。他立刻说，怎么不好带，额给你绑在摩托车上。话音一落，我们俩都沉默了下去。沉默了半天，为缓解尴尬的气氛，我站起身来到处游弋参观，看到这屋子还套着一个里间，我便进去参观。里间地上摆满了各式各样的工具，刨子、电焊机、切割机、电圆锯、电钻、气钉枪、车床，和墙上杂乱无章的电线及一大堆插板连在一起。我忽然感觉自己像来到了科幻电影的某个空间里，周围的世界忽然就变得不真实起来，连外屋的那两个人也忽然像外星人了。这些工具上也落着厚厚一层灰，几千年没有打扫过的样子，使我意识到，这还是在田中柱的家里，我并没有游离到外星球上。

回到沙发上我俩继续喝酒，我说，老田啊，你从哪儿弄了这么多工具？他正嚼着一颗花生米，嚼着嚼着就得意地笑了起来，好多都是额自己用破零件做的，那台电焊机看到了没？就是额自己做的。我大惊，你还会做电焊机？他一边对我笑着一边忽然伸出了那只缺了指头的右手，在我面前炫耀地晃了晃，像是怕被我抢走，又赶紧收回去了。他指着那只手说，晓得这个指头怎么没的？就是被这玩意儿切下来的，就像切菜一样，那指头掉下来了自己还能动。这不，额指头少了一根，少一根就少一根嘛，什么了不起的事，额眼睛都没眨一下，额起码自由，自由多好。你说，自由好不好？

我说，对，挺好挺好，老田，我得敬你一杯酒。他高高兴兴地连喝了几杯，喝得小胡子上都是酒，在灯光下亮晶晶的。他忽然摸着光头站了起来，摇摇晃晃地走到床前，从床下拖出一只尿盆来，他笑嘻嘻地问女人，老婆，你说额尿到哪儿去呢？然后，不等老婆回答，他就叮叮当当地尿到了盆里。

为了能盖住这撒尿的声音，我大声说，老田，你家里哪来的这么多灰？怎么像刚从地里刨出来的。他心满意足地尿完，抖了抖，放下尿盆，又摇摇晃晃地回到了沙发上。他脸上的表情越来越明媚喜悦，好像一晚上发生了很多欢天喜地的大事。他指着女人说，额老婆不喜欢打扫卫生嘛，不喜欢就不扫嘛，灰多点就多点嘛，又死不了人，你说是不是？钱少就少花点嘛，又死不了人，你说是不是？额和额老婆天每（每天）都过得高高兴兴，想干甚就干甚。额和额老婆说，你想和谁睡就和谁睡，主要是图个高兴嘛，啊，图个高兴。额老婆有二十几个相好的，就是图个高兴嘛，额们过得比鸟儿还自由。

说到这里他扬起小眼睛看了看挂在墙上的歪歪斜斜的破钟，忽然说，九点了，到了额睡觉的时间了，一到点额就睡着了，额先去睡了，你们俩聊吧。说罢起身走到床前，脱了外面的裤子，穿着一条脏兮兮的绒裤钻进了被子里，然后悄无声息地用被子蒙住了头。过了大约一分钟，最多一分钟，我便听到被子下面传出了有节奏的鼾声。

那女人把手里的酒喝完，把最后一根柴扔进了红红的炉膛里，把炉门关上，然后斜眼看着我。我有些心惊，想，她为什么要这样看着我。后来一想，她的眼睛斜视嘛。那女人放下杯子，站在炉子前，两只手搭在肥硕的胸前，有点像报幕员。她沉默片刻，似乎有些犹豫，但还是问了我一句，你……不睡？我忙笑着说，时间还早，睡不着啊。她依然站在那里没动，两只手还搭在那个位置，来回搓着。

她又沉默了一会儿，忽然低下头看着自己的两只手，一缕烫过的卷发垂下来遮住了她的一只眼睛，她挑起那只眼睛，用眼风斜斜瞟了我一眼。我忽然有些紧张，胡乱拿起一只杯子，问，我口渴，哪里有水？她指了指蹲在墙角半人高的大水瓮，我走过去拿起葫芦瓢，舀水喝了几大口。

喝完水回头一看，那女人已经走到了床前，她指了指沙发又指了指地上及床上，说，你随便睡，想睡哪睡哪，额也睡了。说罢上了床，也拿起被子蒙住头，很快就无声无息地睡着了，把我一个人留在了空荡荡的地上。在昏暗的灯光下，那两个蒙在被子里的人安静得有些吓人，像两颗埋在土里还没来得及发芽的土豆。

我走到院子里点了一根烟，那只狗冲我有气无力地叫了两声便也悄无声息了。松树清冽刚劲的冷香塞满了整个院子，如同一场冰凉的大火在燃烧。只有原始森林深处才有的神秘像只巨大的野兽，无声地行走在我身边，我看不到它，却能感觉到它的呼吸就蹭着我的鼻子。月亮再次从云层后面钻了出来，冷冷注视着大地上的一切。我一边抽烟一边在院子里徘徊，我明白了，这个女人是拉偏套的。没想到，直到现在，大山深处还有女人操持着这种古老的营生。

我和衣在沙发上迷迷糊糊睡了一觉，第二天早晨，天还没亮，就见院子里已经烧起了一堆熊熊大火，火光在晨雾中挖出了一个明亮的大洞。火上架着一口澡盆那么大的铁锅，猛一看，还真的以为是架起了澡盆子准备洗澡。我凑过去一看，锅里煮的都是小土豆，老田正叉开双腿，扎着马步，用一把铁锹使劲搅土豆。我说，老田你这是在做早饭？怎么做这么多？他头也不回地说了一句，额家从不吃早饭，这是猪食。

天渐渐亮了，晨雾褪去，整个院子慢慢从黑暗中浮了出来，带着点不情不愿。火堆在晨光中渐渐枯瘦下去，热气腾腾的猪食熟了。老田喂猪的时候我认真参观他的院子，发现院子里有五间房的地基，却只盖了三间，我问他为什么，老田慈祥地看着自己的几头猪，说，盖了三间就没钱盖了嘛，能盖几间算几间，是人盖房子，又不是房子盖人。

我看见院子里有棵枣树，枣树杈上挂着的玉米穗子比我见过的玉米都要小，就好奇地问，老田，你这玉米是什么品种？这么袖珍，你的小土豆也是袖珍品种？

这时候他老婆也起床了，正在院子里梳头，她打着哈欠接了一句，没钱买化肥嘛，纯天然的，可不长这小。

我又踱步到鸡笼子前，一看，里面养着几只草鸡，一只公鸡，居然还有两只褐马鸡。我说，老田，你居然养褐马鸡，你怎么没养两只孔雀？他笑得小胡子都翘了起来，大嘴咧开，露出了三十二颗牙齿，说，以前养的更多，还有珍珠鸡，额还驯了只老雕，厉害得很，后来都死了。我说，可惜了，怎么死的？他老婆不紧不慢插了一句，饿死的。

这时候老田已经把那口刚煮过猪食的大锅洗得锃亮，他兴致勃勃地敲着大锅说，今儿晌午吃羊肉，就把你夜里带来的那只羊羔给煮了，吃羊羔肉再喝点酒，别说国家安全局，叫额去做神仙额都不去。说着说着他的口水已经流出来了，忙擦了一把。他又围着那口锅手舞足蹈，看看，这口铁锅也是额自己打的，费了不少铁哪。我大惊，你还会自己打铁？他不屑地看了我一眼，敲着他的大锅说，打铁算什么？你记住，这世上根本就没有额不会的事情，额田中柱大小也是个人物。看看这锅，煮两个猪头不成问题，煮一只整羊也不成问题。今儿吃你的羊，等额过年煮了猪头，把猪鼻子和猪耳朵都给你留着，你年后过来，放开肚子吃。

等到中午时分，果然吃到了喷香的煮羊肉。我们三人围着桌子，一边大块吃羊肉一边喝酒，他老婆酒量惊人，一眨眼就悄悄地灌下去好几杯，看样子能轻易把几条大汉放翻。我惊叹，好酒量。老田一边啃羊骨头，一边说，额和额老婆说，你想喝酒就喝酒，想抽烟就抽烟，想睡谁就睡谁，人就图个高兴嘛，要不图高兴，额老早就去国家安全局上班了嘛，哪有守着老婆好？你看额家门口一年四季挂着红灯笼，不过年不过节也挂着，就图个高兴嘛。有一次额小姨子来额家，黑夜等额老婆睡着了，额就和额小姨子睡到一起了，快活嘛，人活着图甚？就图个快活。

他老婆一只脚踩在椅子上，嘴里啃着羊肉，斜着眼打量他一番，就你？

他腆着脸从羊肉里剔出几只小拐骨，拿块破布细细擦了半天，然后把羊拐骨捧在手心里，像捧着一团雪花。他笑着对老婆说，就是说个笑话逗你高兴，等额把这羊拐骨染成红色了给你玩，好不好？四个羊拐骨，还差个乒乓球，额也给你做。

7

我酒足饭饱地歪在椅子上打着嗝，慢条斯理问了他一句，老田啊，你们这村里的人是不是都姓田？他啃着羊蹄点点头，大部分姓田，几辈子以前就是一个老祖宗。我说，那你们不都成亲戚了？他说，出了五辈子就不算亲戚了。我忽然像想起了什么，问道，有个叫田利生的人你认识不？是不是就是你们村的？

他把脸从羊蹄上抬了起来，看着我忽然意味深长地笑了一下，两撇小胡子一抖动，说，额和他打小一块放牛一块耍，你说认得不认得？你说过来找人，就是找他吧。我说，这人真是你们村的？他在八道沟那边开了个度假山庄，你知道不知道？

他抱着那根羊蹄又慢慢地啃了一会儿，啃得只剩下了一根明晃晃的骨头，然后扔给了趴在地上的狗。他似笑非笑地看着我说，先说说，你找他干甚？我忙说，其实也没什么事。他说，你是不是也觉得田利生很有本事？我正不知道该如何搭话，只听他又继续道，人家十几岁就下山了，在城里到处做买卖，听说挣了大钱，可不是有本事的人？

我刚想开口，他忽然语气一拐，自己把话接上了。他声音忽然变大变粗，像他身体里住着的另外一个人猛地探出了方形的脑袋，他说，人人说他有本事，你倒给额说说看，什么叫有本事？到底什么叫本事？

我一时愣住了，但很快就明白过来，现在他根本不需要我的回答。果然，他又继续，额俩光屁股时就在一起耍，田利生有几斤几两额还不清楚？放牛他不如额，打猎他不如额，手巧他不如额，额能打到豹子，他打到过甚？种地他不如额，额一个人种了几十亩地，额能一个人盖房子，额能一个人打家具，额能用破零件组装电焊机收音机，额连剃头都能自己给自己剃，你看额这光头剃的，不赖吧？你倒是给额说说看，到底什么叫有本事？

他用缺了一根指头的右手拍着桌子，脸涨得通红，披在肩上的衣服也掉了下去，露出了穿在里面的背心，我看到背心上印着几个红色的大字，金万程轮胎。他老婆哐当扔过来一条羊腿堵住了他的嘴，她说，快少说几句吧，额跟着你没饿死就算不赖了。说罢又一仰脖子，滋溜下去一杯酒。他又要跳起来辩解，我忙说，你可能还不知道吧，这田利生为了盖度假山庄欠下了不少钱，被人到处追着要债，现在都不知道跑哪去了，他会不会就在你们村？

他呆了一呆，好像一时没听明白我在说什么，片刻之后又像恍然大悟一般，把掉下去的衣服重又披在肩上，笑嘻嘻地对我说，欠了人好多钱？怪不得你上来找他，额晓得了，你是公安局的。我忙说，不是不是，我就是想找他说说话。他独自点了点头，若有所思地说，那额晓得了，田利生欠了你不少钱，你是来讨债的。

我又要否认，他却忽然扭过脸来，神秘地笑着对我说，要是欠了你钱，那额得告诉你，额在山里头真见过田利生一回。去年额去西塔沟打猎，在林子里忽然撞见了他，他和另外两个人在一起溜达，额说，你甚时候回来的，也不回村里坐坐？他说，过阵子就回村里去，这几天忙，和朋友谈个事情。他指了指和他一起走的那两个人，介绍道，这是额的朋友，原来在八道沟的那个木材厂里上班，额们有事，先走了，回村里了找你喝酒。他们三个就走了，他后头一直也没回村里来，额在山里也再没碰见过他。

我大惊，问，他说的那个在木材厂上班的人长什么样？他又独自喝了一杯酒，歪头想了想，说，就瞟了一眼，谁能记那么真，也就是个普通人样。我说，个子呢，个子高不高？他又倒了一杯酒，却举着酒看着他老婆说，老婆啊，你看看这有本事的人到头来欠了一屁股债，你说你是跟着他好还是跟着额好啊？他老婆撕了一块羊肉，回他说，少放屁。

他又扭过脸来，兴高采烈地对我说，伙计，你说说看，你说他田利生真比额有本事？他能强到哪里去嘛？最后还不是躲回山里来了，哪有额过得自在。

说完他把杯里的酒咣当灌进了肚子里，然后，看了看墙上的破钟，忽然说，到额午歇的时间了，你坐着，吃着，喝着，额得先睡会儿。然后摇摇晃晃地站起来走到床边，娴熟地钻进了一堆皱巴巴的被子里，把头严严实实蒙住，立刻又睡着了。

回去的路上，我一直在想，如果田中柱说的是真的，那和田利生在一起的那两个人究竟是谁。可能是周龙，也可能是别的工人。难道他们一直就在这山林里没走？他们又怎么会和田利生在一起？

一只赤狐在前面闪过，它回头看了我一眼，倏忽便没有了踪影，一阵山风袭来，整个山林发出了沉闷沙哑的喘息声，我像行走在一只巨大的肺里。这山上的几道大沟都幽深不可测，没有人知道那些大沟的尽头到底通向哪里，也没有人知道这山林的深处究竟埋藏着多少秘密。想在山林里找到一个人，几乎是大海捞针。

天黑下来了。我在幽寂的黑森林里赶路，一边想起了很多往事。我想起了很多年前的夏日傍晚，那时候，木材厂还没有倒闭，我和周龙躺在厂门口那条河里的大石头上，偷偷观察工人们下班以后的动向，谁和谁在谈恋爱，谁和谁刚闹了别扭，谁喜欢一个人进山采木耳，我们都知道得一清二楚。等天彻底黑下来之后，我们躺在尚有余温的大石头上，听着耳边潺潺的流水声，看着身边飞来飞去的萤火虫。

我又想起在城市里生活的这么多年，就是在路边看到一棵树，我都会习惯性地走过去看看树底下有没有蘑菇。我父亲过世前，住在我买的楼房里死活不愿用有马桶的卫生间，一定要远远跑到公厕去上厕所。我忽然想到，让一个人彻底放弃自己的习惯真的是一件很难的事情。这个想法在已经被黑暗笼罩的森林里发出了奇异的光亮。猫头鹰藏在什么地方哀鸣，我恍惚看到路边的黑森林里静静立着三个没有脸的人，石像一般，他们正无声无息又满怀心事地看着我。

又一个黄昏，我独自来到听泉山庄的门口。木材厂改成度假山庄之后，门前的那条河还在，河里的那几块大石头也还在原处。我躺在那块最大的石头上，等待天色一点一点暗下来。半透明的黑暗像植物一样从山林里、河水里长了出来，很快就淹没了大地上的一切。我躺在那里，多年前的那些人和事如在眼前，我伸手就可以摸到他们，仿佛中间这二十年的时光其实并不真正存在过。我恍惚看到周龙就躺在我旁边，一边听流水声，一边伸手捉住了一只萤火虫。我对他说，这么多年你都去哪了？

没有人应答，只有在黑暗中愈发清晰的流水声包裹着我。我定睛往四下里一看，除了我，并没有第二个人影。山林与巨石都已经隐匿于黑暗，边缘清晰可触。不远处的听泉山庄死寂地蛰伏在黑暗中，与平时并无不同。

我连着去河边守了多夜，都没有看到任何人影。二十年前的那些人和事，再次变稀薄变透明，当我向他们走去的时候，他们朝我笑着，却从我身体里穿行而过，了无踪迹。

这个晚上，我在河边的大石头上一直坐到深夜，抽了半包烟，只听到附近有黑串在叫，开始有困意袭来，我便起身，准备回去睡觉。

从山庄门口经过的时候，我忽然就产生了一个奇怪的念头，想进去看看它半夜的样子。于是我翻墙进去，穿过那片杨树林，朝着那片鬼影幢幢的废墟走去。

一轮残月挂在高大的树枝上，大嘴乌鸦站在月亮里啼叫。我一步一步地往前走，仿佛听到脚下踩到了什么呻吟声。我有一种奇异的感觉，我只是站在了天地间的一重空间里，在我的脚下和我的头顶，还有数层空间，我认识和不认识的人正在其中来来去去，熙熙攘攘。

前面就是那幢黑黢黢的宾馆，宾馆的后面就是那几个梦境一般沉睡的园子。它在黑暗中看上去分外庞大和沉寂，我在那幢楼下点了一根烟呆呆站立了一会儿，任由四面八方的荒凉包裹着我。一根烟抽完，我用力碾灭烟头，再抬起头的时候，忽然发现宾馆的一扇窗口亮出了很微弱的光。我浑身一哆嗦，疑心是自己眼花了，揉了揉眼睛定睛再看，确实是一点微弱而惊心动魄的光亮。

我循着那点光亮进了宾馆的大门，爬楼梯上了二层，我屏住呼吸，无声无息地走到了那个房间门口。我轻轻推门，门虚掩着，一推就咯吱一声开了，散发出木质腐败的味道。

房间里有两张床，中间一只床头柜。然后，我看到地上坐着三个衣衫褴褛的人，围着一支正燃烧着的蜡烛，他们正坐在那里聊天。听到门响，那坐在地上的三个人不约而同地朝我扭过脸来。

尽管十几年没有见过了，我还是立刻就认出，其中一张脸竟是周龙。另外一张脸似曾相识，当后来看到他的那条断臂的时候，我忽然想起来了，他是老井的那个儿子。还有一张脸是我从没有见过的，一个陌生人。

他们围着一支蜡烛坐着，蜡烛的旁边摆着一壶茶。周龙看到我似乎并没有太大的意外，他让我也坐下，从床头柜上拿了一个空杯子，给我也倒了一杯茶。我喝了一口，是拿金露梅嫩叶晒的茶。

我们四个人默默地坐着，一时无话，我终于先开口道，我们有十几年没见了吧。周龙的脸在烛光里忽明忽暗地跳动着，我有些看不清他的表情，只见他点点头，说，有十几年了，时间过得真快。我说，这十几年你都去哪了？他说，哪儿也没去，我一直就在这山里。我惊讶道，你从来没有下过山？他静静地说，从来没有。我说，那你这十几年在山里都干吗呢？他似乎笑了一笑，然后沉在一团暗影里说，可做的事情太多了，打猎、采蘑菇、摘野果、晒茶叶、酿酒，晚上泡壶茶一起聊天，可以一聊就聊到天亮。

我听到自己的声音开始发抖，有那么多可聊的吗？他的脸被烛光劈成两半，一半是明的一半是暗的，我看到明的那一半在烛光里柔和地笑着，像极了多年前我们一起在他宿舍聊天的那个夜晚。然后，我听到他说，可聊的多着呢，我们想说的话连说都说不完。

我忽然想起来，宾馆的这个位置正是从前木材厂职工宿舍所在的位置。我看着那团烛光，不由打了个冷战，踌躇半天还是说了一句，这宾馆是不是就盖在咱们厂以前的旧宿舍上面？周龙没有说话，只是坐在那里，安静地微笑着。他什么都不问我，不问我这么多年去了哪里，都干了些什么，他一句话都不问。这让我越来越感到惊慌，我把那半杯茶一口气都喝了下去，还是觉得口干舌燥。

我舔了舔嘴唇，转脸对老井的儿子说，我去过你家，还在你家住了一晚，你记得不？他用那只完整的胳膊给我添了茶，目光柔软，同样安静地对我笑着说，你记错了，我从来没有见过你。我有些绝望地说，怎么没见过？你姓井，你爸爸在村里开了个农家乐，你妈是个瘫子，对不？他只笑着摇了摇头，却不再说话。

我又扭脸对那个陌生人说，你是哪里的朋友？也是我们木材厂的吗？我怎么从来没见过你。那男人盘腿坐着，上身纹丝不动，也对我笑笑，说，我就是这山里人。我问，哪道沟的？他笑着说，在这深山里，处处可为家。我忽然就脱口而出一句，你是田利生吗？

他在烛光里甚至都没有再看我一眼，只平平静静地说，朋友，你认错人了。我忽然就有些失控，我对这三个人大声说，你们认识田利生吗？就是建这个山庄的老板，我想和这个人聊一聊，就只是想聊一聊，我有很多话想和他说，我知道他想干什么，我知道他为什么要建听泉山庄。

他们三个好像根本没有听见我在说什么，周龙对那陌生人说，刚才讲到哪去了，继续啊。那人便又讲了起来，……第四天晚上我偷偷去天桥下一看，他还睡在那天桥下面，他的那匹白马就拴在旁边。白天这里不许流浪汉放铺盖，他白天就骑着马在城市里到处捡垃圾，靠吃垃圾为生，只要看到有字的纸就捡起来保存着，他把这些有字的纸攒起来装订成一本厚厚的书，晚上就躺在马路边看这本书。我偷偷躲在一边，见他躺在了路边，在身上盖了一条很脏的破被子，捧起那本自己装订的书，很认真地一个字一个字地看着。我觉得不忍心，便忽然从暗处走了出来，他有些吃惊地看着我。我要给他放下点钱，他坚决不要，我拿出一个面包给他，他也坚决不要。我在他面前呆呆站了一会儿，说，你的马怎么办呢，城市里没有草原，它吃什么？他说，我的马从来不吃草。然后他又低下头去看书，我只好离开了。到了第五天晚上我又去天桥下一看，他已经不在那儿睡了，他的马也不见了。因为我发现了他，所以他骑着马走了。以后我再也没见过他……

我忽然有一种天方夜谭里的感觉，山鲁佐德为了活下去，必须在每天晚上给国王讲一个故事，而且从来不能讲到结尾。我想，他会不会就是田利生，他被另外两个人绑架了？为了活下去，他得不停给他们讲山外面的故事？可他讲得津津有味，甚至都不看我一眼。我又想，也许他真的不是田利生，他就只是一个陌生人。听到后来，一阵困意袭来，我居然睡着了。

第二天醒来的时候，我发现房间里只有我一个人，那三个人都没有了踪影。我环顾了一下房间，很久没有人住过的样子，玻璃已经碎掉，地上、窗台上落满了灰尘，床头的油漆剥落下来，整个房间里散发着一种腐朽的霉味。我有些怀疑昨晚看到的三个人只是一个梦境，但是一低头，我看到地上有蜡泪的痕迹，床头柜上还摆着那只我昨晚用过的空杯子。

连着几个晚上我又去听泉山庄等着他们，我彻夜站在黑暗中寻找一扇透出烛光的窗户，但是，没有，他们再没有出现过。

我终于做出了决定，接手下听泉山庄的烂摊子，重新把中断了几年的土地租金付给山民们，把重建山庄的很多工程也承包给了当地的山民们，我给他们开出很高的工资，在外面打工的那些小伙子们又纷纷回到了山里。我还请了设计师来专门设计山庄里的那几个园子，把从前留下的废墟重新修葺一遍。江南园里亭台楼阁，移步换景，新建起了明月楼、花药馆、饮绿轩、听风阁。园中新挖了一池湖水，拱桥卧于湖水之上，湖边柳树成行，傍晚夕阳西下之时，万千垂柳临风摇曳，如烟如雾。湖中种了荷花养了锦鲤，可以泛舟，可以观荷，还可以凭栏赏月。假山奇石间曲径通幽，花药杂草隐没其中，只闻幽香沁人。

整个山庄更加像一个不真实的梦境了。

我把我银行卡里那笔庞大的存款全部用了出去，一分钱都没有留下。我用了二十年历尽艰辛攒下的这笔钱，如今它如流水一般悄无声息地流走了。我张开双手，手心里空无一物，心中却万般宁静柔软。

在山庄正式开业前的那个晚上，我又给妻子写了封短信，信中写道，"时间说慢也慢，说快也快，有时候觉得一辈子其实也不过就是一眨眼的工夫。只要我们的魂魄还在这个世界里，就还有会相见的一天。我在这里过得很好，山川沉静，斗转星移，它们是如此的牢固而长久，没有人间的一切变数。钱在这里没什么用处，在这里几乎不需要花钱，我的每一天都过得很平静很自在，没有什么可以再绑架我，相信你也一定会喜欢上这里的。"这天正好是我妻子去世三周年的祭日。

那时候她已经生病几年了，病情日益沉重。她去世的前一天晚上，忽然爬起来，动手给我蒸了很多馒头，各种形状的馒头，燕子形、佛手形、石榴形、莲花形。我不忍多看，也不忍阻止，只说，蒸那么多能吃得完吗？她也不说话，细细把面团捏成各种动物和花卉，放进锅里。出锅的馒头白胖雀跃，散发着人间最结实最朴素的气味。最后，她关了灯，躺在我身边，我把她抱在怀里，她已经变得极轻极瘦，像个小女孩一样，没有一点分量。我们就那么拥抱着，久久无语。晚风从窗户里吹进来，纱帘像烟雾一样弥漫在屋子里，摞在桌上的一堆馒头在黑暗中绽放出小麦的清香。我以为她快要睡着了，却听见她的声音忽然从什么遥远的地方飘了过来，很轻，像片羽毛，还有些欢快，她说，你本来是可以去上大学的，可惜没上成。我每天晚上睡觉前都要担心，一觉醒来你已经不在了，现在终于不用担心了。

山庄开业之后，只有前三个月有陆陆续续的游客来玩，山上的，山下的，有单独来的，有三五成群结伴来的。三个月之后，山庄里已经基本人迹罕至。我知道，过不多久，山庄的铁门又会重新锁上，那把大铁锁很快就会变得锈迹斑斑。

我毫不惊奇。因为，这一切我从一开始就知道。

8

又一个深秋来到了，大山里再次变得绚烂而萧瑟，五光十色的树叶纷纷扬扬地飞舞在金色的阳光里，大喜鹊几口就吃掉了一只山梨，松鼠们坐在树下耐心地打磨橡果。山庄的大门早已经锁上，很久没有再打开过了。

这个深夜，满天星光，一条灿烂的银河从头顶迤逦而过。我在山中独自溜达，不觉来到山庄门口，便点了一根烟，在荒草里的一块石头上坐了一会儿。夜露寒凉，打湿了我的衣服，我正准备起身回去，却忽然看见有个人影正立在山庄门口。是个男人的身影，中等个子，我看不清他的脸。只见他站在那里，隔着铁门朝里面张望了很久，然后他掏出一根烟，点上了，一边抽烟一边有些快乐地哼起了一支小调。一根烟抽完，他碾灭烟头，又趴在铁门上，留恋地朝里面看了一眼，然后转身离去。他慢慢消失在了黑暗中。

我想冲着他的背影大喊一声，田利生。但终究没有，我只是站在原地，目送着他的背影一点一点地消失在了夜晚的森林里。

然后，我裹了裹披在肩上的衣服，慢慢朝我的小木屋走去。

（原载《钟山》2020年第4期）

敬　告

辽宁人民出版社"太阳鸟文学年选"系列已经出版了二十二辑，从第二十三辑开始，书名中的"最佳"字样正式改为"精选"，但内容的品质不变，希望读者朋友们一如既往地支持我们。

由于编选时间仓促、工作量大，未能及时与所选作者一一取得联系，请见谅。现仍有部分作者地址不详，为及时奉上稿酬和样书，请有关作者与责任编辑高丹联系，我们将尽快为您办理，谢谢您的理解和支持。

联系方式：

电话：024—23284306

E-mail：12274210@qq.com

微信号：15640369577

辽宁人民出版社

2021年1月